講談社文庫

嗤うエース

本城雅人

JN177624

講談社

目次

講談社文庫　目録

2016年12月15日現在

講談社文庫　目録

森村誠一　悪道　西国謀反
森村誠一　悪道　御三家の刺客
森村誠一　ミッドウェイ
森村誠一　棟居刑事の復讐
森村誠一　日蝕の断層
森瑤子　夜ごとの揺り籠、舟、あるいは戦場
守誠　3分単〈1日3分・「簡単パズル」で覚える・英単語〉
森詠　吉原首代　左助始末帳
毛利恒之　月光の夏
毛利恒之　地獄の虹
毛利恒之　虹の絆〈ハワイ日系人　母の記録〉
森まゆみ　抱きしめる、東京〈町とわたし〉
森田靖郎　東京チャイニーズ〈裏歌舞伎町の流氓たち〉
森田靖郎　TOKYO犯罪公司《コンス》
森博嗣　すべてがFになる〈THE PERFECT INSIDER〉
森博嗣　冷たい密室と博士たち〈DOCTORS IN ISOLATED ROOM〉
森博嗣　笑わない数学者〈MATHEMATICAL GOODBYE〉
森博嗣　詩的私的ジャック〈JACK THE POETICAL PRIVATE〉
森博嗣　封印再度〈WHO INSIDE〉

森博嗣　まどろみ消去〈MISSING UNDER THE MISTLETOE〉
森博嗣　幻惑の死と使途〈ILLUSION ACTS LIKE MAGIC〉
森博嗣　夏のレプリカ〈REPLACEABLE SUMMER〉
森博嗣　今はもうない〈SWITCH BACK〉
森博嗣　数奇にして模型〈NUMERICAL MODELS〉
森博嗣　有限と微小のパン〈THE PERFECT OUTSIDER〉
森博嗣　地球儀のスライス〈A SLICE OF TERRESTRIAL GLOBE〉
森博嗣　黒猫の三角〈Delta in the Darkness〉
森博嗣　人形式モナリザ〈Shape of Things Human〉
森博嗣　月は幽咽のデバイス〈The Sound Walks When the Moon Talks〉
森博嗣　夢・出逢い・魔性〈You May Die in My Show〉
森博嗣　魔剣天翔〈Cockpit on knife Edge〉
森博嗣　今夜はパラシュート博物館へ〈THE LAST DIVE TO PARACHUTE MUSEUM〉
森博嗣　恋恋蓮歩の演習〈A Sea of Deceits〉
森博嗣　六人の超音波科学者〈Six Supersonic Scientists〉
森博嗣　捩れ屋敷の利鈍〈The Riddle in Torsional Nest〉
森博嗣　朽ちる散る落ちる〈Rot off and Drop away〉
森博嗣　赤緑黒白〈Red Green Black and White〉
森博嗣　虚空の逆マトリクス〈INVERSE OF VOID MATRIX〉

森博嗣　φ《ファイ》は壊れたね〈PATH CONNECTED φ BROKE〉
森博嗣　θ《シータ》は遊んでくれたよ〈ANOTHER PLAYMATE θ〉
森博嗣　τ《タウ》になるまで待って〈PLEASE STAY UNTIL τ〉
森博嗣　ε《イプシロン》に誓って〈SWEARING ON SOLEMN ε〉
森博嗣　λ《ラムダ》に歯がない〈λ HAS NO TEETH〉
森博嗣　η《イータ》なのに夢のよう〈DREAMILY IN SPITE OF η〉
森博嗣　目薬α《アルファ》で殺菌します〈DISINFECTANT α FOR THE EYES〉
森博嗣　ジグβ《ベータ》は神ですか〈JIG β KNOWS HEAVEN〉
森博嗣　キウイγ《ガンマ》は時計仕掛け〈KIWI γ IN CLOCKWORK〉
森博嗣　イナイ×イナイ〈PEEKABOO〉
森博嗣　キラレ×キラレ〈CUTTHROAT〉
森博嗣　タカイ×タカイ〈CRUCIFIXION〉
森博嗣　議論の余地しかない〈A Space under Discussion〉
森博嗣　探偵伯爵と僕〈His name is Earl〉
森博嗣　レタス・フライ〈Lettuce Fry〉
森博嗣　君の夢　僕の思考〈You will dream while I think〉
森博嗣　四季　春〜冬
森博嗣　森博嗣のミステリィ工作室
森博嗣　アイソパラメトリック

講談社文庫　目録

睦月影郎　平成好色一代男 和装セレブ妻の香り
睦月影郎　新・平成好色一代男 秘伝の書
睦月影郎　新・平成好色一代男 元部下のOL
睦月影郎　新・平成好色一代男 隣人と。女子アナと。
睦月影郎　帰ってきた平成好色一代男 一の巻
睦月影郎　平成好色一代男 占女《せんにょ》楽天編
睦月影郎　帰ってきた平成好色一代男 完結編
睦月影郎　武家娘〈明暦江戸隠密控〉
睦月影郎　Gのカンバス
睦月影郎　密通妻
睦月影郎　姫《ひめ》遊《あそび》
睦月影郎　肌《はだ》褥《しとね》
睦月影郎　影《かげ》舞《まい》
睦月影郎　傀《く》儡《ぐつ》舞《まい》
睦月影郎　とろり蜜姫・掛け乞い〈睦月影郎傑作選〉
睦月影郎　卒業一九七四年
睦月影郎　初夏一九七四年
向井万起男　渡る世間は「数字」だらけ
向井万起男　謎の1セント硬貨〈真実は細部に宿る in USA〉
村田沙耶香　授乳
村田沙耶香　マウス
村田沙耶香　星が吸う水
村田沙耶香　殺人出産
村瀬秀信　気がつけばチェーン店ばかりでメシを食べている
森村誠一　暗黒流砂
森村誠一　殺人の花客
森村誠一　ホームアウェイ
森村誠一　殺人のスポットライト
森村誠一　殺人プロムナード
森村誠一　流星の降る町〈『星の町』改題〉
森村誠一　完全犯罪のエチュード
森村誠一　影の祭り
森村誠一　殺意の接点
森村誠一　レジャーランド殺人事件
森村誠一　殺意の逆流
森村誠一　情熱の断罪
森村誠一　残酷な視界
森村誠一　肉食の食客
森村誠一　死を描く影絵
森村誠一　エネミイ
森村誠一　深海の迷路
森村誠一　マーダー・リング
森村誠一　刺客の花道
森村誠一　殺意の造型
森村誠一　ラストファミリー
森村誠一　夢の原色
森村誠一　ファミリー
森村誠一　虹の刺客(上)(下)〈小説・伊達騒動〉
森村誠一　雪煙
森村誠一　殺人倶楽部
森村誠一　ガラスの密室
森村誠一　作家の条件〈文庫決定版〉
森村誠一　死者の配達人
森村誠一　名誉の条件
森村誠一　真説忠臣蔵
森村誠一　霧笛の余韻
森村誠一　悪道

村上　龍　音楽の海岸
村上　龍　村上龍料理小説集
村上　龍　村上龍映画小説集
村上　龍　ストレンジ・デイズ
村上　龍　共生虫
村上　龍　新装版 限りなく透明に近いブルー
村上　龍　新装版 コインロッカー・ベイビーズ
村上　龍　歌うクジラ(上)(下)
村上龍／坂本龍一　EV.Café──超進化論
向田邦子　新装版 眠る盃
向田邦子　新装版 夜中の薔薇
村上春樹　風の歌を聴け
村上春樹　1973年のピンボール
村上春樹　羊をめぐる冒険(上)(下)
村上春樹　カンガルー日和
村上春樹　回転木馬のデッド・ヒート
村上春樹　ノルウェイの森(上)(下)
村上春樹　ダンス・ダンス・ダンス(上)(下)
村上春樹　遠い太鼓
村上春樹　国境の南、太陽の西
村上春樹　やがて哀しき外国語
村上春樹　アンダーグラウンド
村上春樹　スプートニクの恋人
村上春樹　アフターダーク
村上春樹／佐々木マキ絵　羊男のクリスマス
村上春樹／佐々木マキ絵　ふしぎな図書館
村上春樹／糸井重里　夢で会いましょう
村上春樹・文／安西水丸・絵　ふわふわ
U・K・ル＝グウィン／村上春樹訳　空飛び猫
U・K・ル＝グウィン／村上春樹訳　帰ってきた空飛び猫
U・K・ル＝グウィン／村上春樹訳　素晴らしいアレキサンダーと、空飛び猫たち
U・K・ル＝グウィン／村上春樹訳　空を駆けるジェーン
T・ファリッシュ著／B・ルート絵／村上春樹訳　ポテト・スープが大好きな猫
群ようこ　濃い人々〈いとしの作中人物たち〉
群ようこ　いいわけ劇場
群ようこ　浮世道場
群ようこ　馬琴の嫁
室井佑月　Piss ピス
室井佑月　子作り爆裂伝
室井佑月　ママの神様
室井佑月／丸山あかね　プチ美人の悲劇
村山由佳　すべての雲は銀の…(上)(下)
村山由佳　永遠。
村山由佳　天翔る
室井　滋　ふぐママ
室井　滋　心ひだひだ
室井　滋　うまうまノート
室井　滋　気になり飯《めし》〈うまうまノート②〉
村野　薫　死刑はこうして執行される
睦月影郎　義《あ》姉《ね》〈武芸者 冴木澄香〉
睦月影郎　有《う》情《じょう》〈武芸者 冴木澄香〉
睦月影郎　忍《しのび》萌《もえ》
睦月影郎　変《かわり》萌《もえ》
睦月影郎　卍《まんじ》萌《もえ》
睦月影郎　甘《あま》蜜《みつ》三《ざん》味《まい》
睦月影郎　平成好色一代男 独身娘の部屋
睦月影郎　平成好色一代男 清純コンパニオンの好奇心

講談社文庫　目録

牧　秀彦　美《び》剣《けん》〈五坪道場一手指南〉
牧　秀彦　無《む》我《が》〈五坪道場一手指南〉
真梨幸子　孤《こ》虫《ちゅう》症《しょう》
真梨幸子　深く深く、砂に埋めて
真梨幸子　女ともだち
真梨幸子　クロク、ヌレ！
真梨幸子　えんじ色心中
真梨幸子　カンタベリー・テイルズ
真梨幸子　イヤミス短篇集
まきの・えり　ラブファイト㊤㊦〈聖母少女〉
牧野　修　黒娘　アウトサイダー・フィメール
巴亮介 漫画原作　牧野修　ミュージアム〈公式ノベライズ〉
毎日新聞夕刊編集部　女はトイレで何をしているのか？〈現代ニッポン人の生態学〉
前田司郎　愛でもない青春でもない旅立たない
間庭典子　走れば人生見えてくる
松本裕士　兄弟〈追憶のhide〉
枡野浩一　結婚失格
円居　挽　丸太町ルヴォワール
円居　挽　烏丸ルヴォワール

円居　挽　今出川ルヴォワール
円居　挽　河原町ルヴォワール
松宮　宏　秘剣こいわらい
松宮　宏　くすぶり亦《また》蔵《ぞう》〈秘剣こいわらい〉
松宮　宏　さくらんぼ同盟
丸山天寿　琅《ろう》邪《や》の鬼
丸山天寿　琅《ろう》邪《や》の虎
町山智浩　アメリカ格差ウォーズ　99％対1％
松岡圭祐　探偵の探偵
松岡圭祐　探偵の探偵II
松岡圭祐　探偵の探偵III
松岡圭祐　探偵の探偵IV
松岡圭祐　水鏡推理
松岡圭祐　水鏡推理II〈インパクトファクター〉
松岡圭祐　水鏡推理III〈パレイドリア・フェイス〉
松岡圭祐　水鏡推理IV〈アノマリー〉
松岡圭祐　水鏡推理V〈ニュークリアフュージョン〉
松岡圭祐　探偵の鑑定I
松岡圭祐　探偵の鑑定II

松岡圭祐　万能鑑定士Qの最終巻〈ムンクの〈叫び〉〉
松島泰勝　琉球独立宣言〈実現可能な五つの方法〉
松原　始　カラスの教科書
益田ミリ　五年前の忘れ物
三好　徹　政・財　腐蝕の100年
三好　徹　政・財　腐蝕の100年　大正編
三浦哲郎　曠野の妻
三浦綾子　ひつじが丘
三浦綾子　岩に立つ
三浦綾子　青い棘《とげ》
三浦綾子　イエス・キリストの生涯
三浦綾子　あのポプラの上が空
三浦綾子　小さな一歩から
三浦綾子　増補決定版　言葉の花束〈愛といのちの792章〉
三浦綾子　愛すること信ずること
三浦光世　三浦綾子　愛に遠くあれど〈夫と妻の対話〉
三浦明博　死《し》水《すい》
三浦明博　サーカス市場
三浦明博　感染広告

講談社文庫　目録

講談社文庫　目録

講談社文芸文庫

林 京子
谷間 再びルイへ。
十四歳での長崎被爆。結婚・出産・育児・離婚を経て、常に命と向き合い、凜として生きてきた、齢八十余年の作家の回答「再びルイへ。」他、三作を含む中短篇集。
解説=黒古一夫、年譜=金井景子
978-4-06-290332-5
はA8

小沼 丹
木菟燈籠
日常のなかで関わってきた人々の思いがけない振る舞いや人情の機微を、井伏鱒二ゆずりの柔らかい眼差しと軽妙な筆致で描き出した、じわりと胸に沁みる作品集。
解説=堀江敏幸、年譜=中村明
978-4-06-290331-8
おD9

三好達治
諷詠十二月
万葉から西行、晶子の短歌、道真、白石、頼山陽の漢詩、芭蕉、蕪村、虚子の句、朔太郎、犀星の詩等々。古今の秀作を鑑賞し、詩歌の美と本質を綴った不朽の名著。
解説=高橋順子、年譜=安藤靖彦
978-4-06-290333-2
みD4

講談社
文芸文庫
ワイド

不朽の名作を
一回り大きい
活字と判型で

小島信夫
抱擁家族
鬼才の文名を決定づけた、時代を超え現代に迫る戦後文学の金字塔。
解説=大橋健三郎、作家案内=保昌正夫
978-4-06-295510-2
(ワ)こB1

講談社文庫 最新刊

上田秀人 参勤〈百万石の留守居役(八)〉
藩主綱紀《つなのり》のお国入り。道中の交渉役を任された数馬に思いがけぬ難題が!?〈文庫書下ろし〉

松岡圭祐 水鏡推理Ⅴ〈ニュークリアフュージョン〉
文科省内に科学技術を盗むシンカー潜入か? 現役キャリアも注目の問題作!〈書下ろし〉

堂場瞬一 埋れた牙
女子大生の失踪、10年ごとに起きていた類似事件。この街《吉祥寺》に巣くう〈牙〉の正体とは?

五木寛之 青春の門〈第八部 風雲篇〉
青春の証とは何か。人生の炎を激しく燃やす青年、伊吹信介の歩みを描く不滅の超大作!

堀川アサコ 幻想温泉郷
今度の探し物は〝罪を洗い流す温泉〟!? 大ヒット『幻想郵便局』続編を文庫書下ろしで!

馳星周 ラフ・アンド・タフ
向かうは破滅か、儚《はかな》い夢か? 北へ逃げるヤミ金取立屋と借金漬けの風俗嬢の愛の行方。

織守《おりがみ》きょうや 霊感検定〈心霊アイドルの憂鬱〉
高校生アイドルに憑いたストーカーの霊は何を訴えるのか。切なさ極限の癒し系ホラー。

周木律 双孔堂の殺人〈～Double Torus～〉
異形の建築物と数学者探偵、十和田只人《とわだただひと》再び。真のシリーズ化、ミステリの饗宴はここから!

森博嗣 つぼみ茸《きのこ》ムース〈The cream of the notes 5〉
森博嗣は軽やかに「常識」を更新する。ベストセラ作家の書下ろしエッセィシリーズ第5弾!

瀬戸内寂聴 新装版 寂庵説法
人はなぜ生き、愛し、死ぬのか、に答える寂聴〝読む法話集〟。大ロングセラーの新装版。

講談社文庫刊行の辞

二十一世紀の到来を目睫に望みながら、われわれはいま、人類史上かつて例を見ない巨大な転換期をむかえようとしている。

世界も、日本も、激動の予兆に対する期待とおののきを内に蔵して、未知の時代に歩み入ろうとしている。このときにあたり、創業の人野間清治の「ナショナル・エデュケイター」への志を現代に甦らせようと意図して、われわれはここに古今の文芸作品はいうまでもなく、ひろく人文・社会・自然の諸科学から東西の名著を網羅する、新しい綜合文庫の発刊を決意した。

激動の転換期はまた断絶の時代である。われわれは戦後二十五年間の出版文化のありかたへの深い反省をこめて、この断絶の時代にあえて人間的な持続を求めようとする。いたずらに浮薄な商業主義のあだ花を追い求めることなく、長期にわたって良書に生命をあたえようとつとめるところにしか、今後の出版文化の真の繁栄はあり得ないと信じるからである。

同時にわれわれはこの綜合文庫の刊行を通じて、人文・社会・自然の諸科学が、結局人間の学にほかならないことを立証しようと願っている。かつて知識とは、「汝自身を知る」ことにつきていた。現代社会の瑣末な情報の氾濫のなかから、力強い知識の源泉を掘り起し、技術文明のただなかに、生きた人間の姿を復活させること。それこそわれわれの切なる希求である。

われわれは権威に盲従せず、俗流に媚びることなく、渾然一体となって日本の「草の根」をかたちづくる若く新しい世代の人々に、心をこめてこの新しい綜合文庫をおくり届けたい。それは知識の泉であるとともに感受性のふるさとであり、もっとも有機的に組織され、社会に開かれた万人のための大学をめざしている。大方の支援と協力を衷心より切望してやまない。

一九七一年七月

野間省一

|著者|本城雅人　1965年神奈川県生まれ。明治学院大学卒業。産経新聞社入社後、産経新聞浦和総局を経て、サンケイスポーツで記者として活躍。退職後、2009年に『ノーバディノウズ』が第16回松本清張賞候補となり、同作で第1回サムライジャパン野球文学賞大賞を受賞。代表作に『球界消滅』『贅沢のススメ』『境界　横浜中華街・潜伏捜査』『トリダシ』『ミッドナイト・ジャーナル』『マルセイユ・ルーレット』『英雄の条件』『紙の城』などがある。

嗤《わら》うエース

本城雅人《ほんじょうまさと》

講談社文庫

定価はカバーに
表示してあります

2016年12月15日第1刷発行

発行者――鈴木　哲
発行所――株式会社　講談社
東京都文京区音羽2-12-21　〒112-8001
電話　出版（03）5395-3510
　　　販売（03）5395-5817
　　　業務（03）5395-3615

デザイン―菊地信義
本文データ制作―講談社デジタル製作
印刷―――豊国印刷株式会社
製本―――株式会社国宝社

Printed in Japan

ISBN978-4-06-293542-5

嗤うエース

一九一九年　ブラックソックス事件

米国大リーグのホワイトソックスの選手八名が、ニューヨークのマフィアのボス、アーノルド・ロススタインの一味から賄賂《わいろ》を受け取り、レッズとのワールドシリーズで敗退行為を行ったとして永久追放された（ホワイトソックスは三勝五敗で敗退）。八選手の中にはシューレス・ジョーの異名を取ったスター選手、ジョー・ジャクソン外野手も含まれていた。

一九六九年　黒い霧事件

西鉄ライオンズの選手と暴力団員の交際をきっかけに、敗退行為が行われていたことが発覚。計六名が永久追放された（一名は二〇〇五年に解除）。関わった選手は一部球団にとどまらず、他球団にも蔓延《まんえん》していたことが判明。出場停止処分や謹慎、戒告処分が下された。また事件発覚の前後には、複数の選手の周辺で、原因が明らかではない事故死や行方不明事件が起きており、暴力団関係者との関連が疑われた。

二〇〇八年　黒米事件

台湾プロ野球（中華職業棒大聯盟）の米迪亜《ディメディア》ティー・レックスという球団が、チームぐるみで野球賭博《とばく》、八百長を行なっていたことが発覚。また暴力団からの資金提供を受けていたことで、連盟から除名処分を受け、解散した。台湾では〇九年にも別のチームで暴力団ぐるみの八百長行為が行われていたことが検察当局によって明らかにされ、監督やコーチが逮捕された。

本書は二〇一二年十月、幻冬舎文庫として刊行されたものです。

〈参考文献〉
『プロ野球黒書　八百長を演出するのは誰か！』
鈴木陽一（日新報道出版部）

第一章　浪岡龍一　十二歳

1

約束より三十分も前だというのに、すでに迎えの者は来ていた。

減速していく電車の窓から、警察官らしい男を見つけると、半澤正成《はんざわまさしげ》は網棚から土産を包んだ風呂敷を下ろした。

私服姿だったにもかかわらず、出迎えの若い警察官は、半澤が上官から命じられた警察関係者だと気付いたようだ。行進しているかのような規則正しい歩き方で近づいてくる。来年に迫った東京オリンピックの入場式は、きっとこんな感じなのではないか、とふと頭を過《よぎ》った。

乗降口から足を踏み出すと、青年刑事は「お疲れさまです」と言って敬礼した。教則通り、五本の指が伸び、肘《ひじ》は肩の位置まで上がり、掌《てのひら》は少しだけ外方に向いている。

半澤は「ごくろうさん」と言ってお辞儀をした。

私服無帽なのだから、敬礼する方が礼に反する。この刑事は、ついこの前まで制服警官だったか、それとも緊張しすぎて自分が私服だということを忘れているかのどちらかだ。それでも警察官の模範のような態度に、半澤は志を高く持って、巡査として拝命された七年前を思い出した。

林と名乗った刑事は、階級は巡査であると告げた。半澤が予想した通り、先月に交番勤務から湊《みなと》署の刑事課に配属されたばかりだという。

年齢は二十四歳だというから、二十九歳の半澤より五歳も若いが、彼が高卒だとしたら、警察官としてのキャリアはさして変わらない。

「またずいぶん早くから、来てくれてたんやな。助かったわ」

「とんでもございません」

「署に時間を告げた後に、電車の時刻に気付いたんや。こりゃ三十分ばかり、駅の周りで時間潰《つぶ》さなあかんと思ってた矢先やった」

「電車が一時間に一本しかないのは承知していましたので」

「それやったら、キミが機転を利かせてくれたお陰や。ありがとう」

「いえ、きっと、この時間にいらっしゃるんじゃないかと思っておりました」

林はまるで半澤の几帳面《きちょうめん》な性格を知っていたかのように答えたが、普段はつねに早め、早めに準備する半澤も、この見知らぬ土地では自分の計算通りにいかず、ここに来るまで相当に往生した。

あまり早くタクシーを呼びすぎては申し訳ないと思い、電話するのを遅らせたら、迎車が来るのに十五分もかかった。駅前は工事をしていて、信号が壊れているかのように車が動かなかった。

階段を全力で昇り降りし、なんとか予定の電車に間に合ったが、あと数秒遅ければ、次の電車まで丸一時間、駅で暇を潰す羽目に陥っていた。

まぁ、真面目を絵に描《か》いたようなこの巡査のことだ。遅れたなら遅れたで、この殺風景な駅舎で、待っていてくれただろう。

「湊駅というから、てっきり海のそばやと思てたけど、そやないんやな」

半澤が育った神戸で言うなら、須磨《すま》のようにホームの向こうが海岸になっている景色を想像していたのだが、海が見えるわけでも、潮の匂いがするわけでもなかった。ただし海のある方向とは逆側に、大きな山が聳《そび》え立っているのは、どこか須磨の景色と似ていた。太い緑のクレヨンで引いたような美しい稜線《りょうせん》が、水色の背景に浮かび上がっていた。

「はい、港からは少しあります」

「どれぐらい離れてるんや？」

「歩いて十五分くらいです」

「そんなもんか」半澤は意外な気がした。「十五分ならもう少し海っぽい感じがしてもええのにな。潮の匂いもせん」

林は鼻を鳴らし、「確かにそうですね。気になりませんでした」と答えた。

「きょうは風向きが違うのかな」と半澤は顎《あご》をあげ、頬《ほお》で風を受けた。初夏だというのに、山の方から吹いている感じだ。「署も港の方やったな」

「はい。海のすぐ近くです」

「ええ場所や」

そう述べると、林は怪訝《けげん》な顔をした。田舎育ちの警察官には、都会の真ん中にある警察署がいかに味気ないか分からないのだろう。

「半澤警部補、本日、私は非番なもので、寮から直接、こちらに来るように命じられました。よって、車ではありません。森川係長からはタクシーでご案内するように言われているのですが、それでよろしいでしょうか」

「非番かね？　そりゃすまんかったな」

「係長のご友人と伝えられていますので。くれぐれも粗相のないように言われて来ました」

そこまで言うと、思い出したように、「あっ、伝え遅れまして申し訳ございません。このたびはご愁傷さまでした」と再び、気を付けの姿勢になって頭を下げた。

「いやいや、こちらこそ、森川をはじめ、皆さん方には大変ご迷惑をかけた。本当に申し訳ない」

「いえ、たいしてお役に立てず、こちらこそ申し訳ございませんでした」

林は半澤を警察庁の官僚と勘違いしているようだ。このままでは署に着くまでに息が詰まると感じ、半澤は「ワシもキミと同じただの刑事や。そんなに畏《かしこ》まらんで、気軽に話してくれ。でないとさっきから背中がこそばゆうてしゃあない」。

半澤が懇願すると、林は「は、はぁ」と困惑顔をした。


母が亡くなったのが四日前のことだった。

半澤は危篤の知らせを署内で聞くと、タクシーで東京駅に向かった。

幸いにもホームに大阪行きの夜行列車が停《と》まっていたので飛び乗った。鈍行でなくて助かったが、名古屋で乗り換えた紀勢本線は山間《やまあい》や断崖《だんがい》を走る、立っていられないほど左右に激しく揺れる単線で、紀伊半島の小さな駅に辿《たど》り着くまで丸一日かかった。

オリンピックが開催される来年には、「東海道新線」という超特急が開通し、東京―大阪間を四時間という驚異的な速さで行き来できるそうだ。それでも名古屋からの所要時間は変わらないのだから、和歌山に来るのに一日がかりなのは同じ。日本は豊かになって、どんどん便利になっていくが、それは一部の大都会だけで、田舎は取り残される。そう危《き》惧《ぐ》するのは半澤が保守的な人間で、時代の流れに乗り損ねているからかもしれない。

母はすでに意識はなかったが、一人息子の半澤が着くのを待っていたかのように、到着してしばらくしてから息を引き取った。

刑事の母として、精いっぱい頑張ってくれた。

危篤の知らせが一ヵ月早ければ、ここに来られたかどうかさえ疑問だった。

三ヵ月ほど前の三月三十一日に吉展《よしのぶ》ちゃんという男児が誘拐され、それ以来、警視庁管下の全署が、殺気だったような雰囲気に変わっていた。

犯人から身代金五十万円が要求されたのだが、その身代金を警察は、最初の受け渡しで丸々奪われるという大失態を演じてしまったのだ。

その後、警視総監が犯人に「吉展ちゃんを返してくれ」と呼びかけた。これで犯人を捕まえられなければ、警察の威信に関わる非常事態に陥る。捜査体制が拡充され、半澤が勤務する署からも同僚刑事が招集されたが、いまだ男児は帰ってこず、犯人からの連絡まで途絶えてしまった。

犯人を捕り逃したとの一報を聞いた直後は、まるで通夜のように静まり返っていた署内だったが、そのうち、怒りから机をガンガン叩《たた》く音が聞こえてきた。これで正義を守ると胸を張って言えるのか。警察の力とはこの程度なのか……半澤自身も自分たちの無力さを恥じた。

そんな非常時だけに、半澤は直接、捜査に関わっていなかったとはいえ、帰郷するのは気が引けた。だが、危篤の電報を受け取った際に偶然そばにいた上司が「帰ってやれ」と気を利かせてくれた。たった一人の肉親なんだろう、親に寂しい思いはさせるな、と。

十四歳の時に父親が死んだ。

それから母は神戸の新開地という歓楽街で、小さな珈琲《コーヒー》店を営みながら、一人息子を大学まで出してくれた。

京都の大学に入学した時の希望は警察官僚だった。

だが大学生活を過ごす間に、警察全体を統括するのではなく、一兵卒として悪い奴等《やつら》を懲らしめたいと心境が変化した。

四回生の時に、どうせ現場を踏むのであれば、地元の関西ではなく、日本の中心である東京に行きたい、と警視庁の採用試験を受けることを決めた。

母を置いていくことは忍びなかったが、当時の母は風邪一つひいたことがないというのが自慢で、元日以外は休むことなく店に出ていた。

「うちのことは気にせんでええから、アンタの好きなようにやりや」

母はそう言って送り出してくれた。

だが、警察官になって六年目の昨年、母が脳卒中で倒れた。

幸い、店に来た客が救急車を呼んでくれたからよかったものの、発見があと何分か遅れていたら亡くなっていた。

母が入院中、半澤は兵庫県警への異動を願い出ようかと考えたが、異動したところで警察官である以上、四六時中母の面倒を見ることはできない。そんな折、母の生家である和歌山の、半澤にとっては叔母にあたる母の妹が引き取ると申し出てくれたのだ。

叔母夫婦とは、せいぜい年賀状のやりとりをする程度の間柄だっただけに、叔母がそう言い出してくれたことがありがたかった。叔母の厚意に甘える形で、母を預けた。

叔母からは頻繁に手紙で病状を報告してもらっていた。いい医者に診《み》てもらっているから安心だと言われ、言われるままに金を工面していた。実際に家を訪れると、送った金が、叔母の言葉通りに医療費に使われていたかどうか疑問を感じた。

母は、母屋と庭を挟んだ、陽当《ひあ》たりが悪く空気が湿った離れに寝かされていた。部屋は至るところに埃《ほこり》が浮いていて、頻繁に掃除されているようでもなかった。

叔母にはまだ中学生の娘がいるのだが、居間には一年前にはなかったオルガンが置いてあり、週一回、音楽教室に通わせているようだった。

自分が送った金で買ったのだ、と直感的に分かった。母の妹だからと信用し、すべてを任せてしまったことをひどく後悔した。

それでも通夜や葬儀は、半澤がきちんと手配を取り、母に寂しい思いをさせないだけのものは、執り行うことができた。

それもひとえに湊署の刑事課に勤務する森川のお陰である。

大学時代からの友人である森川は、偶然にも母が倒れる直前、和歌山市内の所轄から湊署に異動していた。刑事課の係長という責務にもかかわらず、母親を荼毘《だび》に付すまで付き合ってくれた。

葬儀には森川だけでなく、何人かの警察官も手伝いに来てくれ、署長からは花まで出してもらった。

だから東京に戻るのを一日延ばして、湊署へ挨拶《あいさつ》させてほしいと申し出たのだ。森川はその申し出を快諾してくれた。

林巡査とともに湊駅の改札を出ると、そこは小さなロータリーになっていた。タクシー乗り場と書かれた赤錆《さ》びた標識柱が立っていたが、タクシーは出払っていた。

「すいません。少しお待たせすることになりそうです」と恐縮する林巡査に、半澤は「それやったら歩こうや。十五分なら、約束の時間にちょうどいいやろ」と提案した。

「申し訳ございません。実は係長はちょうど外出していて、半澤さんがいらしても一時間ぐらいお茶でも飲んで待ってもらうように言われているんです」

「事件でもあったんか？」

「ちょっとした空き巣でして。たいした物も盗《と》られていないんですけど。自分の目で現場を見ておきたいと言ってました」

「そりゃ、森川らしいな。しかし、このあたりでも泥棒がおるんやな。東京と違《ちご》て、田舎は鍵を掛けずに外出するのが当たり前かと思ってた」

意外な気がしてそう言うと、林は「とんでもない」と首を左右に振った。

「このあたりは結構、治安は悪いですよ。金持ちと貧乏人の差は激しいですし」

「金持ち？」

「はい、金持ちといってもにわか成金ですけどね。東京のように事業で成功するわけではないですから、持ってる額は知れてます」

「地主が多いということか」

「いいえ、農業は盛んですけど、農業で金持ちになれるのはほんの一握りです。それよりうま味があるのは漁師です」

「漁師？」

「はい。このあたりの漁師はみんな海賊の末裔《まつえい》だって言われています。だから気は荒いし、余所《よそ》の漁場まで荒らしまくるんです。わざわざ何十キロも離れた加太《かだ》まで行きよるくらいですから」

「加太で何が獲《と》れるんや」

「鯛が獲れます。そういう無茶ばかりしよるから、争いごとも尽きなくて……漁師というのはこのへんの人間だけやのうて、どこも似たり寄ったりの荒くれ者ばかりかもしれませんが」

　確かに小さな駅舎に不似合いなほど、目の前に続く商店街のような小道には結構な店が軒を連ねている。一杯飲み屋やお好み焼き屋といった飲食店だけでなく、金物屋に洗濯屋にプラモデル屋、さらに「男のヘアーサロン」と真新しい看板を掲げた散髪屋まであった。

　その話をすると林は「漁師の連中は金に無頓着《むとんちゃく》ですから、稼いだ分だけ町に落としよります」と笑った。

「そりゃ結構なことやな」

「はい。地元にはありがたいことです」

「そのうちここも、ぶらくり丁《ちょう》のようなモダンな屋根がつくかもしれんな」

　ぶらくり丁とは和歌山市内にある商店街で、一年前に母親を連れてきた帰りに一度だけ寄った経験がある。「ぶらくる」とは和歌山の方言で「吊《つ》り下げる」という意味で、江戸時代、衣料品や干物などを軒先に吊り下げて販売していたことに由来する。ただ、モダンといったところで、三宮《さんのみや》のアーケードと比べたら質素なものだ。

　冗談で言ったつもりだったが、林は「このあたりで、雨の日にわざわざ買い物に出てくる人間はいませんよ」と真に受けた。

「晴耕雨読かいな。ええこっちゃ」

「でも漁師は水に濡《ぬ》れるのは気にせんですから、雨やからって、家でおとなしゅうしてるわけではないんですけどね」

「そやな。水に濡れるのが嫌やったら漁師なんかできんな」

「中には泳げないのに船に乗る者もいるらしいですが」

「転覆したら死んでまうやないか」

「そうですね。天国に一直線です」

もともと気さくな男なのか、ガチガチだった口調がずいぶんと丸くなった。

2

商店街を抜けると急に視界が開けた。

道の両端は畑になっていて、いくら景気がよかろうが、ここは都会から遠く離れた田舎町なのだと実感させられた。

林巡査と並んでしばらく歩いていくと、空き地に人が群れているのが見えた。

「ずいぶん人が集まっとるな。祭りでもやっとるんかいな」

「あそこですか？　野球場です」

「野球場？」

「野球場いうても原っぱにベースが置かれているだけです。外野は雑草だらけですし。あの雰囲気だと、少年野球やないですかね」

「少年野球で、あれだけのお客さんが見に来るんかいな」

ざっと数えただけでも二十人はいる。父兄にしては多すぎる気がした。

「このあたりは野球が盛んなんですわ。湊商業、ご存じですか？」

半澤は少し考えてから「ああ」と首肯した。最近は甲子園から遠ざかっているが、旧制中学時代から何度も全国大会に出場している名門だ。

「それにきょうは沖休みなんじゃないですか」

「沖休み？」

「漁師が海に出ていないという意味です。最近、海が時化《しけ》っているという話を聞きますので」

「でもいくら休みやからって、子供の野球を見に来るなんて、よっぽど野球が好きなんやな」

「他に娯楽もないですからね。スマートボールと卓球場があるくらいで、ボウリング場もありません。映画は商店街の端に古い映画館が一軒ありますけど、毎回似たような、くだらんのしかやってませんし」

「それで野球を見に来るんやったら、このあたりの男は健全ということやな」

「健全ですか？　それはどうですかね。春と夏の県大会になると、ほとんどの人間が応援に行きますけど、応援ちゅうより、ヤジ飛ばしに行ってると言う方が近いかもしれませんね」

「子供にヤジは可哀想《かわいそう》やな」

「湊商はここ最近、甲子園に行けてませんからね。みんなストレスが溜《た》まっているんですよ」

「ストレスねぇ……」

「このあたりのもんは、昼間は学生野球、夜はラジオで阪神戦を聴くんが、唯一の楽しみですからね」

そこまで言うなら、少し見ていきたい気になった。

「森川が出ているなら、ゆっくりしてって大丈夫やな。少し見てこか」

そう提案すると、林も署には向かいたくないのか、「そうですね」と同調した。


さすが「盛んだ」と言うだけあって、プレーしている子供のレベルからして、たいしたものだった。

とくにマウンドに立っていたぎっちょのピッチャーは、他の子供と比べてずいぶん背が小さいにもかかわらず、速いボールを投げ、打者をキリキリ舞いさせていた。

顔を見ると、逆ハの字形の眉毛《まゆげ》をさらに吊り上げ、向こうっ気の強そうな顔をしていた。ごんたという言葉が似合いそうだ。

三塁側のファウルグラウンドには白墨で書かれたスコアボードがあった。一回、三回、四回にごんた顔のエースがいるチームが加点し、三対〇で勝っていた。

試合は五回裏まで進んでいた。

半澤が小学生の時にやっていたのと同じルールなら、この回を含めてあと二イニングでゲームは終了することになる。

少年は、ツーストライクと追い込むと、目の覚めるような直球で、打者を空振り三振に取った。

「なかなか、たいした子ですね」

林も初めて見たのか、驚いた顔をしていた。

「いや、なかなかどころやないで。腕の振りだけでも惚《ほ》れ惚《ぼ》れするわ。プロのスカウトが見たら、その場で連れ帰りたくなるんやないか」

「まさか、そこまではないでしょう」

「いやいや、ワシも野球が好きで、東京で散歩がてらに近所の少年野球を覗《のぞ》いたりするけど、これだけの子供には、そうお目にかかれん」

「そんなすごいですか。だったらよう顔を覚えておかないけませんね」

少年は続く打者も三振に取って、五回裏を終了させた。半澤が見てから二者連続三振で、いずれもバットに掠《かす》らせてもいない。

もう一イニング、少年のピッチングを見たかった。

だが、六回表の攻撃で、相手投手がコントロールを乱し、試合が長引きそうな雰囲気になった。点は入っていないが、まだノーアウトだ。半澤は小用を足したくなり、林に「ここ、便所あるかな?」と尋ねた。林は外野方向を指差し、「あの小屋みたいなのが簡易便所です」と教えてくれた。

半澤は助かったと思い、一人でそっちに向かった。とっとと済まして、続きを見たい。早足で辿り着き、便所のドアに触れると、奥からひそひそ声が聞こえてきた。

一瞬、中に誰かいるのかと躊躇《ちゅうちょ》したのだが、そうではないらしい。声の主《ぬし》は便所の裏側にいるようだった。半澤は何の気なしにそっちを覗いた。

中年男性が少年の肩に手を置いて話をしていた。

少年はさっきのごんた顔だった。

「ええな」という声に、少年は大きく頷《うなず》いた。

中年男は人の気配を感じたのか、こちらに顔を向けた。右目の下に大きなほくろがあった。中年男は半澤に立ち聞きされていたと気付くと、わざとらしく咳払《せきばら》いして、少年の肩から手を離した。

「まっ、頑張れよ」と声をかけ、横歩きするように離れる。右足が良くないのか、少し足を引きずっていた。

少年はなにも返答せず、体の向きを変え、半澤の横を小走りですり抜けていった。

中年男の動作に、心に後ろめたい思いを持った人間が発する不審者の匂いを感じとった。半澤の刑事本能が呼応しかけたが、声をかけるのはやめた。頑張れよと言うぐらいだから知り合いなのだろう。

小便を終え、グラウンドに目を向けると、少年がマウンドに立っているのが確認できた。林が「早く、早く来てください」と手招きしていたので、半澤も急いだ。

「ああ、よかった。試合が終わってしまいそうなんで心配していましたよ」

すでに少年はワンアウトを取っていた。さっきの攻撃は結局、無得点に終わったようで、三対〇のままだ。

ところが、半澤が傾斜のついた草むらに腰を下ろすと、試合の雲行きが変わった。さっきまで快調だった少年が、コントロールを乱し始めたのだ。

一球もストライクが入らずに打者を歩かせると、次の打者にもワンスリーからフォアボールを出した。続く打者は三振に取ってツーアウトとしたが、次打者にもフォアボールを出し、満塁にしてしまった。

「二死満塁ですね」

「そうやな、どうしたんやろ、あの子」

「あっさり三人で終わらせると思ったんですけどね」

「しかもフォアボール三つやろ」

「勝てそうなんで緊張し始めたんですかね」

「三点差あるんやで。楽勝やないか」

「そのあたりが子供なんですよ。気楽にやればいいのに、どうでもいいところで急に緊張したりする。だから子供の野球は面白いんでしょうね」

林は決め付けるような言い方をしたが、半澤には納得できなかった。

緊張しているなら、もう少し表情に変化が出てもよさそうだが、少年の顔は前のイニングまでと同じで、動揺の色一つ浮かんではいない。余裕というのか、打者を見下しているようだ。

だが少年は次打者に棒球のようなストレートを投げ、センター前に弾《はじ》き返される。二点が入り、得点は三対二と一点差。それまで静まり返っていた相手ベンチが大騒ぎになった。

半澤はこのまま逆転されるのではと危ぶんだ。逆転されるというよりは、少年はわざと逆転されようとしているようにも見えなくはなかった。顔は淡々としているのだが、投球フォームはそれまでの少年とは別人のように小さく見えたし、内野手からの返球を受け取る、その捕り方からして覇気がなかった。

続く打者への初球もボール球になる。さっきより球は良かったが、捕手が構えたところから大きく外れた。

二球目、またしても高かったが、打者は手を出し、内野フライを打ち上げた。

場所的にはサードとショートの間くらい、どちらかが「オーライ」と声をあげる位置だったが、少年が左腕をグルグル回して、「どけ。オレが捕る!」と叫んだ。

半澤はおいおい、と心の中で叫びながら少年の動きを追った。なにも自分が捕りに行くことはない。走者はスタートを切っているから、もし落球すれば逆転されてしまう。

少年は顎を真上に上げたまま、落下点まで走っていく。足が少しもつれた。

まさか──。

不安が過ったが、少年は転倒することなく、飛球をグローブに収めた。ボールはグローブの網から半分ほどはみ出ていた。

ゲームセット。

「やれやれ、ですな」

先に林が言ったので、半澤も「ああ」と返事をした。

「しかし、今のはピッチャーの守備範囲やないですよね」

「ショートの守備範囲や」

「ホンマ、ヤンチャしよりますなぁ、あの子。まぁ、ピッチャーやる子はそれぐらいでなきゃいかんのでしょうけどね」

そう言うと、林は腕時計を眺め、「そろそろ係長が戻ってきはる頃です」と言った。

「ああ、ちょうどいい時間潰しになったな」

立ち上がって方向転換すると、土手の真ん中あたりで、二人の中年男性が話しているのに気付いた。一人は便所の裏で、少年に話しかけていた足の悪い男だった。

足の悪い男が「なっ、あのまま終わらん言うたやろ」と手を出した。

もう一人が渋顔でポケットから百円札を出すと、足の悪い男は「悪いな」と言い、貰《もら》った金をくしゃくしゃに丸めてニッカーボッカーの前ポケットに押し込んだ。

その瞬間、半澤は「おい」と声を出した。

男たちはビクッと体を揺らした。二人は逃げるように土手の左右に分かれていった。

「どうしたんですか、半澤さん」突然、声を発したことに林が驚いた。

「あの男ら、金を賭《か》けとったで」

「金？」

林は一瞬だけ声を裏返したが、すぐに元の声に戻した。

「小博打《こばくち》ですね」

「小博打って、賭博《とばく》やないか」

半澤は言い返したが、林は「まぁ、遊びでしょうから」と取り合わない。

「このあたりの人間はみんなそうですよ。中には一日一回、金賭けなやってられへんという博打《ばくち》中毒もおります。そういう連中はジャンケンでも金を賭けますからね。大目に見たってください」

「大人同士ならまだしも、今のは子供の野球やで」

「子供の野球でも、連中は勝ち負けになるんやったらなんでもええんですよ。だから酒場に行けば、みんなでナイター中継見ながら、次の球、ストライクが来《き》よるかボールが来よるかでも賭けよります。そんなことでいちいち取り締まっていたら、この街から男もんはおらんようになってしまいますんで」

半澤はなにも言い返せなかった。

和歌山県警ではなく、自分は東京の刑事なのだ。賭博は法律で禁止されているとはいえ、そんな身内の賭けごとまで捕まえていたら、林の言う通り、きりがない。

それでも気になって、林にさっきの男について尋ねた。

「あの男、なにもんや」

「あの男ってどっちですか？」

「ほら、臙脂《えんじ》のシャツを着た……目の下にほくろがあって、足を引きずってた男や」

「さぁ、もう一人の方は見かけたことがありますけど、足の悪い方はないですね」

だったら旅人か。いや乞食《こじき》のようなものだ。京都で過ごした学生時代、観光客にケチをつけてはああやって金をせびっている人間をよく見かけた。

「金を取られた方はなにもんなんや」

「そっちなら知ってます。あれは漁師崩れですよ」

「漁師崩れ？」

「ケガでもして船に乗れんようになったんやないですか」

「そやったら足をケガしていた男も漁師やったんやないか」

「そうかもしれませんね。でも人相から言って、どこぞの町から流れてきたチンピラやないでしょうか。まっ、チンピラいうても手先みたいなもんで、正式な構成員ではないんでしょうけど」

「あの足でか？」

「出入りの際にドジ踏んで、極道としても使いもんにならんようになってしまったんやないですか。で、こんなところで素人《しろうと》から金を取っている……まったくしょうもない男ですよ」

林は憐《あわ》れむような目で話した。

3

林が話していたように、警察署は港のすぐ近くにあった。

隣には、ひと回り大きな役所が建っていて、警察署の階段の窓から覗いたところで、岸壁も見えなければ、漁船の船尾も見えなかった。それでも開けっぱなしになっていた窓から、潮の香りがしてきたので、すぐ近くに海があることは感じとれた。

海といっても、須磨の海岸のような爽《さわ》やかな潮風ではない。青緑色に海水を染める苔《こけ》や、港の至るところに落ちて腐敗した魚の匂いが入り混じった、漁港独特の饐《す》えた匂いが漂ってくる。

二階の刑事部屋に到着すると、すでに森川は待ちくたびれていた。

「遅かったやないか、どこで道草食ってたんや」

「おまえが忙しいと聞いたんで、気を利かしたんや」

「なんや。そりゃ、申し訳なかったな」

森川は席を立って、刑事部屋の連中に半澤を紹介して回った。

「課長、こいつがこの前に話した半澤です」

「ああ、国立大出て、東京の刑事になったという男か」

「国立大やいうてもそこいらの駅弁大学とは違いまっせ。帝大ですよ、帝大」

帝大の部分だけ、森川は声量を上げ、強調した。

「いくら天下の警視庁様でも、きょうび帝大出て、好き好んで刑事になろうなんて人間、そうはおらんでしょう」

「そやろな」

「ホンマ、変わりもんですよ」

「でも半澤クン、そやったら、なんで上級試験、受けんかったんや」

刑事課長は半澤が経歴を伝えると必ずされる質問をしてきた。

半澤が答えるより先に森川が説明してくれた。

「半澤も最初は警察庁《さっちょう》希望だったんです。こいつの頭《おつむ》やったら、絶対に受かっていましたよ。なのに四回生になって突然、刑事になると言い出したんです」

「ほぉ、そりゃまたなんで」

「悪党をこの世から撲滅するなら、自分の手で撲滅したいって……なぁ、半澤？」

森川が同意を求めるように訊《き》いてきたので、半澤は静かに、そして嫌みにならない程度に笑みを返した。半澤が実際に述べたセリフとはずいぶん違って、尾ひれがつけられてはいるが、あえて言い直すほど外れてはいない。

森川は大学は違うが、同じ関六（関西六大学）で野球をやっていたとあって、お互い警察官希望だと分かってから、何度も酒を酌み交わした。森川にしたって、「悪党から市民を守ってやるんだ」と熱く語っていた。

「そりゃ、半澤クン、キミたいした気概や」

「そうですよね。ワシらから見たら、現場で汗まみれになるより、クーラーの効いた個室で、書類と睨《にら》めっこしている方がよっぽど楽ですけどね」

「ホンマや、あいつら官僚こそ、捜査妨害の主たる原因やからな」

普段から本部のお偉方に煩《うるさ》く言われているのか、課長も口を尖《とが》らせて森川に加担した。

「まぁ、そういう意味ではあんな役立たずの税金泥棒にならんでよかったってことや。半澤、おまえの選択で正解やった」

「だといいがな」

「ああ、そうや、そうや」

森川はまるで半澤を変わり者のように言ったが、実際は警察官になろうが、警察官僚になろうが、大学の同級生からの反応は変わらなかった。

不況に強いという公務員神話は根深く残っていたが、大蔵官僚を目指す一部の優等生を除けば、公務員の上級試験を目指す学生は少なかった。当時はこれから高度成長が始まると叫ばれていた時代だった。鉄鋼でも造船でも繊維でも、戦後日本の復興を担ってきた大企業からの求人はいくらでもあった。

「しかも課長、半澤は警察学校の成績は一番で、交番勤務を終えた後も、希望すればどこへでも好きな部署に配属されたのに、マル暴を選んだんですよ。同じ刑事でも一番不人気な部署を」

「マル暴？　四課かね？」

「いいえ、まだ私は所轄にいますもので、刑事課の二係です」半澤が補足する。

湊署クラスなら、強行、知能、窃盗、暴力も全部担うのだが、警視庁内の所轄は一係が強行・盗犯、二係が知能・暴力犯と分かれている。さらに細かく班が分かれていて、半澤は暴力犯関係の班長だ。

「しかし森川クン、キミにとっては、半澤クンが官僚になってくれた方がよかったやろ」

「そうですかね」

「そりゃ、そやで。キミが平刑事でも、県警の本部長に来た官僚様がご友人やったら、それだけで本部務めや」

「ホンマですな、よう考えたらエライ損したかもしれませんわ」

大学時代から盛り上げ上手だった森川はそう言って上司連中の笑いを誘った。

平刑事と言われたが、森川も半澤同様、拝命七年ですでに昇任試験に二度合格し、警部補に昇進している。警視庁と他の四十六道府県の本部では、警視庁の方が一つ下の役職で対等と言われているだけに、湊署の「係長」は半澤の「班長」とほぼ同じだ。

その時、外から五分刈りの体格のいい男が入ってきた。森川はその姿を見つけると、すぐに「あっ、長池《ながいけ》刑事」と呼んだ。

「長池刑事、コイツがこの前、言った、ワシの大学時代の友人で、今は警視庁にいる半澤です」

森川はこれまでと同じように半澤を紹介した。

長池刑事と呼ばれたいかにも腕っ節の強そうな男は、その厳《いか》つい見かけに反して、丁寧に名乗った。年下の森川が「刑事」と呼んだので予想できたが、まだ階級は巡査だった。ただし、平巡査でも逮捕した容疑者から弁録（弁解録取書）を取ったり、公判で起訴事案について明らかにできる司法警察員の権限を持っている。それは森川をはじめ、この部屋にいる捜査員連中の彼に対する応対で、なんとなく感じた。司法警察員巡査長は、刑事に憧《あこが》れてこの世界に入ってきた者にとっては花形だ。出世していくよりはるかに人気がある。

「これはこれは遠いところをお疲れさまです」

「半澤正成です。このたびは母の件で皆さまにお世話になりました」

「このたびはご愁傷さまです」

東京なら大学出の警部補など、試験勉強ばかりしてろくに現場も踏んでいないと小馬鹿にされるものだが、長池はそういう性格なのか、腰が低かった。

「ところで半澤さんのまさしげってどういう字を書くんですか」

「楠木正成《くすのきまさしげ》と同じですよ」鎌倉時代末期の武将の名を挙げた。

「やっぱりそうですか。なんとなくそう思ってましたわ」

「さすが長池刑事、ええ勘してますな。コイツは神戸育ちで、実家は湊川《みなとがわ》神社のすぐそばですから、まさに大楠公《だいなんこう》の生まれ変わりのような男ですわ」

森川が茶々を入れる。

楠木正成を祀《まつ》る湊川神社のことを地元の人間が「楠公さん」と呼ぶこともあり、半澤は子供の頃、「ナンコウ」「ナンコウ」とからかわれた。だからあまりその呼び名にいい思い出はない。なにせその武将は、鎌倉幕府から「悪党」と呼ばれていたのだ。

悪党——。半澤の一番、嫌いな言葉だ。

それでも低い身分から這《は》い上がり、最後まで朝廷に仕え、少数の兵士を率いて足利尊氏《あしかがたかうじ》の大軍に向かっていった彼の筋を通した生涯は、嫌いではなかった。

森川が「そうや」と拳《こぶし》を掌に打ちつけ、話題を変えた。

「半澤。この長池刑事も関六で野球をやっていて、一度ホームラン王になったこともあるんやで」

本塁打王と聞き、「そりゃ、すごいですね」と感心した。

半澤も森川も「関西大学野球連合」に所属する大学で野球部に入っていた。半澤は弱小の国立大、森川は優勝経験のある私大だったが、補欠で試合に出してもらえなかったことから、ホームランには縁遠かった。

　だが長池は「やめてくださいよ、係長」と言って謙遜《けんそん》した。「ホームラン王いうても二本打っただけで、他は全員一本だったというだけの話ですから」

「それでもシーズンに二本塁打なんてすごいやないですか」

　半澤は褒め称《たた》えた。

「そのうち一本はころもしデカイ一発やったそうやで」と森川。

「ころもし？」半澤が問い返すと、長池が「こっちの方言で、『すごい』という意味です。方言といっても海のもんしか使わんですけどね。ホンマ、係長の育ちの悪さがバレますよ」と長池は説明した。

　階級は森川より下とはいえ、ひと回りは年下の森川に対してこれだけ丁寧な言葉遣いをするのも感心する。署まで案内してくれた林にしてもこの長池にしても、町や住民のことを「物騒」だの「育ちが悪い」だのと卑下するが、実際は、この町の人間は、おおらかで人当たりがいい。

「しかし長池刑事、関六でレギュラーになるぐらいですから、高校も名門校だったんやないですか？」

　半澤が尋ねると、長池は「地元の湊商業出身です」と告げた。

「そりゃ、名門中の名門やないですか」

「いやいや、残念ながら、うちの学校はもう久しく、甲子園から遠のいていますからね」

「でも、今年は行けるんやないかって話やないですか」と森川が割り込んできた。

「今年は記念大会で、全都道府県から代表校が出られますからね。紀和大会で奈良勢に負ける心配をせんでもいいんが、唯一の救いです」

「ホンマですな。昔やったら和歌山が奈良に負けるなんて考えられんかったのに」

森川が嘆息すると、ずっと黙っていた課長が「森川クン、いつの話をしてるんや」とからかった。

半澤が子供の頃、つまり戦前、和歌山県は野球王国と呼ばれていた時代があった。それが、森川の話では、最近四年で三度、和歌山代表は隣の奈良県代表に負けているらしい。

「まぁ、今年あかんでも、あと四年経《た》ったら湊商業は間違いなく甲子園に行けますよ、ねえ、長池刑事」

森川が言うと、長池も「そのためにはあの子が余所《よそ》に行かんよう、わてらで見張っとかんといかんですな」と返した。

「あの子って？」

半澤が尋ねると、先を取り合うように長池が「いるんですよ、左のええ子が。そりゃもう野球センスの塊《かたまり》のような子ですわ」と説明した。

続いて森川も「まだ六年生やけどな。体は小学生でも大人の球を放《ほう》りよる」と言う。

「あの子やったら、今すぐ高校に入っても、レギュラーになれるかもしれん」

「まだ小学生やろ。森川クン、いくらなんでもそんなホラ吹いたらあかんわ」

「ホラやないですよ。課長も一度、見た方がええですよ。これが小学生かと腰抜かしますから。ワシが打席に立っても三回に一回は抑えられそうですよ」

「いや、三回に一回しかバットに当たらないかもしれませんよ」長池が混ぜっ返す。

半澤の頭にごんた顔の少年が浮かんだ。

「もしかしてあの子かな？」

近くでずっと立ったまま、会話に聞き入っていた林巡査に尋ねた。

「たぶん、そうでしょう。そこまで野球の上手な小学生は、そうはいないでしょうから」

だとしたら森川が言うのも満更ホラという気はしない。

「確かに野球のレベルは、小学生には見えんかったな」

感心しながら呟《つぶや》くと、森川は「なんや、半澤、もう知っとるんかいな」と驚いた。「おまえもなかなかめざといの」

「たまたま、半澤警部補を署にご案内している途中に、その子が試合をしてたんです」

「なんや。試合しとったんか。そういえば、きょうは隣町のチームと練習試合するって言うとったな。で、勝ったんか」

「最後、ちょっと苦しんでたけど、試合には勝った」

「せやろな。あの子を負かせる子供はこの和歌山にはおらんやろからな。で、どやった？おまえの目から見てもなかなかのもんやったろ」

「ああ、正直、驚かされた」

「せやろ。ただしこのへんにはにわかスカウト気取りの、野球ゴロがおるからな。そいつらがどこかに売るかもしれん」

「売る？」

「ああ、大阪や名古屋、あるいは四国の私学から、小遣い銭を貰《もろ》て、選手を斡旋《あっせん》するゴロつきが沢山《ようけ》おるんよ」

「そんなヤツは逮捕もんでしょ」と長池刑事。

「そうですよ。絶対にやめさせないけませんな。そういうのは地元に対する反逆罪やいうて」

「反逆罪って、そりゃまた、森川、仰々しいな」

「いや、半澤。龍《りゅう》は湊の宝やからな。町あげて流出を引き留めるぐらいの価値はある」

「龍って？」

「浪岡龍一《なみおかりゅういち》ちゅうんよ」

浪岡龍一か。顔に合ったいい名前をしている。

その後は森川と長池刑事が、争うようにして浪岡龍一について知っていることを自慢し合った。

小学四年生で、六年生の試合に出て勝ち投手になったことや、ノーヒットノーランを達成して、自分でサヨナラホームランを打って決着をつけたことなど……。

「しかし龍なら、プロ入りの際、これまでの湊の記録を塗り替えるかもしれんぞ」

「なんや、森川、記録って」

「契約金や。せやかてただのゼニの話やないで」

「どういう意味や」

「ああ。半澤、驚くなよ。この湊からはな、過去に何人ものプロ野球選手が出ているんだが、その中でも一番有名な選手は、入団した際、契約金のほかに映画館を一軒、贈られたんや。ほら、駅前の通りに映画館あったろ？　任俠物《にんきようもの》とお色気映画しかやってへんけど」

「係長、その噂、本当なんですかね」と林巡査が尋ねた。

「ホンマや。あの男は現役の頃、地元に帰ってくるたびにその映画館に通ってたんやから」

「それって単にお色気映画が好きだっただけやないですか」

「間違いない。放蕩《ほうとう》の末、金がなくなってもうて、結局、人に譲ったという話まで聞いとるからな」

森川は言い張る。

「まぁ、映画会社がオーナーの球団は東京にしかないから、龍には大阪の球団に入ってほしいな。そん時は長池刑事、一緒に応援に行きましょうや」

「もちろんですよ」

「それに大阪のチームは電鉄会社ばっかりやから、龍を獲れた礼に、この町に国鉄以外の電車を走らせてくれたら、ええんけどな」

「でも係長。国鉄かてたいした客はおらんのに、そんなのできてもすぐに廃線でっせ」

長池の指摘に森川も「そうですな」と同調した。

浪岡龍一という少年についての話は、こと野球に関しては、華やかなものだったが、それが彼の家庭環境に及ぶと、途端に暗く、聞くに堪えないものに変わった。

家は相当に貧しく、父親はすでに蒸発してしまったらしい。

低学年の頃は欠食児童だと問題になって、家庭訪問の際に先生が、ちゃんと食事を摂《と》らせているのか親に確認したこともあったとか。今は少年野球チームに入っているが、その野球道具でさえ、低学年の時に買い与えられたものを、当て布して使っている。今のチームの監督が不憫《ふびん》に思い、中古のグローブを与えようとしたが、本人は「要《い》らん」と拒否したそうだ。貧乏人扱いされるのが許せないのだろう。半澤も子供の頃、似たような意地を張ったことがある。

中でも強く印象に残ったのが、長池が初めてその浪岡龍一と出会った時の話だった。

「しかし、あのタイヤには驚きましたわ」

そう言われたので、てっきり、半澤も学生時代に「特訓」と呼んでよくやった、木に古タイヤを括《くく》りつけて、バットで打ちつける練習を想像したのだが、見当外れもいいところだった。

「あれはたまたま、自分が当直の日でした。夜の十時頃やったかな。空き地のタイヤを、金槌《かなづち》でトントン打ちつけている人間がいるって、通報があったんです。煩《うるそ》うて煩うて眠れへんって」

「空き地？」

「古タイヤが遊具みたいに置きっぱなしになっている子供の遊び場があるんです。土地の子は公園って呼んでましたけどね」

「で、現場に急行されたわけですね」

「そうです。どこぞのしょうもない大人が、タイヤに釘《くぎ》を打って、子供たちをケガさせようとしている、と考えたんです。そんなことをするくらいだから、頭がいかれた人間やないか、と警戒しながらね」

「で、誰やったんですか、犯人は」

「それが大人やのうて、子供やったんです」

「子供？」

「まだ小学校に上がる前のちいちゃい子供です」

「それが浪岡クンだったんですか？」

「そうですがな。こっちもまさか子供やとは想像もしてへんかったから、ビックリしましたけど、それでも足音立てずにそっと近づいて、こうして両手で捕まえたんですわ。『おまえ、なに悪さしよる』って」長池は両手で抱える格好をして説明した。

「悪さ？　ホンマに釘を打ってたんですか」

「それが全然違《ちご》うて、金槌は握ってましたけど、釘は持ってませんでした。念のためにズボンのポケットとかも探しましたけど」

「じゃあ、なんで古タイヤなんか叩いていたんですか」

半澤が尋ねると、長池が得意顔になった。

「トレーニングやそうです」

「トレーニング？」

「ええ、ワシもビックリしましたけど、龍、本人がそう言うてましたからそうなんでしょう。トレーニングや、体を鍛えているんや、って」

「金槌で叩くことがトレーニングなんですか」

「いや、金槌やいうても、子供のおもちゃやおまへんで。ワシが『子供がこんな危なっかしいもの持ったらいかん』と奪い取ったんですけど、ズシリと重《おも》とうて、大《だい》の大人でも五分も打ち続ければ、腕が痛《いた》なるほどゴッツイものでした」

「そんな重たいのを、彼は通報があって、長池刑事が駆けつけるまで、ずっと打ち続けていたということですか」

「そういうことですな。ワシも小学校にも上がっとらん子供とトレーニングという語句が結びつかなくて、最初は信じられんかったんですけど。あの子のうちは貧乏やから、バットも買《こ》うてもらえんかったんでしょうな。で、どこぞの大人に、そうやって金槌でトントン打ち続けていたら、体が鍛えられると教わったんやないですか。まぁ、やれと言われても、普通の子供なら、二、三回叩いたら、すぐに音《ね》をあげよりますよ」

金槌で鍛える――。なるほど、彼のボールの凄《すさ》まじさは、そうやって鍛えた背筋によって生み出されていたのだ。

背丈は同じ学年の子より、頭一つ小さく、まだ三、四年生だと言われても信用するぐらいだ。ただし、線は細くても骨組はガッシリとし、エキスパンダーで鍛えたような逞《たくま》しい体をしていた。

帰りは林巡査が、署の車を使って駅まで送ってくれることになった。

助手席に乗り込むと、林が腕時計を見た。

「あっ、ちょうど、今、電車が行ったばかりです」

「さよか。じゃあ次は一時間後かな」

「そうですね。それでしたら喫茶店でコーヒーでも飲まれますか。あまり気の利いた店はないですけど」

林はそう言ったが、半澤は気が進まなかった。署で日本茶を三杯貰って、腹は水ぶくれしている。

「そうや。さっき長池刑事が話してた、浪岡龍一という少年と出会ったという公園。あれはここから遠いんかね」

半澤が問うと、林は「そんなに遠くはないですけど、でもどうしてですか」と訊き返した。

「小学校に上がる前の子供が金槌でタイヤをガンガン叩いていたんやろ。そんな話、聞いたことがないからな」

「私も驚きました」

「そんな遠《とお》ないなら、ちょっと寄り道してくれんか」

「でも公園なんていう洒落《しやれ》た場所ではないです。ただの空き地ですよ」林は断りを入れたが、半澤が「それでもいい」と言うと、とくに気にすることなく、車を発進させた。

浪岡龍一という少年が住んでいる地域は、両側がどぶ川に挟まれた三角州のような土地だった。

まだ夕刻だったので普通に歩くことはできたが、街灯が一つもないことから、夜間は闇に覆われ、足元さえおぼつかないのではないか。

両脇の長屋が道に張り出すように建てられていて、車一台が入るのがやっとという細い路地が続いていた。

「ここからは歩いていきましょうか。一度入ったら袋小路で、地元の人間しか出てこれへん、なんて言われてますんで」林は冗談めかして車を停めた。

「じゃあ、ワシ一人で行くわ。キミは車で待っててくれ」

「いいんですか？」

「ちょっと雰囲気を見てくるだけやから」半澤は答える。「しかしこんな細い道、火事なったらどないするんやろな。消防車も通れんやろ？」ドアを開き、足だけ車外に落とした姿勢で尋ねた。

「さぁ、火事になったことがないから分かりませんけど、まずは無理でしょうね」

「じゃあ焼け死ぬしかないってことか」

「このあたりには海賊とか、お尋ね者がようけ住んでいたというんです。だから逆に我々が入ってこれん方が都合がいいんですよ」

「ホンマかいな」

おります し」

「神話みたいになってますけど、そう的外れでもないと思いますよ。悪い奴等もいっぱい

「集落の向こうはどうなってるんや」

「向こうは海です。川と海に囲まれているから、洪水の時は大変なんですわ」

川には堤防もなかったから、大きな台風が来るたびに家に泥水が入り込んで水浸しになるのではないか。停電すれば蠟燭《ろうそく》暮らしを余儀なくされる。復旧させるのは役所の仕事だが、役場の連中は何日も放りっぱなしにした末に、ようやく重い腰を上げる。このような貧民地区がつねに行政の後回しにされるのは、この県に限ったことではない。

林を車に残し、半澤はよっこらしょと尻を上げた。土壁に自分の影がぼやけて映った。舗装のされていない細い路地を、躓《つまず》かないよう注意して歩いていくと、空き地らしき場所に辿り着いた。

確かに公園と呼べるものではなかった。

家が取り壊された跡地で、廃材が多数残っていた。釘が刺さったままになっているベニヤ板が落ちていた。

子供がケガをしたらどうするのだろう。半澤はそれを拾い上げた。釘を抜こうと板ごと、地面を叩いたが、釘は深く刺さっていて取れない。半澤は諦《あきら》めて、板を持ち帰ることにした。

ごみ山の中に古タイヤもあった。

ただし遊具ではなく、使いようのないタイヤが三本、横に積み重ねられて捨ててあるだけだった。雨ざらしのせいでタイヤは劣化し歪《ゆが》んでいて、これではどこを叩いたかさえも判断がつかなかった。

空き地の奥の方で、兄妹らしき子供が二人追いかけっこをしていた。兄が逃げて、まだ幼い妹が「待て〜待て〜」とキャッキャッ笑いながら追いかける。二人は同じ場所をグルグル回っていた。ランニングシャツを着ている兄が、浪岡龍一だとすぐに分かった。妹の方は、まだ小学校にも上がっていない幼女で、彼女は白のTシャツにピンクの吊りスカート、足は裸足《はだし》だった。

「なぁ、ボクたち……」

半澤が声をかけると、二人は同時に立ち止まった。

妹が怯《おび》えた顔でこっちを見た。きっと知らない人間に声をかけられてもついていってはいけないと教えられているのだ。半澤は警戒心を解くようにできるだけ笑顔で尋ねようとしたが、言葉を発するより先に、少年が走ってきて、少女との間に割って入った。

「なんや、おっさん」

すごい目つきで睨みつけてくる。野犬の目のように光っていた。

「おっちゃんは、お巡りさんや」と言った。自分のことをおっちゃんと呼んだのは初めてだったが、このぐらいの子にはそう見えるだろう。

反応がないので、警察手帳を見せた。子供相手にそこまではしたくなかったが、不審者と疑われるよりはいい。

ただし、お巡りさんという響きも警察手帳も、少年には一切、効果はなかった。

「お巡りがオレらになんの用や」

「ちょっとキミと話がしたいと思ったんや」

「オレがなにしたっていうんや」

「いや、別にたいしたことではあらへん。お巡りさんに、ちょっと確認させてもらえんかな」

「確認ってなんや？」

「キミ、きょう、野球の試合でヘンなおっちゃんから頼まれてたやろ。それでわざとバッターに打たれたんやな」

少年の顔が曇った。

半澤の頭に、ずっと疑念が燻《くすぶ》っていたため、思わず問い詰めたのだが、やはり予感は当たっていたのか。

でなければ、森川や長池といった町の大人たちまでが注目する天才児が、あんなに簡単に四球を出したり、ヒットを打たれたりするわけがない。あの中年男が「あのまま終わらん言うたやろ」と得意顔で話していたのも察しがつく。

「あのヘンなおっちゃんにちょっと小遣いを貰《もろ》たからなんやろけど、ああいうことは絶対にしたらあかんぞ」

そう言われて少年は、半澤が簡易便所の裏で会った者だと気付いたようだ。

表情を隠せないのは子供らしいとは思ったが、かといって、すぐに、すいませんと謝るタイプではなかった。

「わざとなんか打たれてへんわ」

「打たれんでも、フォアボール出すのも同じや。ああいうのは大人の野球で『八百長』いうて、絶対にやったらあかんことなんや」

「八百長なんかしてへんわ」

頑《かたく》なに言い張った。

それでも半澤はなんとか諭して心変わりさせたかった。長池や森川が言うように、この子が将来、甲子園で活躍するような選手になるのであれば、早い段階で正しい道に戻してやらないと、取り返しがつかなくなる。

「それやったらきょうのことはもうええ。これからはやったらあかんぞ」

「やってへんて言うてるやろ」

「じゃあ、あんなおっちゃんとはもう付き合わんこっちゃ」

「キミの肩に手を置いて話していたあの足の悪いおっちゃんや。キミに『ええな』と命令してたやないか」

会話を聞かれてしまったのだから言い逃れはできないと思ったのか、少年は押し黙った。

「な、悪いことは言わん。あんなおっちゃんの言いなりになったらえらい目に遭《お》うぞ。キミの将来がメチャクチャになってまう」

子供に小遣い銭渡して八百長させ、野球好きの堅気から金をせしめるような男なのだ。しかも百円やそこいらのあぶく銭で……あんなチンピラに付け入られたら、せっかくの才能を生かすことなく、どうしようもない転落人生を歩むことになる。

「ホンマ、小学校六年生やったら分かるやろ。あのおっちゃんがどない悪い奴か」

少年はずっと俯《うつむ》いていた。少しは分かってくれたのかと思った。いや、逆に言いすぎたのかもしれない。大人びているといってもまだ小学生だ。不良高校生に説教するのと同じような物言いをして、傷つけてしまった。

少年の肩に手を置こうとした。

分かってくれたならもうええ、と言って慰めるつもりだった。

だが肩に触れる瞬間、少年の左手がすごい勢いで飛び出てきて、手を跳ね返された。

「おっちゃん、おっちゃんって、おまえかておっちゃんやろが！」

そう言うと、少年は昼間と同じように半澤の脇をすり抜けていった。後ろでしゃがみ込んでいた少女が「お兄ちゃん、待って、待って」と泣きながら、追いかけていく。

二人の後ろ姿を半澤は寂しい気持ちで見つめた。そこまで言い張るのなら、半澤の思い過ごしということになるのか。だとしたらこんな場所まで来て余計なことをしてしまった。

背後からクラクションが鳴った。

その音に我に返り、顔だけ振り返ると、車内から林巡査が左手の腕時計を指して、口をパクパク動かしていた。

電車の時間が近づいています、と伝えているのだ。

悪い大人と付き合ったらいかん、と教えただけでもよかった。そう前向きに考えて、半澤は車の方向に足を動かした。

第二章　浪岡龍一　十四歳

1

横向きに丸まった格好で、「うっ」という唸《うな》り声が出た。

胃液が込み上げてくる。

口に溜まった酸っぱい異物を、立ち上がってすぐにでも吐き出したかったが、今そうしたら、ヤツらが戻ってきそうだ。

浅野《あさの》紀一郎《きいちろう》は両手で鳩尾《みぞおち》を押さえたまま、足音が遠のいていくのを待った。もう大丈夫だろうと背後の気配を確認してから、紀一郎は少しだけ頭をもたげて、胃液を吐いた。

吐けるということは、肋骨《ろっこつ》は折れていないということだろう。

三人から蹴《け》られて、学ランは真っ白に汚れてしまったが、それでも顔は一発も殴られなかった。これなら親にバレずに済む。

紀一郎は放課後にここに呼び出された。

体育館の裏の、不良《ワル》の溜《たま》り場。

先生連中も怖がって近寄らない場所で地面には小石より吸殻の方が断然多い。授業中に誰かが吸っていたのか、シンナーの匂いも残っている。

紀一郎を呼び出したのは同じクラスの谷中《やなか》、安斉《あんざい》、藤田《ふじた》という三人組だった。いずれもどうしようもない愚連隊だ。中でも谷中の家はヤクザで、彼自身もこれまで喧嘩《けんか》やカツアゲで何度も警察にも捕まっていて、次に補導された時は、少年院送りを通告されている、との噂まで流れている。

三人と一緒のクラスになったのはこの中二が最初だ。良からぬ連中だとは、中一の時から知っていたので、これまでは極力近寄らないことにしていた。

苛《いじ》められている生徒はいたが、それが少々仲のいい友達だったとしても、紀一郎は一切、見て見ぬ振りをした。両親からもそうするように言われている。

湊中学には、山と浜の二つの小学校から生徒が来るのだが、お互いがいがみ合っていて、落ちこぼれ連中だけでなく、優等生と呼ばれる生徒も同じ小学校出身者で徒党を組む。

紀一郎は山の小学校の出身だ。

実家はみかん農園をやっている。父は農協の幹部で、次の選挙に立候補しろと言われているほど仲間うちでは人望がある。

ただ町全体でみれば、山より浜の住民の方が金を持っている人間が多くて、商店街も浜側にある。

ただしその金は大漁だったり、漁師たちがよその漁場を荒らしたりして得た臨時収入のようなもの。

だから紀一郎の父は決して浜の人間を認めたり、彼らのことを羨《うらや》ましがったりはしない。

「あいつら乱獲するばかりで、資源には限りがあるというのを知らん。後先など考えてもへんから、そのうち、不漁になって、野垂れ死にする。まぁ、見とってみ」

事あるごとにそう言って嘲笑《あざわら》っている。

同じ住民なのに、漁師連中を見下しているようで、そういう話をする時の父を、紀一郎は好きではなかった。

確かに農家は先のことをちゃんと考えて収穫したり、種を蒔《ま》いたりするのだが、天候や災害に左右されるのは同じだ。

浜の方が景気がいいとあって、学校に小遣い銭を持ってくるのも浜の子だった。

中には親が共稼ぎする代わりに、毎日小遣いを貰って駄菓子屋に入り浸っている奴もいる。

一緒についていくと、ニッキ水やあんず棒を少し分けてくれることもあるが、一度母に見つかって大目玉をくらった。あんな子らと一緒に遊んだらいかん、と。

母は浜の子供が大嫌いだ。浜の子供は片親が多くて、父親がいたとしても、体中に入れ墨している。そんな親を見て育っているから子供だってろくなもんじゃないと決め付ける。

ちなみに不良《ワル》の三人組はどいつも浜出身。藤田と安斉は父親がいないし、谷中は親父がヤクザだから、きっと入れ墨しているのだろう。そういう意味では母の見方は満更、決め付けとは言い難い。

これまで関わりを持つことなくうまく避けてきたつもりだが、思わぬことで、紀一郎は谷中たちに目を付けられてしまった。

昨日の掃除当番の時だった。

一人で机を運んでいたのだが、机を傾けすぎたせいで、中から物が飛び出てきた。

それが、普通の生徒なら家に持ち帰っているはずの教科書だったことから、不良《ワル》連中の席だというのは分かった。窓側の一番後ろだから番長の谷中の席だ。

難癖つけられたらたまらない。紀一郎は急いで拾って、教科書を机の中に入れた。その時、本の隙間《すきま》から雑誌の切り抜きのような写真が出てきたのだ。

上半身が裸の女だというのはすぐ分かった。谷中たちが学校に成人雑誌を持ってきているのは知っていたので、その手の本の切り抜きかと思った。

裸といっても女は胸を両手で隠しているから、平凡パンチとかでよく見る写真だ。父が大阪に会合に行くたび、母に内緒で買ってくるので、紀一郎は父の部屋に忍び込み、隠してある鞄から出して読んだことがある。

だが谷中の机から出てきた写真のモデルは、雑誌に載っているパンチガールとは違った。誰かが撮ったどこかの普通の女の子だった。

あくまでもちょっと見て、すぐに片付けるつもりだった。それが目にした瞬間、手の動きが止まってしまった。

写真のモデルが、クラスの女子と似ていたからだ。

中西めぐみ。

写真の女の子は、両手で胸を押さえ、顔はカメラから背けるように横を向いていたが、横顔も髪型もめぐみにそっくりだったし、耳の下にあるほくろの位置まで同じだった。実物の方がもう少し色白かと思ったが、それは写真のせいだと思う。色はついていないし、素人が現像しているせいか、画質が悪かった。

どうして、彼女がこんな裸同然の姿を谷中たちに撮られたのか。

中西めぐみは山の小学校の出身だ。小学校の時は礼儀正しくて、先生からも好かれていた。

ほとんど口を利いたことはなかったが、彼女が駅前の学習塾に通っていると聞き、母に塾に行きたいと頼んだこともある。しかし、許してもらうより先に彼女が塾をやめてしまった。

中二になって彼女のイメージが少し変わった。スカートが長くなり、髪も伸びた。しかし急に態度が悪くなった感じはなかった。中西めぐみはもともと物静かな子だった。そういった変化は、言葉遣いや態度にしても、男女にかかわらずどの子にも多かれ少なかれあった。親に「ちゃんと勉強せえよ」と言われただけで頭にきて、「やかましいわ」と怒鳴り返してしまったという友達もいる。

彼女もそういう時期なのだろうか。かといってカメラの前でこんな姿を晒《さら》すことには結びつかない。

手にしたまま考え込んでしまったのが良くなかったのかもしれない。

背後から「おい、人のもん、なに勝手に見とるんや」と声がした。

目を向けると、たるんだズボンに両手を突っ込んだ谷中がいた。

「い、いや、机の中から落ちたから……」

しゃがんだまま言い訳をしようとしたが、言い終えるより先に、谷中に蹴り上げられ、上履きのつま先が紀一郎の腹に入った。

息が止まり、苦しくなって前かがみになった。

それでも弁解しようと、すぐに立ち上がったが、谷中は胸倉を摑《つか》んで、紀一郎を窓際に押し込んだ。

押されながら、谷中の膝蹴《ひざげ》りが紀一郎の急所に入り、立っていられなくなる。谷中が手を離すと再び、しゃがみ込んでしまった。

倒れたのを確認して、谷中は紀一郎の手から写真を奪い取り、部屋から出ていった。

正直、この程度で済んで助かった、と思った。

ボコボコに殴られてもおかしくなかった。

だがやはり、それだけでは済まなかった。

きょうの昼休み、手下の安斉から「放課後に体育館の裏に来い」と呼び出しを受け、恐怖に慄《おのの》きながら出向くと、三人が待っていた。

谷中は「おまえ、あの写真、誰か分かったよな?」と切り出した。

紀一郎は首を左右に振ったが、谷中には通じない。谷中は顔の近くまで迫り、中西めぐみの写真をチラつかせた。

「嘘つくな」

谷中はニヤリと笑った。吸ったばかりの煙草の匂いがした。

「これは千円で売ってる大切な売りもんや。だったらおまえからも金を貰わんと、買ってくれてる人に申し訳がたたんやろ」

すると背後から藤田が掌を出して、「おまえんち、金あるらしいやんけ。千円ぐらい安いもんやろ」と言う。

「千円なんか無理や」

勇気を奮って答えたが、言い切るより先に谷中のモモカンが飛んできた。

紀一郎は咄嗟《とっさ》に避けたのだが、それが谷中を余計に怒らせたのか、膝で腿《もも》を蹴りつけてきた。

何発もモモカンを食らって、足が震えた。そのうち、その姿を黙って見ていた藤田と安斉が近寄ってきて、左右から蹴りを入れてきた。

気がついたら、紀一郎は地面に横向きに倒れていた。

それでも三人は容赦なく、蹴り込んできた。

「猶予は明日までや。明日までに必ず千円持ってこいよ」

藤田に命じられた。そして真上からはためかすように写真を落とした。

「写真はまだあるからな。もっと過激なのが見たかったら、金持ってこい。そうしたらなんぼでもくれてやる」そう吐き捨て、三人は引き揚げていった。

上半身を起こすことはできたが、それでもまだ立ち上がれそうにはなかった。

しばらく地面に尻をつけたままでいると、背後から足音が聞こえてきたので、紀一郎は再び横向きに倒れた。谷中たちが戻ってきたと思った。早く立ち去っていればよかった、と悔やんだほどだ。

死んだ振りのように、息を潜めておとなしくしていると、西陽《にしび》を受けた人影が体を折り畳むようにして、寝転んだ紀一郎の影と重なった。

「大丈夫か」

声をかけられた。流し目で窺《うかが》うと、同じクラスの浪岡龍一だと分かった。

浪岡は紀一郎の腹に手を置くと、「ずいぶん派手にやられたようやな」と言って制服の上から撫《な》で、「大丈夫や。先生にちくったりはせんから」と優しい口調で付け加えた。

それでも紀一郎は黙っていた。

誰にも言うなと口止めされているのだ。喋《しゃべ》ったことがバレたらまた呼び出される。

「谷中のアホんだらやろ」言い当てられて、紀一郎は驚きを顔に出してしまった。

「図星か」浪岡が口元を緩ませる。「どうせ手下の藤田と安斉を従えていたんやろ。あいつら、一人ではなにもできんからな」

紀一郎が顔の向きを変えると、浪岡と初めて目が合った。

「大丈夫やて、オレなら」

「オレなら、ってどういうことや」

「アイツらえばってても、オレには手は出せん。言いなりみたいなもんやから」

言いなりといっても信じられなかった。浪岡は野球部に入っている。野球部にもガラの悪い連中はいるが、浪岡は真面目で、クラスでもつまらない人間だと言われている。友達はほとんどいないから、谷中たちと付き合いがあるとも思えない。

やはり話すべきではない。しかし黙り通したせいで、浪岡に余計な気を回され、先生に告げ口される方が厄介だと思った。

悩んだ末、紀一郎は「絶対に喋らんでくれよ」と念を押して明かした。

掃除中に谷中の机の中にあった中西めぐみが裸にされている写真を見つけてしまったこと。それを見ているのを谷中に見つかり、暴力を受けたこと。そして今日、体育館の裏に呼び出され、写真を千円で買え、と言われたこと。期限は明日まで、ということまで、洗いざらい話した。

話し終えると、浪岡が「あっちに座って休むか」と体育館の玄関口にある石段に目をやる。紀一郎が頷くと、肩を貸してくれ、二人で石段に座った。

話を聞いてくれたのは嬉《うれ》しかったが、かといって彼が救ってくれるはずはなく、災難やけどしゃあないな、と同情されるだけだと思った。

浪岡は金を用立ててくれるほどボンボンでもない。浜の出身で、家に金がないのは、継《つ》ぎ接《は》ぎだらけのズボンを見ても一目瞭然《いちもくりょうぜん》だ。

銀行に行けば、これまで貯《た》めたお年玉がいくらかある。貯金通帳と判子が家のどこに隠してあるかも知っている。千円ぐらいならなんとかなるだろう。

だが予想に反して、浪岡は「オレが谷中に話をつけたる」と言った。

「話って、大丈夫なのか」

「大丈夫もなにも、そうするしかないやろ。金渡したところで、つけあがらせて、また要求されるだけやで」

「せやけど」

「それも払える額を言うてくるんは最初だけや。いいカモやと思ったら、そのうち五千、一万と額も吊り上げてくる」

「一万円って、そんな金どこにもないで」

「そういう時は、カツアゲしてでも持ってこい、と命じるわけや。おまえが下級生や小学生を脅して、それを谷中に渡す。まぁ、暴力団の上納金と同じやな」

そこまで言うと、浪岡は「まぁ、オレに任せとけ」と紀一郎の肩を叩いた。

紀一郎はポケットにしまった写真を浪岡に渡さなければいけないと思った。金を払うことを勘弁してもらうのだ。谷中たちが売りもんと呼ぶこの写真は返すのが筋だろう。

だが浪岡に渡すのは躊躇《ためら》われた。自分の裸を知る人間が増えることを、中西めぐみが嫌がるだろうと考えたのがその理由だが、それは建前であって、本音は宝物のように持っておきたいと思ったのだ。

　立ち上がった時、浪岡が「ところで頼みがあるんや」と言い出した。

　一瞬、話をつけてくれる代わりに、金を要求されるのかと勘繰った。ここで浪岡に金を渡したら、相手が変わるだけでまったく意味がない。

「おまえの家、みかん農園やったな。アルバイトとか募集してへんか」

「アルバイト？　募集はしてへんけど」紀一郎は曖昧《あいまい》に返事をした。「なんや、浪岡はアルバイトしたいんか？」

　紀一郎自身も時々、家の仕事を手伝って、一日千円のアルバイト料を貰っている。朝から晩まで、重たいみかん袋を運ばされる重労働だが、これだけ割のいい仕事は他にない、と農家の子には結構な人気だ。

「ああ。今週末やったら、野球部の練習が二日続けて休みなんや。できればバイトさせてもらえんか。バイト代はいくらでもええから」

　月曜日は創立記念日なので、日月と連休になっている。

　湊中の野球部は強豪で、日曜はほとんど試合をやっているだけに、二日続けて休日なのは、珍しいのだろう。紀一郎は「だったらお父ちゃんに頼んでみるわ」と言った。

「そうか。助かるわ」

「オレも手伝うから、一緒にやろう。浪岡にみかんの捥《も》ぎ方、教えたる」

「ありがとう。これからは浪岡やのうて、龍一って呼んでくれ」

「ああ。オレのことも紀一郎でいい」

「分かった、紀一郎」


週末、約束した時間より三十分も前に、浪岡は紀一郎の家にやってきた。彼は学校指定の紺色のジャージーの上下を着ていた。紀一郎は青のジャンパーに、下は今年の正月に買ってもらった余所行きのGパンだった。裾《すそ》は二回ロールしている。靴は紐《ひも》のついた運動靴で、家の仕事を手伝う時専用にしている古いもの。だが、浪岡が履いていた白布のズックと比べたら、ずいぶんきれいだった。

学校の友達が家に遊びに来ることは珍しいとあって、母も一緒に出てきた。紀一郎が「浪岡君は野球部のエースなんやで」と紹介したが、野球に興味のない母はチンプンカンプンだった。

それでもそばにいた使用人が「その話やったら、駅前の喫茶店でよう聞く。あんたがその浪岡クンか」と反応すると、母の態度は変わった。

「龍一には今から大阪の有名高校がスカウトに来てるんやからな」

「へぇ、そないにすごいの」

「せやで。この前の大会かて、絶対に優勝するって言われていたんやからな。龍一、最後の試合、何対何やっけ？」

「二対三や」

「ほら、三年生のバッターがたいして打たへんかったから負けたんや。先輩たちがしゃんとしとったら、うちの学校は優勝しとったってみんな言うてる」

実際のところを言うと、浪岡は上級生を嫌っていて、わざと負けたと言っている者もいる。だから本気を出さなかったんだと。

そういえば、紀一郎の仲のいい友達が、試合の翌日に浪岡に会ったそうなのだが、彼が「昨日の試合、残念だったな」と声をかけても、「別に」と返されてしまったらしい。

そんな疑念が浮かびながらも、それじゃあ友達に失礼だと思い改め、紀一郎は浪岡に気付かれないように自分の頬を張って打ち消した。

浪岡のことを悪くいうのは、ひがみなのだと思う。野球部の連中にしたって、自分たちが下手くそで、負けたのを自分のせいにされるのが嫌だから、負けた責任を浪岡に押しつけている。みんな浪岡が野球が上手なことを妬《ねた》んでいるだけだ。

紀一郎はこれまでは野球部にまったく興味がなかった。夏の大会の時も同級生から応援に行こうと誘われたが、用事があると断った。

それは今のように浪岡と仲が良くなかったからであって、来年は絶対に見に行って、スタンドの最前列で声が嗄《か》れるまで声援を送ろうと思った。オレがアイツの一番の友達やで、と誇らしい気持ちで。浪岡だって喜んでくれるはずだ。

「たいしたもんやね。そんなえらい子に手伝《てつど》うてもろたら、うちのみかんも高《たこ》う売れるわ」母が両手を合わせながら目を細めた。

「せやで、こいつが甲子園行ったら、昔、畑で作業しとったことがあるって自慢したったらええんや」

「ほんまやね」

「オレの話はいいから、紀一郎、はよ、仕事をさせてくれ」

「よし、龍一、行こか」

紀一郎は威勢よく駆け出した。浪岡もすぐあとに続く。

さすが学校一の運動神経の持ち主と言われるだけのことはある。足も速くて、一瞬にして紀一郎を追い抜いていった。

山から平地にかけて、この付近一帯が浅野家のみかん農園だ。

山の段々畑には最新のベルトコンベアが敷かれてあって、穫ったみかんをベルトに載せて、下の農道まで運ぶようになっている。そこに集配の三輪トラックがやってくる。

ただ山は、途中に足場の悪い場所があるので、紀一郎は行ってはいけないと言いつけられていた。

だから今回も、自分たちが手伝うのは平地の農園の方だ。

山のように斜面を登らなくていいが、作業は平地の方が大変だった。

最初に二人が与えられた仕事は、従業員が穫ったみかんを「たて」という藁《わら》を編んだ袋に入れて、それを一輪車で農道まで運ぶことだった。

「たて」にはみかんが軽く三十キロは入り、それを持ち上げるだけでも力が要ったが、一輪車を倒すことなく、真《ま》っ直《す》ぐ走らせるのも大変だった。

浪岡は最初こそ、一輪車を横に倒しそうになったが、すぐに慣れ、何年もこの仕事を手伝ったことのある紀一郎よりはるかに速いスピードで、畑の下にある農道まで運んだ。

ひと通り運び終えると、年嵩《としかさ》の従業員が声をかけてきた。

「ボクらもやってみるか？」

この従業員は父と同じ年ぐらいのベテランだが、うちでは一番人当たりがよくて人気がある。自分のことを「おいやん（おじさん）」と呼び、紀一郎も子供の頃からよく遊んでもらった。

みかん捥ぎは手が疲れるし、それに神経を使うので、あまり好きではなかった。「たて」を運んでいるだけの方が気が楽だが、浪岡が興味津々に「やらせてください」というので、紀一郎も付き合うことにした。

従業員からみかん専用の先の小さな鋏《はさみ》を受け取ると、紀一郎が手本を見せた。

「こうやって左手でみかんを下から押さえるように持って、右手の鋏で切るんや。蔕《へた》を残しすぎると見た目が悪くなる。けど、切りすぎたら売り物にならんから気いつけてくれよ」

「蔕を残すんは五ミリぐらいか」

「いや、五ミリも残したらあかん。もっとや」

「難しいな。手が震えそうや」

そう言いながらも、浪岡は迷うことなく、最初の一個を捥ぎ取った。手が震えると言うわりには、すんなりとやってのけた。たいした度胸や。

「こんなもんでええか」

捥いだみかんを見ながら尋ねられたので、紀一郎は「もう少し切らんといかんな」と知ったような口を利いた。それでも自分が最初にやった時よりははるかにうまく切れている。

「そやな。市場で売ってるみかんはもっとツルッとしてるもんな」

「まぁ、慣れやからな。すぐにボクもぼっちゃんみたいに上手になるで」

普段はぼっちゃんと呼ばれると、なんかこそばゆくて素直に返事をしたくなかったが、友達の前だからか不思議と気分よく聞けた。

浪岡はリズムよく次々とみかんを捥ぎ取っていった。

あまりの調子のよさに、雑に扱っているのではないかと、おいやんが「たて」の中を覗いて確認していたが、まったく心配はなかった。むしろ見事な鋏捌《さば》きに「ボク、たいしたもんや。こりゃインド人もびっくりや」と言って大げさに驚いた。

だが浪岡には冗談が通じなかったのか、きょとんとしていた。

おいやんは恥ずかしそうな顔をして、「いや、きょうはえらい、作業がはかどったわ。ありがとう」と礼を言う。

浪岡はようやく顔を綻《ほころ》ばせて、「じゃあ、学校を出たら使ってもらえますかね」と言った。

「もちろんや。ボクやったらいつでも歓迎や」

「ありがとうございます」

「そや、ボクにおいやんがウルトラCを見せたろかな」

「ウルトラCって？」

「ああ、おいやんの手をよう見ときや」もう一つ鋏を出して、両手に持った。「こうやるんや。見ててみ」

両手ともに、鋏の持ち手に親指と小指を入れ、残る三本の指と掌でみかんを下から押さえて器用に切り取るのだ。右手の鋏で一つを捥ぐとすぐに、今度は左手の鋏でもう一個のみかんを捥ぎ取った。

「ほんまや、ウルトラCや」

「せやろ。こうすれば他人《ひと》が一個取るのに、おいやんは二個取れるからな」

　別にウルトラCというほど、おいやんにしかできない特殊技能ではなく、経験を積めば誰でもできることなのだが、浪岡は目を輝かせてその姿を見ていた。

「おいやん、龍一は農家でなんか働かんでいいんやで。野球の天才やから高校も大学も引く手あまたやし、将来はプロ野球の選手になるんやからな」

「ほぉ、そりゃすごい。職業野球かいな」

「職業野球なんて、きょうび言わんで、おいやん」紀一郎は冷やかした。

「ハハッ、せやな」

「仲ようしとくなら今のうちやで。そのうちテレビとかでしか会えんようになる」

「せやったらそのうち、ボクがテレビに出てきて『ファイトで行こう!』とか言うんかな」

「ほんま、おいやんはテレビが好きやなぁ」

　紀一郎は呆《あき》れたが、浪岡は苦笑いを浮かべて聞いていた。

「しかし、龍一、おまえはすごいな。こんだけの重労働でもまったくへこたれへんのやからな。やっぱり野球部に入っているからか?」

「野球部の練習なんか屁《へ》みたいなもんや」

「せやったらどこで鍛えたんや」

紀一郎がずっと思っていた疑問を投じると、浪岡は「一番は水汲《みずく》みや」と答えた。

「水汲み？」

浪岡の家は浜の近くだ。井戸が必要な場所ではない。だがその疑問を投げかけると、浪岡は「水はタダやないんやで」と言った。

事情があって、水道を止められたのか。それでバケツを持って、近所に水を貰いに行くのか。鍛えたというぐらいだから、一度や二度の経験ではないのだろう。

「そういえば、龍一。あれ、大丈夫やったんか」

「あれってなんや」

そう言われてなんて言えばいいか迷った。ずっと気になっていた谷中たちに脅されていた件だ。

期限を設けられたにもかかわらず、翌日から谷中たちはまったく近寄ってこなかった。

一度、昇降口で出くわし、内心ドキリとしたが、彼らはなにもなかったように、紀一郎の横を通り過ぎていった。

浪岡も意味が分かったのか、「そっちもなにもなかったろ？」と尋ねてきた。

「ああ、お陰さまで大丈夫や。助かったわ」

「また困ったことがあったら、気にせんと言うてこいよ」

浪岡がどうやってあの谷中たちを言いくるめたのかは分からなかった。

さすがの不良《ワル》どもも、野球部のエースである浪岡には一目置いているのか。体つきは谷中の方が頭一つ大きいが、喧嘩したら浪岡の方が強い気がする。運動神経だけでなく、迫力という意味でも、浪岡はヤクザの息子である谷中を上回る。

「しかし中西は大丈夫かな」

紀一郎は呟いた。

自分はなんとか難を逃れたが、あの写真を撮られた中西めぐみの立場は変わっていないだろう。きっと谷中たちに脅されているのだ。

なんとか浪岡の力で助けてくれないか、と頼み込もうと思った。

しかしそんなことを言えば、自分が好意を持っているとバレてしまう。

「紀一郎、おまえ、あの女が好きなんか」

「い、いや、そうではないけど」

詰まりながら返答した。だが返ってきたのは冷たい言葉だった。

「あの女はやめとけ。谷中たちと変わらん」

「変わらんってどういうことや」

「あの女が脅されてあんな写真を撮られているわけやないちゅうことや。自分から協力して裸になっているのかもしれん」

「そんなアホな」

「アホなことあるかい。でなきゃ、あんな格好させられた段階で、警察に訴えるやろ」

警察に行けないから、従っているのではないか。だが浪岡がそこまで言い切るなら、なにか根拠があるのかもしれない。

「じゃあ中西も仲間ということか」

「せやな」

「まさか」

「まさかと思うのは、おまえがあの女のこと、よう知らんからや。谷中たちと不純異性交遊してるんやで」

「不純異性交遊？　谷中と付き合《お》うとるということか？」

「そこまでは分からん。ただ遊ぶ金を稼ぐために裸を撮らせてるのは間違いないやろな」

中西めぐみが塾をやめたのを思い出した。それも谷中たちと遊ぶためだったのか。辻褄《つじつま》は合ったが、なんだか悲しい気持ちになった。

彼女があんな不良《ワル》を本気で好きになるはずないという思いは、依然として持っていた。反抗期の、気の迷いみたいなものだ。でも裸になるぐらいだから、もう処女ではないだろう。谷中だけでなく、安斉や藤田ともやっているのか。

それまではけがらわしいと思っていた不純異性交遊という言葉に、異様に反応する自分がいた。だからといってヤツらが羨ましいとは思えなかった。

ただ、ずっと胸の中で膨らんでいた彼女への淡い思いが、穴が空いた風船のように音を立てて萎《しぼ》んでいくのを感じた。

2

二日目も浪岡は同じ服装で紀一郎の家にやってきた。

母がたまたま庭いじりをしていたのだが、浪岡は母に向かって、「おばさん、ご精が出ますね」と言って、母を驚かせた。

「浪岡クンって、大人みたいなこと言うのね」

浪岡は耳を真っ赤に染めていたが、母はそのひと言で浪岡のことを気に入ったようだ。それは紀一郎にとっても嬉しいことだった。

上達がえらい速い子がいるという噂を聞きつけ、この日は山で作業をしていた父も、平地の農園にやってきた。

「確かにたいしたもんや。何年もこの仕事をしているかのような腕前やな」

滅多に他人を褒めない父までもが、浪岡の仕事ぶりに感心する。

前日の作業で、紀一郎は太腿《ふともも》が筋肉痛になった。

歩くのも億劫《おっくう》だったが、浪岡はまったくそんな素振りも見せず、捥いだみかんを「たて」に入れ、選果場に行くトラックが到着する農道まで、一輪車を転がしていく。

三時に母がおやつを持ってきた。

きんつばと冷たいはぶ茶だった。

せっかく友達が来たんだからカステラとレモンティーにしてほしかった。

だが浪岡はきんつばに目が釘付けになっていて、母が「どうぞ」と言うと同時に、楊枝《ようじ》を摑んで頰張《ほおば》った。

「うまい。こんなうまいの食うたことない」ただの餡《あん》この塊なのに、浪岡はもぐもぐと口を動かしながら驚嘆する。きんつばは母の好物であって、同じ饅頭なら紀一郎はまだ漉《こ》し餡《あん》の方が好きだった。

「そんなに急いで食べんでもええのに」母が笑った。「浪岡クンは甘いもん好きなんやね」

「はい。大好物です」

「そう」

「おばさん、これ、どこで売ってるんですか」

「大阪のデパートよ。本髙砂屋《ほんたかさごや》いうて、神戸の有名なお店なの。うちのお父さんが出張で行った時にいつもお土産に買《こ》うてきてくれるんよ」

「へぇ、神戸のもんが、大阪で売ってるんですか」

「そんなもん、デパートに行ったらなんぼでも買えるわよ、東京のもんかて。ねぇ、お父さん」

母が振ると、父がきんつばを頬張りながら「ああ」と頷く。

「そんなに喜んでくれるのなら、ええもんあげるわ」母は前掛けのポケットから赤い紙で包装された飴玉《あめだま》を出して、浪岡に渡した。

「なんですか、これ？」

「キャンディーよ。知らん？ チャオチャオっと舐《な》めちゃお、って」

母が鼻歌でテレビコマーシャルを唄《うた》ったが、浪岡は全然ピンときていないようだった。包装紙を開けて、飴玉を口の中に入れ、音を立てて嚙《か》んだ。母が「あっ」と声を出す。顔を顰《しか》めたが「まぁ、ええわ」と苦笑した。

「ところで浪岡クンのお父さんは、どないな仕事してはんの」

「お父ちゃんですか？ うちはお父ちゃん、おりません」

そう答えるのを聞いて、紀一郎は家族の反応の方が気になった。案の定、尋ねた母が表情を曇らせていた。

「おらへんって、亡くなられたん？」

「いえ、どこかで生きてます。けど、ずっと会《お》うてへんから知りません」

「どうして」

「ボクが小学四年の時に蒸発しました」

浪岡は平然と言ってのけた。だが母にはショックだったのか、返答せずに、横で茶を啜《すす》っている父の顔を見た。父はまるで聞こえなかったように顔を下に向けたままだったが、眉を寄せたのを紀一郎は見逃さなかった。

作業が少し早く終わったので、紀一郎は浪岡を山側の段々畑に案内した。そこにはお気に入りの絶景スポットがある。山には行ってはいけないと止められているが、こっそり行けば見つからない。

デコボコした大きな石が転がっている山道を駆け足で登っていく。二日みっちり働いたお陰で、ずいぶん運動した気がする。もちろん浪岡は息が上がることなく、すいすいと後をついてきた。

「龍一、ここや」

そう言って崖下《がけした》を指差した。

山腹から海が見えるのだ。

ちょうど黄昏時《たそがれどき》だった。オレンジ色のカーペットが敷かれたように夕陽《ゆうひ》が海に向かって細く伸び、さざなみに合わせてユラユラと揺れていた。

「どうや。絶景やろ」

「すごいな」

浪岡も目を輝かした。連れてきてよかった。この場所を教えるのは本当の友達ができた時だと思っていたが、それが浪岡なら文句はない。

「紀一郎、おまえ、いっつもあんなもん食うてるんか」浪岡がおもむろに口を開いた。

「あんなもんって」

「あの餡こを固めたやつや」

「きんつばのことか。あれはそんなには食えんな。オレも二回目ぐらいやから」

いつも土産に買ってくるという母の言い分と食い違うような気がしたが、そう答える方が彼を傷つけない気がした。

だが浪岡は聞いてなかったのか「ええなぁ」と呟いた。

「そうかな」きんつばよりマーブルチョコやキャラメルをお土産にしてくれた方がよっぽど嬉しい。

「オレは甘いもんが大好きやからな」

「じゃあ、龍一はカステラも好きやろ。オレはきんつばより断然、カステラが好みや」

「カステラか……うちの一番のご馳走《ちそう》は、たまにお母ちゃんが作ってくれる卵焼きやな。砂糖いっぱい入って、最高にうまいんや」

砂糖がいっぱい入った卵焼きと言われてもピンとこなかった。ただ友達の家で麦茶に砂糖が入ったのを飲んだことがあった。紅茶みたいやと思った。おいしくはなかったけど、あんなものかな、と考えた。

「ところで龍一って、なんで友達を作らんのや」

野球部のエースなのだから、彼と友達になりたい人間はたくさんいる。実際、浪岡の方が殻に閉じこもっているのだが、うちの母や従業員にあれだけ社交的に振舞えるのだから、作ろうと思ったら、すぐにできそうだ。

だが浪岡は少し沈黙して、「アイツら、しょうもないからな」と言った。

「アイツらって？」

「アイツらって、みんなや。どいつもこいつもしょうもない奴ばかりや」

なんて答えていいのか分からず紀一郎は黙ってしまう。

「人の悪口ばかり言いやがって、誰かを除《の》け者にせんと気が済まんのやろ。だからオレは他人は気にせんことにしてるんや」

すごく大人びた言い方だった。人生を達観した坊主の説法のようにも聞こえる。簡単に「なんで友達を作らんのや」なんて訊いた自分がすごく世俗的で、浮ついているようにも感じた。

「でも他人って、オレかて他人やんか」

紀一郎は言った。おまえは違うと言ってほしかったが、浪岡はそうは言わなかった。だが、他人だと肯定されなかったことで、浪岡と自分とを結ぶ細い糸は切れずに済んだ気がした。

その時、浪岡が「おっ、船や」と声を出した。

ちょうど岩陰から漁船が数隻、湾に入ってくるのが見えたのだ。船はオレンジの絨毯《じゅうたん》に乗って、港へ帰ってくる。大きな旗が威勢よく振られている。大漁だぁという声がここまで聞こえてくるようだった。

「カッコええな」浪岡が呟いた。

「ああ」普段は感じたことがないが、紀一郎もそう思った。

「オレ、漁師になりたいねん」

浪岡の言葉に紀一郎は違和感を覚えた。

漁師という仕事が浪岡のイメージと重ならなかったのだ。浪岡は野球選手になるものだと思い込んでいたからだ。

「うちのお父ちゃんも昔、漁師やったんやで。ぎょうさん魚、釣っててん」

「龍一の父ちゃん?」小学四年生の時に蒸発したという父親のことなのだろう。

「なんで漁師やめたん?」

浪岡はなにも答えなかった。訊いたらいけないことだったのか、と反省する。

だが浪岡はまったく気にした様子もなく、海をじっと見つめていた。

「ホンマ、カッコええわ」

「せやな」

同調しながら、浪岡の目には蒸発した父親が映っているのかな、と勝手に想像した。

3

紀一郎たちが家に戻ると、若い従業員から「ぼっちゃん、社長が探していましたよ」と伝えられた。

きっと父はアルバイト料を払おうとしているのだ。

「龍一、ここで待っといてくれ」

そう伝えて、スキップするように板間の廊下を走っていく。父の部屋は一番奥の庭に面したこの家で一番陽当たりのいいところにある。

入れ替えたばかりの畳の匂いがする大部屋に入ると、紺色の丹前に着替えた父が、胡坐《あぐら》を組んで待っていた。

紀一郎は父の前で正座した。

駄賃を貰う時の我が家のしきたりだ。

座ると同時に父は袖《そで》から茶封筒を二枚出した。

「これがおまえので、こっちが友達のだ」と言われた。

その言い方に違和感を覚えた。わざわざ「おまえの」「友達の」と分けて言うので、金額が違うんだろうと瞬間的に感じた。

紀一郎の方には二千円入っていた。二日分のアルバイト料だ。だが浪岡の分と言われた茶封筒には五百円札が一枚入っているだけだった。

紀一郎が父の顔を見る。父は紀一郎の言おうとしていることが分かったようで、先に「中学生ならそれで十分や」と言った。

「でもボクは二千円じゃないですか」

「おまえはうちの跡取りだ。今までもそれだけ払っている。だがバイトは別や。使用人やからな。だいたい彼はまだ中学生やないか」

中学生と言ったが、去年、近所の中学生を雇った時は、紀一郎と同じ額を渡していた。父は嘘をついているのが後ろめたいのか、少し声を荒らげ、「おまえ、あの子に、うちの仕事がいくらか話したのか」と訊いた。

紀一郎が首を振ると、「だったらええやろ。さっさと持っていき」と追い返すように言った。

確かにいくらかは言っていない。

それに浪岡は仕事を頼む時、「バイト代はいくらでもいい」と言っていた。五百円でも満足してくれるのではないか。

　玄関を出ると浪岡が立っていた。

　山からの北風をまともに受け、薄手のジャージーではいかにも寒そうだったが、彼は背筋をピンと伸ばして待っていた。

「これ、バイト代や」

　少ないけど、と言いかけてやめた。なんか言い繕うような気がしたからだ。

「おう、ありがとう」

　浪岡は受け取って、封筒の中身を覗いた。顔を顰めるかと思ったが、彼は眉一つ動かさなかった。


　浪岡が帰って一時間ぐらい経って、母が「これなんやろ」と訊いてきた。

　手に御守りのようなものを持っていた。浪岡のだ。ジャージーのポケットから御守りの紐が飛び出ていたのを、この二日の間に、見た記憶があった。

　紀一郎が「龍一のや」と言うと、母はそれまで掌で握っていたのを、指先で摘《つま》むように持ち替えた。

「そんな持ち方せんでもええやんか」

　紀一郎が抗議する。まるで汚いものに触れてしまった時のような持ち方だ。

「せやかて……」

母は言おうとしていたことを途中でやめた。その口ぶりに紀一郎は余計に腹が立ってきて、母の手から御守りを奪い取った。

表に飛び出し、玄関の横に立ててあった自転車を押して、飛び乗った。

「あんた、こんな時間にどこ行くの」

「浜や。龍一の家に、これを届けてくる」

「こんな時間に。明日でええやないの」

母は止めたが、無視して力いっぱいペダルを漕《こ》いだ。

浪岡の家に行くのは初めてだった。

だいたいこのあたりだろうとの目安はついたし、行けばなんとかなるとの思いはあった。昔から両親に行ったらあかんと言われてきた場所だったので、探検ごっこをした時のように胸が高鳴った。

だが実際にその地区に着いてみると、好奇心など吹っ飛んだ。

街灯がなく、川の水量が多いのか、濁流のような音が闇に響く。

焦げ茶色をした古板で組まれたバラックが、びっしりと間隔を詰めて建っていて、しかもどの家も雨戸を閉めているのか、家の中から灯《あか》りが漏れてこない。

なのに人の気配はした。

雨戸の隙間から住人たちがじっと自分を睨んでいるようで、暗闇の中に黄色く光る両目だけが見えた。足が震え出してペダルを踏み外しそうになったので、立ち漕ぎの姿勢で、全速力で自転車を漕いだ。

さらに進んでいくと、道幅が一メートルもない、細い道に変わった。これじゃあ車も通れない。他人の家の勝手口を通りぬけているような気分だった。

浪岡という表札が見つかった。

このあたりでもいっそうみすぼらしいあばら屋だった。

呼び鈴を探したが、見当たらなかった。代わりに、家の中から、ヒステリックな女の声が聞こえてきた。

「なんぼ言うたら分かるの、アンタは」

すごい剣幕で叱《しか》る母親の声が聞こえ、肌を叩く音がした。きっと子供の尻を叩いて折檻《せっかん》しているのだ。

男の子の泣き声がする。浪岡の声でなくてホッとした。考えてみたら中学生なのだから、浪岡が叩かれることはないだろう。だがすぐにそんな安堵《あんど》感も吹っ飛んでしまう。子供が泣き声をあげたことで、母親はさらに癇癪《かんしゃく》を起こし、また怒鳴りつけた。

「やかましいわ、このアホンダラが」

パチン、パチン、パチン、パチン……尻を張られる音が続いた。男の子は甲高《かんだか》い声で、「ごめんなさい、ごめんなさい」と泣き喚《わめ》きながら許しを乞《こ》うが、「泣くなと言うてるやろが」と折檻する音はやまなかった。

紀一郎は耳を覆いたくなった。

このまま帰った方がいいのか。どうしたものかと逡巡《しゅんじゅん》した。

そうこうしているうちに、玄関の引き戸が開いて、中からごみ袋を手にした浪岡が出てきた。

「紀一郎、どうしたんや」

浪岡が目尻を下げた。

紀一郎は立ち聞きしていたようでバツが悪く感じた。

「あっ、おまえ、御守り落としたろ？」ポケットから取り出す。

「おう、どこで落としたのか探してたんや」

「家《うち》の庭先ちゃうか。うちのお母ちゃんが見つけた」

「そうか。おばさんにありがとうって伝えてくれよ」

「ああ」答えながら、汚らしいもののように握っていた母を恥ずかしく思った。

その時、また母親が子供を叱る声が聞こえた。

叩く音もした。さっきとは音が違う。今度は頬を打ったと咄嗟に思い、紀一郎は顔を顰めた。

「隣の家《うち》や」と言われた。

「隣の家？」

「毎日こうや。まったく困ったもんや」

浪岡は自分が出てきた戸の方向に体を向け、目を少しだけずらした。

その時初めて、長屋が二軒続きになっているのに気付いた。

浪岡の家族でなくてよかった。体罰を受けている子供は不憫だが、そう思ってしまった。

紀一郎はポケットから、自分が父から貰った、二千円が入った封筒を出した。

「それから、さっきの封筒、うちの親が何かの支払いと間違って、渡してしまったんやて。こっちが龍一のバイト代やった」

取ってつけたような言い方になってしまったが、浪岡は気にすることなく「ありがとう」と受け取った。

「少なくて気い悪くしたろ」

「いや、それぐらいいかと思ってたから」

浪岡は普通に言ってのける。ただ新しい封筒の中に伊藤博文が二枚も入っているのに驚き、「こんなにくれるんか」と心底喜んでくれた。

「せならさっきの返さんとな。ちょっと待っててくれ」

そう言って家の中に戻ろうとしたので、紀一郎は「あれは、ええわ」と言った。

「ええわ、って、あれは支払いなんやろ」

浪岡は不可解そうな顔をしたが、紀一郎は「一生懸命働いてくれたから、うちの父ちゃんがボーナスや言うとった」と付け加えた。

浪岡は疑うことなく、「ありがとう」と茶封筒をポケットにしまった。

両親が友達を悪く言ったことへの、せめてもの罪滅ぼしだ。

二日間ただ働きになったが、紀一郎は惜しいとはまったく思わなかった。

第三章　浪岡龍一　十八歳

1

布団に入っても四之宮《しのみや》登《のぼる》は寝付けなかった。

それは同室でチームの四番を打つ神山《かみやま》がなかなか部屋に戻ってこないという理由もあったが、それ以上に自分自身が興奮してしまって、いつまで経ってもマンモススタンドから受けた大歓声が、頭から抜け切らないでいたからだ。

湊商はきょうの試合も勝った。明日は準決勝だ。

このセンバツ大会、最大の難関と思っていた準々決勝で、優勝候補、大阪の大興高を倒した。だが優勝するにはまだ二試合残っている。それだけに神山が戻ってきたら、今日こそはひと言、注意するつもりでいる。浮かれるのもいいかげんにしろ、と。

神山は仲間の注意を聞くタイプではなく、すぐにカッとなる。だから、注意するにしてもどう切り出そうか、布団の中でずっと模索中なのだが、なかなかいい考えが浮かばなかった。

無理もない。これだけ思い通りにいったら、お調子者の神山でなくとも舞い上がってしまう。

この神戸の旅館では、二〜四人ずつに部屋が分けられているが、どの部屋も似たようなもの。消灯時間に眠れる者なんていないのではないか。

抽選会で強豪が密集する最悪のブロックに入った時、四之宮は仲間たちから「よりによって」と恨まれた。

それでも試合は蓋《ふた》を開けてみないと分からない。

初戦が甲子園で何度も優勝経験のある愛知の東海商に一対〇、そしてきょうの準々決勝が今大会の優勝候補の筆頭に挙げられていた大興高に三対二。いずれも強敵だったが、二試合ともに湊商が一点差で勝利した。

勝てたのはエースの浪岡のお陰だ。

初戦は被安打三の無四球、この日も強打の大興打線相手に、七回二死までは、出した走者はエラーの一人だけというノーヒットノーランをするのでは、と思ったくらい見事なピッチングだった。九回にはワイルドピッチなどで二点を取られてヒヤヒヤしたが、最後はきっちり抑えてくれた。

キャプテンでありながら、四之宮は補欠で、三塁コーチャーが仕事だ。試合に出られないだけに、なにか思いついたことがあると、極力、浪岡に伝えておくようにしている。

浪岡はバンカラの多い野球部では珍しく、おとなしくて、口数が少ない。四番を打つ神山の方がムードメーカーで、人気という点ではよっぽど上だ。

ただし、スポーツ選手というのは不思議なもので、いざ試合が始まると、普段から仲がいいとかは関係なく、一番力があると認めている人間の言うことを聞く。

四之宮は大好きなテレビドラマに出てくるサンダース軍曹を浪岡と被《かぶ》らせた。浪岡は、サンダース軍曹ほど温かくもないし、仲間に気を配ったりもしない。だがこいつについていけば、勝ち残っていけるという安心感を持てる。そういえば、サンダース軍曹の眉毛も浪岡と同じで吊り上がっている。

好かれているかどうかは微妙だが、部員全員が浪岡のことは認めてはいる。だから監督は補欠の四之宮をキャプテンに任命したのではないか。

浪岡がやるのが一番だったが、ヤツは仲間を引っ張っていくタイプではない。ならば普段の練習は四之宮に任せておいて、試合が始まったら浪岡に指揮権を移す。監督はそれを狙《ねら》ったのだ。自分勝手で、それでいて意外と小心者の神山に権限を与えていたら、このセンバツで何度も訪れたピンチのたびに、チームみんなが浮足立ったろう。

チームでは距離が近いと言われる四之宮でさえ、浪岡に関しては知らないことも多い。

教室で同級生が騒いでいても、一人で机に座って読書している。それも松本清張や江戸川乱歩といった小説ばかり。彼は他の生徒が好きな少年マガジンや少年サンデーにも興味はない。

甲子園に来てからは、宿舎にたくさんの女子高生が手紙やプレゼントを持って待っていた。

中にはそっくりの顔をした双子らしき美人姉妹がいて、きっと美しいハーモニーで歌を唄うはずだと夕食時にみんなで話題にした。そのほとんどが浪岡目当てなのだが、彼はプレゼントを受け取るどころか、目も合わせずに、引き揚げていく。

そんな浪岡をチームメイトは「ほんまはシスターボーイなんやないか」と噂する。見た目が女っぽいのではなく、顔はキリッとして、眉や目つきは怖いほどだが、確かに彼にガールフレンドがいたという話は聞いたことがない。

他にも浪岡の私生活は秘密だらけだ。四之宮も仲間には隠しごとをしているのだから、他人事《ひとごと》ではないが……。

だが、その絶対に話してはいけない秘密を、四之宮は浪岡にだけは話した。

このセンバツの直前に、湊商は春合宿を行った。

その時、たまたま浪岡と同室で、これまで以上に浪岡の人となりを知る機会に恵まれた。

　ある時、浪岡に「四之宮の親父はなんの仕事やってるんや」と訊かれた。

「うちは普通や」

「普通って？」

「サラリーマンや。住金《すみきん》で働いてる」

「そうか。そりゃ、ええな」

　四之宮は「だったら浪岡の親父は？」と訊き返そうとしたが、言葉にする寸前に思いとどまった。浪岡の両親が離婚しているのを思い出したからだ。浪岡というのは母親の旧姓で、小学校の途中までは別の苗字《みようじ》だったらしい。

「サラリーマンってなにがあっても一生、会社が面倒見てくれるんやろ」

　しみじみ言われたので、言い返した。

「そんなことないで。サラリーマンかて仕事でミスしたらクビになるし、病気になったら、給料は出えへんようになるし」

「へぇ、そうなん」

「ああ、厳しい世界やとうちの親父はいっつも言うてるわ」

　実際はミスしても病気になってもすぐに解雇されるわけではないのだが、父親は「大変や、大変や」と言っていつも家族に愚痴を言っている。それでも浪岡の家と比べたらはるかに恵まれていると、すぐに実感させられることになる。

「なんとかオレは高校に行かせてもろたけど、今度、小学五年生になる妹は高校行けるかどうかも分からん」

「浪岡は大阪の学校から学費免除で誘われていたんやろ？　どうしてそっちに行かなかったんや」

そうすれば妹の学費は残ったのに、と思って尋ねたのだが、浪岡の回答にまた余計なことを言ったと反省させられる。

「せやかて、オレが大阪に行ってしもたら、うちに男手がおらんようになるやろ」

そうか。浪岡は家事も手伝っているのだ。四之宮は父親のいない家庭がどんなに大変か理解できなかった。

そもそも浪岡が地元に残ってくれたお陰で自分たちは甲子園に来られた。大阪の学校に行っていれば、などと言ったら罰《ばち》が当たる。

彼が隠すことなく家庭の金銭的な話までしてくれたからか、自分も何か秘密を話さないといけない、と思った。一方的に聞くだけでは釣り合わないような気がしたのだ。

四之宮が話したのは三ヵ月前の冬休みに起きた、ある出来事だった。

友達の家で夕飯を食べさせてもらい、同じ方角の三人で帰る途中だった。

夜の十時半を回っていた。

通りかかった米屋の軒先に、ジュースの瓶が箱ごと積んであった。木箱には「プラッシー」と書かれていた。

米屋が配達してくれるオレンジジュースだ。盆とか正月とか、親戚《しんせき》が家に集まると、四之宮の両親が注文した。言い換えればそういう席でしかありつけないものだった。

友達も同じ思いだったようだ。木箱に近づいていく。そして「おい、これ、中身入ってるで」と言い出した。

四之宮も「ホンマか」と駆け寄った。

確かに全部、中身が入っていた。オレンジ色の液体が見える。

「おい、二、三本持っていこうや」友達が言い出した。

その友達は少し離れた場所を歩いていたもう一人を呼び、「おい一人、五、六本運べばしばらくはジュースに不自由はせんぞ」と言った。

一本摘み上げようとしたが、すぐに四之宮は「やめろ」と注意した。

「大丈夫やて、四之宮、絶対にバレへんから」

確かに人気《ひとけ》はなかったが、だからといって泥棒していいわけではない。

三人の中で四之宮だけが野球部に所属していた。すでに春のセンバツへの出場を決定的にしているのだ。万が一、捕まったら出場辞退になってしまう。

「頼むから勘弁してくれ。プラッシーやったらオレが奢《おご》ったるから」

そう言うと、そいつは少し眉を寄せた。

奢ってやるという言い方が良くなかった。気を悪くさせてしまったが、それでも彼の盗む気が失《う》せたようで少し安心した。

だがそいつが瓶を箱に戻すより先に、スクーターのペダルをキックする音がした。すぐにエンジンがかかり、もう一人の友達が「ヒュー」という口笛を吹いて、スーパーカブを走らせてきたのだ。

「おまえ、そのスクーター、どうしたんや」

四之宮が片手を伸ばして制すると、友達はブレーキをかけて急停止した。うまく操縦できないのかコケそうになった。

「いきなり声かけるな。危ないやろ」

「危ないって、だからどうしたんや、って訊いているんや」

「鍵が差し込んだままになってたんや」

「だからっておまえ、勝手に乗ったらあかんやろ」

すぐに降りるように注意したが、その時、目の前のシャッターが開いて、店の親父が「コラーッ」と怒鳴り声をあげた。

四之宮は急いで逃げた。

一人が乗っていたカブを倒して、もう一人の友達と逆方向に逃げた。その時、プラッシーの瓶が割れる音がした。手に摑んでいたプラッシーを投げ捨てたのだ。

逃げずに謝っていれば、許してもらえたかもしれないが、その時はそんな選択肢は浮かばなかった。一目散に逃げた。捕まったら、チームのみんなに迷惑がかかると必死だった。

その話を浪岡にした時、彼は表情を変えることなく「捕まらんでよかったな」と言った。

「あわやおまえの甲子園を、補欠のオレが奪うところやった」

四之宮は自分を戒めるように言った。

「そんなん、他の奴も似たようなことをやってるはずや」

「そうかな。でもおまえはやらんやろ」

「そうでもないで」

「そうなんか？」顔を上げて浪岡の顔を見た。

浪岡は一瞬、話すか話すまいか迷ったようだが、すぐに口を開いた。

「オレかて、中学の時、よう湊の映画館にただで入ったからな。あれかて見つかったら犯罪やろ」

「ああ、それならオレもやったわ」

四之宮も即座に反応する。湊の商店街の中にある映画館のことだ。映画館の脇にある、映写室に入る扉を開けると、右側の通路に布がかかっていて、そこを進んでいくと客席に通じていたのだ。四之宮も中学時代に友達と挑戦し、係員に気付かれることなく、まんまとタダ見に成功した。そうか、もっと昔から悪さをしていたんだ。今頃になって気付いた。

そんなことより、あそこは子供が好きな怪獣ものとかは上映していなかったはずだ。自分が見たのもヤクザの喧嘩と女の裸が交互に出てくるような映画だった。

浪岡でもその手の映画に興味があるのか。聖人君子のような堅物と言われているが、なんや、浪岡だって普通の男やないか。

「まぁ、そんなんはみんな通ってきた道やからな。四之宮だけが気にすることはないやろ」

「浪岡にそう言ってもらえると安心できるわ」

交わした会話を一人で思い起こしていると、部屋のドアが開く音がした。

神山が帰ってきた。

「大丈夫や。はよ来いや」

神山は誰かに話しかけているようだった。

四つん這いで中に入ってくると、寝ていた四之宮の枕元に座って「おい、起きとるんやろ」と頰を軽く叩いた。

「なんやねん、こんな時間に」

「また、ちょっとだけ頼むわ」

神山は片手拝みして言った。

後ろから「ねぇ、友達に悪いじゃない」という声が聞こえた。すぐに神山は「しーっ」と人差し指を唇に当てる。

やっぱり女だった。四之宮は辟易《へきえき》した。

神山がこの部屋に女を連れ込むのは、これで三度目だ。

最初にビシッと断ればよかったのだが、まぁ、すぐに済むならと許してしまったのが、神山を調子に乗せてしまった。

立ち上がると、もう何度か顔を見た髪の長い女性がいた。最初の甲子園練習の時にバスの前で待っていたグルーピーの一人だ。瞼《まぶた》に青いアイシャドーがたっぷり塗られていて、睫《まつ》毛《げ》はカールしていた。

今晩こそは注意するつもりだったが、女が一緒では仕方がない。騒ぎ立てると、監督まで起こすことになりかねない。

四之宮は「三十分だけだぞ」と念を押して、浴衣《ゆかた》姿のまま廊下に出た。オレはダメだな、と改めて感じる。主将を任されているのに、試合に出ていないという負い目があるからこういう時にしっかり注意できない。舐められてしまっているのだ。キャプテン失格だなと情けなく思う。

行く当ては一つしかなかった。

浪岡の部屋だ。

部屋の前まで来て、小さくノックする。すぐに声がした。起きていてくれてホッとした。

浪岡はいつもと同じ、家から持参したパジャマを着て、布団に座っていた。チームの中で夜にきちんとパジャマに着替えるのは浪岡だけ。パジャマといっても髙島屋で売っている舶来品ではなく、母親が縫ってくれたものらしい。前にチームの一人が「そのべべ似合うな」とからかった時は、ムッとしていたが、それでも毎晩、着ているのだから、本人は気に入っているのだろう。

浪岡はそのパジャマのズボンの裾をめくり、脛《すね》に脱脂綿を当て、その上から包帯を巻いていた。この日の大興戦の九回、三対二と一点差に迫られてなお二死三塁から、浪岡が投げた球がワイルドピッチになった。その際、ホームベースカバーに入った浪岡はランナーと交錯し、足を負傷したのだ。コントロールのいい浪岡が投げたとは思えないほど、とんでもない暴投だった。

ベンチに戻ってきた時はひどく出血していたので、監督がマネージャーに応急手当てをするように命じたのだが、浪岡は自分でやるからいいと断った。

「大丈夫か、足？」

「こんなんはかすり傷や」

「出血もしてたし、ずいぶん腫《は》れてたで」

「血は止まったから大丈夫や」

「でも黴菌《ばいきん》が入ったかもしれんやろ。病院行った方がよかったんやないか」

縫うほどではないにしても、浪岡はうちの学校には欠かせない大黒柱だ。もしなにかあったら一大事だ。

「いや、病院なんか行ったことがないからな。知らん人間に診てもらう方がよっぽど心配や」

「知らん人間って、医者やで」

「まっ、そうなんやけどな」

浪岡は肯定したが、かといって医者に行く気はさらさらなさそうだった。

よっぽど病気やケガには縁がなかったのだろう。小学校に入るまで、ぜんそくで入退院を繰り返した四之宮には、想像ができない。だが「健康で羨ましいな」と言うと、浪岡は「そうでもなかったけどな」と呟いた。

「ようケガもしたし、風邪で四十度の熱が出たこともある」

「だったらどうして医者に行かんかったんや」

不思議に思ってそう問いかける。だが浪岡は当たり前のように「うちには保険証がなかったからな。だから医者には行かせてもらえんかったんや」と説明した。

「ケガした時はどうしたんや」

「そん時は次の日まで我慢して、学校の保健室で湿布貰《もろ》てた。なんぼ頼んでも一枚しかくれへんから、保健の先生が見てない隙《すき》に箱ごと貰て帰ったこともあるけどな」

「熱出た時はどうしたんや？　熱さましは保健室ではくれへんかったろ」

「ああ。そん時も学校や。まだ父ちゃんがいた時によう言われたわ。風邪ひいたら学校行って誰かにうつしてこい。そうすりゃ、すぐに治るってな」

聞きながらすごい親だな、と思った。そういう育て方をされたから、こんなに強い男が生まれたのかなと感心もした。

「で、どうしたんや。また、あのゴリラが発情したんか」

浪岡に質問されたので、四之宮は額に皺《しわ》を作って肯定した。

「甲子園に来てから毎晩やな、神山は」

「ああ」

「よっぽど精力があり余っているんか」

「そやな。しかし浪岡、あの女も女やで。よく神山なんかに行くと思うわ。甲子園球児やったら誰でもええんか？」

四之宮はずっと疑問に思っていたことを口にした。

確かに神山は、浪岡とともにプロのスカウトが注目している選手だが、それでも顔は最悪だ。鼻の穴が大きく開き、目は細長い。顔中、ニキビがいっぱいで、見ていて痛々しい。

「いや、あれはただのファンちゃうで」

「ファンやないって、どういう意味や？」

「あれはな、たぶん、大阪のヤクザもんが寄越した女や」

「ヤクザもん？」

「大会期間中に選手を誘惑して、へべれけ状態にしてしまう魂胆や。オレのとこにも何人も女が来たけど、全部追い返したった」

そう言われればこの旅館の泊まり客の中に、やたらと色気のある女性を見たことがある。

貸し切りではないので、一般客がいるのは当然だが、どうして若い女性がこんな古い旅館に泊まるのか不思議でならなかった。

それも暴力団が送り込んできた女性ということか。だがどうして女に高校球児を誘惑させる必要があるのか。

その疑問をぶつけると、浪岡は「そんなの分かり切っているやろ」と答えた。

「そういう連中は、野球賭博でうちに勝たれたら困ると思っているんや」

野球賭博？

毎年春と夏の甲子園期間中は、競馬のように出場校を八枠に分けた申込用紙が大人たちの間に出回っているのを知っている。四之宮も中学時代、同級生の父親が参加していた賭けに乗せてもらったことがある。だが、賭けたのは百円で三口だけだ。

「野球賭博でそこまでやるわけないやろ」

そう反論すると、浪岡は「おまえはなにも知らんのやな」と苦笑いを浮かべた。

「野球賭博やいうても漁師がやるようなお遊びちゃう。ホンマもんの博打や」

「ホンマもん？」

「漁師の賭け金も馬鹿にはでけんけど、ヤクザがやってるのは一試合で百万も二百万も金が動くらしいからな」

「百万か。そりゃすごいな」

「ああ、ころもし大金や」

浪岡は浜の言葉で言った。すごい額だという意味だ。

「きっと胴元はうちには勝ってほしないんやろな」

「胴元？」

「元締めのことや。うちが勝ったら損する。だから女を送り込んで、選手が試合で力を出せんようにしとるんや」

　確かに神山はこの大会に入ってからまったく精彩を欠いている。毎晩、セックスして、ほとんど寝ていない。今まで野球一筋でやってきたのが、女を覚えて、気もそぞろになっている。

　準決勝の相手は古豪と呼ばれる愛媛代表だ。浪岡の連日の好投がなければ、試合前の予想からして、向こうの方が絶対に有利と言われていたに違いないほどの強敵だ。

「ヤクザはうちに勝ってほしくないんかな？」

　不安になってそう訊いた。

　だが浪岡は「それはヤクザに訊いてみんと分からん」としれっと答えた。

2

　準決勝も湊商業が五対四で勝利した。

　女にうつつを抜かしている神山はノーヒットに終わったが、その分、五番の浪岡が打者として活躍し、ライトのラッキーゾーンに二発も放り込んだ。

　この日の浪岡は点こそ取られたが、一度も逆転を許さない粘り強いピッチングだった。

　試合が終了し、アルプス席に挨拶に行った時、四之宮はどこかで苦虫を噛み潰したような顔をしているはずのヤクザ連中に対し「ざまあみろ」と罵《ののし》ってやりたい気分になった。

　試合後のインタビューだけでは足りないのか、浪岡は報道陣からなかなか解放してもらえなかった。

　決勝の相手も久々の甲子園で、大会前の評価は湊商とさほど変わらなかった。投手力も攻撃力も、それに伝統や経験という点でも、ここまで戦ってきた相手より数段落ちる。今の勢いなら、うちの方が上。これなら日本一にもなれるかもしれない。

　旅館に戻ると、浪岡を「風呂に行こう」と誘った。

「ええよ」と返ってくる。お疲れさん、と背中を流してやろうと思った。

　だが湯船に浸《つ》かって待っていても、彼は来なかった。茹《ゆ》で上がってしまうと諦め、浴槽から出た。

　浴衣を着て、浪岡の部屋に行ったが、そこにも姿はなかった。

「おばちゃん、浪岡見んかった？」近くにいた仲居に訊いた。野球に詳しくて、試合に勝って帰ってきた時はすごく喜んでくれる。この前も浪岡と一緒に写真を撮って大騒ぎしていた。

「浪岡クンなら外に出ていったで」仲居は言った。

「外に？　なんで？」

「そんなん知らんがな。今出ていったばかりやから、急いだら追いつくんちゃう？」

どうしたんだろ？　ジュースでも買いに行ったのか。

四之宮は手ぬぐいを持ったまま、玄関に向かった。下駄がなかったので、普段の運動靴を履いて外に出る。通りにはいなかった。諦めて戻ろうとしたのだが、旅館の脇から声がしたので、足を止めた。

四之宮が覗くと、旅館の脇の勝手口に通じる通路に浪岡が背を向け、中年男性と話しているのが見えた。

男は深緑色のハンチング帽を被り、道路工事の人が着る紺色の化繊《かせん》のジャンパーを着ていた。顔は皺だらけで、深い法令線が刻まれていて、年齢すら判断つかない。向かい合って話していたので知り合いなのだろう。親戚なのか……。伯父だと言われればそう見えるし、祖父だと言われればそう見えなくもない。

間違いないのは男が、まだ夕刻だというのに酔っぱらっているということだけだ。頬が酒焼けしているのは一目瞭然だった。

やっぱり親戚ではない。親戚だったら大事な大会中に、酒に酔って、選手を呼び出したりはしない。

きっとルンペンかなにかで、浪岡にいちゃもんをつけているのだ、と疑った。

四之宮は助けに入ろうとした。

だが、その時、浪岡がポケットに手を突っ込み、金を出した。

それが四之宮の判断を鈍らせた。

たぶん千円札二枚程度だった。

「これでええか」

浪岡が言うと、男は足をぎこちなく動かして前に出て、片手で金を摑み、お焼香するような真似をした。

礼のつもりなのだろう。だが感謝の言葉一つ述べることなく、金を薄汚れたズボンのポケットにしまった。

男は「まぁ、頑張れよ」とどうでもいいような言い方で、浪岡の肩を叩いた。

いったいあの男、誰やろ。

なによりも浪岡が金を渡していたことがショックだった。親や親戚から小遣いを貰うことはあっても、誰かに金をあげた経験は四之宮にはなかった。高校生が大人に金を渡すなんて……強《し》いて挙げれば、湊の駅前で気の弱そうな他校の生徒が、不良連中からカツアゲされていたのを目撃したぐらいだ。

ならば浪岡はあの大人に脅されていたのか？

いや正直、そんな感じもしなかった。

四之宮は頭がこんがらがったまま、その場から立ち去った。

翌日の決勝戦。

湊商業は七回まで四対一とリードしていた。

それが八回、浪岡は二本のヒットと四球で二死満塁のピンチを作ってしまった。

それでもベンチで声援を送っていた四之宮は、浪岡なら難なく凌《しの》ぐだろうと思っていた。まだ球数も百球に届いていないし、疲れている様子もなかった。

二死満塁からの一球目、浪岡は不用意に甘いボールを投げた。ほぼど真ん中で、四之宮は思わず「危ない」と声を出したほどだ。

打席の左バッターはその球をバットの真芯《ましん》で捉《とら》えた。痛烈な打球が一塁線を抜けていった。

適時二塁打。

四対三と一点差まで追い上げられ、なおも二死二、三塁とピンチが続く。

次の打者はボテボテの三塁ゴロに打ち取った。

サードの神山が正面で捕球する。よかった、これで一点リードで九回、あと一イニングだ。四之宮はそう安堵したのだが、神山が一塁に悪送球してしまった。

三塁走者に続いて、二塁走者までが手を叩いて生還した。

四対五と逆転された。

四之宮をはじめ、チームみんながガックリ肩を落としたが、浪岡だけは毅然《きぜん》としていた。

　なお二死三塁から、続く打者への一球目、高めのストレートを動揺した捕手が後逸する。三塁走者が猛然と突っ込んできた。

　六点目が入りそうだったが、浪岡がホームのカバーに入り、痛めている右足で走者の突入をブロックしてそれ以上の失点を防いだのだ。もう絶対に点はやらない。そんな執念を感じた。

　ベンチに戻ってきた浪岡のユニホームのズボンは擦り切れ、痛めていた右脛《みぎすね》の部分のストッキングに血が赤く滲《にじ》んでいた。ズボンの裾を上げ、ストッキングをめくると、傷口がパックリ開き、血が流れ出ていた。

　マネージャーが薬箱を持って近寄るが、浪岡は箱だけ受け取って、「自分でやるからええ」とマネージャーを制した。

　ヨードチンキを浸した脱脂綿を傷口に当て、口に咥《くわ》えていた包帯でグルグル巻きにする。

　マネージャーがゴムの止め具を渡そうとしたが、浪岡はそれを無視し、包帯の端を歯に挟み、右手一本で器用に二手に引き裂いた。その端を足首の両方から挟むように巻くと、もう一度、ギュッと力を込めて、結び目を締めた。

　八回裏、湊商はチャンスを作るが無得点に終わる。

九回の守備、浪岡は何もなかったようにマウンドに上がり、三人で抑えた。

だが九回の裏、味方打線は点を取ることができなかった。浪岡のガッツを無駄にしてしまった。

3

決勝戦で負けた翌日、和歌山に戻る汽車で四之宮は浪岡の隣に座った。

準優勝とはいえ、七回まで三点もリードしていたのだ。みんな優勝できると信じていた。それだけに一日過ぎてもみんな気落ちしたままで、車中はずっとしんみりしていた。

神山は親しいチームメイトに「前の打席でファウルを打った時に指が痺《しび》れて、それが悪送球になった」と言い訳していたようだが、浪岡は一切弁解しなかった。

ただ四之宮は、どうしても気になっていたことがあった。満塁から二点適時二塁打を打たれ一点差に迫られた一球についてだ。

実はチームメイトも同じことを感じたようで、「どうして浪岡は、あんな大事な場面で真ん中に投げたんやろ」と疑問を口にする者が何人かいた。

四之宮は、甘くなったのは準々決勝で負傷した足が影響していたからだと思っていた。もし浪岡がケガを理由に、「さすがにスタミナが切れた」と明かしてくれたら、そういう連中に向かって、「おまえら、浪岡のお陰で決勝まで来れたのに、そんなこと言うな」と叱りつけてやろうと思っていた。

打たれた浪岡が一番悔しいのだから、できるだけ口にするまい、と決めていたのだが、つい話の勢いで、「おまえでもあんなに甘く入ることがあるんやな。やっぱり足のケガ、相当にひどかったんやないか」と言ってしまった。

口走ってすぐ、負けた翌日に言うなんて、自分はなんて配慮に欠けるのだと悔やんだのだが、浪岡はケガを言い訳にするどころか、素直に、「満塁だったので内角の厳しいところをつけんかったんや」と投げミスだったことを認めた。「甲子園の、それも決勝戦で押し出しのデッドボールはしたないからな」

「ああ、そうだな」

四之宮は納得した。浪岡レベルの投手でも押し出しを意識するものなのだ。その弱気のピッチングのせいで、結果的に優勝を逃してしまったのだから、浪岡もえらく悔いているだろう。

地元に帰ると大勢の住民が大漁旗を振って出迎え、皆、「夏こそは優勝してや」と激励してくれた。

ここ数年、湊近郊の海では、大型タンカーが座礁したり、赤潮が出たりした影響で、漁業が大打撃を受けていた。町全体も寂れてしまい、元気を失っていたのだが、湊商の活躍で息を吹き返したようだ。

部員の名前は、試合に出た九人だけでなく、四之宮たち控え選手まで知れ渡っていて、町で握手を求められるのは当たり前。電車に乗っていて、いきなりサインを求められたこともあった。

毎日曜日には、全国の強豪を迎えて、試合が行われた。

たかだか対外試合にもかかわらず、結構な人が見に来ていた。とくに漁師たちは「海が時化てる」と適当な言い訳を作って、湊商の試合がある日は仕事を休む。毎週末がそれでは、仕事にならないのでは、と四之宮は余計な心配をしたほどだった。

四之宮は湊駅から、徒歩で学校に向かっていた。

前の週に、センターを守るレギュラーがケガをしたので、きょうは四之宮が先発すると伝えられていた。気合が入る半面、少し緊張もしていた。

学校が近づくにつれ、人の数が増えてきた。

先週、甲子園の雪辱に来た大阪の大興高を返り討ちにしたのが大きかった。この日は京都の私学だったが、町のみんなが、公式戦、対外試合を含めて無敗のまま、甲子園で優勝するのを期待していた。

さっきから何人かに「おおキャプテン、きょうの先発は誰や」と尋ねられた。

そのたびに、「分かりません」と首を傾《かし》げる。

中には「分からんわけねぇやろ？　昨日のうちに監督が伝えているはずや」としつこく食い下がる者もいたが、「本当に分からないんです」と言い張った。

センバツ期間中に浪岡に教えてもらって以来、ずっと不思議だった謎が解明できた。

どうして毎回、毎回、観客から先発を訊かれるのか？

それは彼らが自分たちの試合を賭けの対象にしているからだ。

浪岡が投げるのと、二番手の二年生が投げるのとでは、湊商の勝つ確率がずいぶん違ってくる。きっと賭けはプレーボールがかかる前に締め切られるのだ。

そういえば、この前、「浪岡の風邪は治ったか」と訊かれ、驚いた。

風邪をひいていたのは事実だが、浪岡は練習を休んだわけでもなければマスクをしていたわけでもない。なのに男は知っていた。すごい情報収集力だ。その時は驚きを超え、感心してしまった。

大抵は相手にしなかったが、校門のそばで会った、顔馴染《なじ》みのおっちゃんにだけはこれまで通り、「きょうは浪岡や」とこっそり教えてやった。

このおっちゃんは時々、選手たちに「これでタコ焼きでも食べ」と小遣いをくれる。

よほどの湊商ファンだと思っていたが、このおっちゃんも所詮《しょせん》、賭けの情報が欲しかっただけなのだ。駅前にある立ち飲み屋の婆《ばあ》ちゃんが焼くタコ焼きは絶品だったが、その小遣いが賭けで儲《もう》けた金だと分かった途端、そんなに楽しみではなくなった。

校門を入ると、見慣れた後ろ姿が見えたので、駆け足で近寄り「浪岡」と呼びとめた。

「どうや、調子は」と訊くと「まあまあや」と返ってくる。甲子園で大活躍した後も相変わらずこの調子だ。

「足のケガもようなったみたいやな」

「もうどないもない」

「それはよかった。でも無理すんなよ。おまえにケガされたらうちのチームはおしまいやから」

「分かってる。夏はあんな悔しい思い《はがい》はしたないからな」

「ああ」

四之宮は力強く頷いた。準優勝だろうが、負けは悔しい。

あの敗戦があったからこそ、浪岡は夏に向けていっそう、制球力を磨いている。捕手が構えたところ以外でボールを受けるシーンは、一試合に十回もない。得意のドロップのコントロールも抜群だ。

「きょうもスカウトが見に来てるかもしれんな」

「そうかな」

「せや、先週の大興戦なんかネット裏に知らん顔がようけおったで。あれは絶対にプロのスカウトや」

「案外、ただの物好きかもしれんで」

この手の話題になった時、浪岡が素直に喜ばないのはいつものことだ。

「いや、あれは絶対にスカウトや。目つきからして、違ったからな」

そう言いながら、センバツの決勝の前日、旅館の脇で、浪岡と話していた男のことを思い出した。

もしかしたらあの男こそ、プロのスカウトだったのではないか。いや、スカウトだったら選手に金を渡すことはあっても、選手からは受け取らない。

むしろ顔つきは堅気には見えなかった。

あれがヤクザか？

その考えもすぐに撤回する。だとしたら浪岡が自分から、暴力団が高校野球に深く関わっていると明かすはずがない。そもそも浪岡に限って、そんな黒い交際をするわけがない。

そう否定しながらも、尋ねずにはいられなかった。

「そういえば、浪岡。センバツの時、おまえを訪ねてきた人がおったなぁ、あれ誰やったんや」

「あれって？」

「ほら、準決勝で勝った日や。ヘンな帽子被ったおじさんや」

「おじさん？」

「ほら、足を引きずっていた……旅館の脇でおまえと話してたやないか」

その瞬間、明らかに浪岡の目が変わった。

「……ああ、あれか。あれはどこかの知らんおっちゃんや」

「知らんおっちゃん？」四之宮は訊き返した。「知らんおっちゃんって、おまえ金渡してたやないか」

嘘だと指摘したつもりはなかったのだが、浪岡は気まずそうな顔をした。

「おまえ、見てたんか」

「ああ」と小声で返事をする。こっちが訊いたにもかかわらず、逆に咎《とが》められているようだった。

「だったらおまえには正直に言うけどな、あれは親戚のおっちゃんや」

ボソボソした声で説明する。

「親戚のおっちゃんって誰や」

「親戚いうたら親戚やろ」

「せやな」父方の親戚とか母方とかいろいろあるが、まぁどっちでもいいことだ。

「その親戚が財布落として、困ってるちゅうて電話かけてきたんや。それで金を貸してやった。

「そうか。それならよかった」生返事する。

「ああ、それだけのことや。なんでもあらへん」

浪岡はそう言い重ねた。嘘をついていると自分から明かしているようなものだ。

マウンドでは、どんなにピンチになっても顔色一つ変えることなく、打者に立ち向かっていく。バックで守る、合宿や遠征で寝食を共にしてきた仲間からでさえ、感情がないと疑われている浪岡が、えらく取り乱しているように見えた。

入学して二年以上の付き合いになるが、こんな浪岡を見るのは初めてだった。


京都の私学との対外試合は、十一対三で湊商が大勝した。

七番センターで先発した四之宮も五打数三安打と活躍した。自分が結果を出せたことに加え、センバツ以来、ずっとしょぼくれていた神山が二本塁打を放って復活したことも、四之宮には嬉しかった。

ヤツを堕落させたのはキャプテンである自分の責任である。

きっちり注意して女遊びをやめさせていたら、打撃不振に陥ることも、エラーをすることもなかった。

大会期間中に神山が夢中になっていたグルーピーは、試合に負けた途端に神山の前からパッタリ姿を消した。教えてもらった電話番号も嘘だったそうだ。やはり、浪岡の言った通り、ヤクザが送り込んできた女だったということか。だが神山は、自分が決勝戦で大チョンボしたから嫌われたと思い込んでいる。可哀想な男だ。

試合後の整理体操が終わると、四之宮は監督に部屋に来るよう命じられた。

もしかしたらきょうの活躍が認められてレギュラー昇格が言い渡されるのかもしれない。三塁コーチャーの役割に不満があるわけではないが、野球部に在籍している以上、やはり自分も試合に出て活躍したい。そのチャンスがようやく巡ってきたのかもしれない。

だが期待しながら監督室に行くと、普段、そこにいるはずのない校長が座っていて驚いた。

二人とも神妙な顔つきをしていて、ひと目でレギュラーの話ではないと分かった。

監督から「そこに座れ」と言われたので、対面するパイプ椅子に腰を下ろす。

「実は今年の正月、近くの米屋でバイクとジュースが盗まれる事件があったんだ。警察からもおたくの生徒ではないかと問い合わせがあったんだが、それがきょう、おまえの仕業《しわざ》だという通報があった」

監督の言葉に四之宮は背筋が寒くなるのを感じた。

あの事件だった。

ジュースもバイクも自分が盗んだのではない。だがどう言い繕うか考えるより先に、監督に「本当か」と問い詰められ、「はい」と答えてしまった。

「まさか、おまえがそんなことするとは……」

「……………」

「本当なのか？」

今度は黙っていたが、「おい、四之宮、どうなんだ？」とさっきより大声で迫られた。頭の中でどう説明すればいいか考えるが答えは出てこない。監督の視線が突き刺さってくる。じっと耐え続けたが、我慢しきれずに、つい頷いてしまった。

監督は「そうなのか」と絶句したきり、それ以上は追及してこなかった。

校長と顔を見合わせ、お互いに目で合図を送っているようだった。

「うちの高校はセンバツで準優勝し、夏は優勝できるという期待が町中で高まっている。そんな大事な時期に、もしこの不祥事が発覚したら、大変なことになる」

校長が説明を始めた。だが校長の遠回しな言い方に監督が痺れを切らし、「分かっているな、四之宮」と切り出した。

退部届を書け——と言われたのだ。

不意を衝かれたとはいえ、認めてしまったのだ。今さらどう撤回すればいいのか。俯いて考えを巡らせた。しかし、それを監督には了承したと受け取られたようだ。

「分かったら家に帰ってすぐに書いてこい」と言われる。「早く行け」と追い払うように部屋を出された。

監督室から出て、実際にジュースとバイクを盗もうとした友人の名前を挙げれば、許してもらえるのでは、と思った。今からでも遅くない。だがそれを言ったところで自分だけ御咎めなしというわけにはいかないだろう。それより仲間を売ることに気が引けた。

それにしても四ヵ月も前の話だ。なぜ今頃になって、バレてしまったのか。校長は四之宮の仕業だという通報が入ったと言っていた。

通報？　もしやアイツではないか。

浪岡――。

浪岡が学校に電話したのか。まさかと思ったが、それでもアイツ以外は思い浮かばなかった。

あの事件のことを知っているのは当事者である三人を除けば、四之宮が話した浪岡だけ。まさか一緒にいた友達二人が、自分たちが捕まる危険を冒してまで四之宮を売るなんてことはしないはずだ。

だとしたら浪岡はどうして、今頃になって学校に連絡したのか。

考えられるのは、今朝、神戸の旅館で目撃したあの中年男の話をしたからではないか。

あの時、浪岡は明らかに狼狽《ろうばい》していた。

きょうの試合、浪岡は大量リードした四回でマウンドを降りた。その後、試合に出ない下級生と学校の周りをランニングしていた。途中で抜け出して、公衆電話から学校に電話を入れることは十分に可能だった。

だが四之宮にはなぜ、あのシーンを見られただけで、浪岡が自分を野球部から追い出そうとしたのか、理解できなかった。

あの中年男は誰なのか。財布を落とした親戚ではないことは間違いない。もしかしたら本当に暴力団関係者ではないだろうか……。

仮に知られたくない人間だったとしても、誰にも言わないでくれ、と口止めしてくれればいいだけの話だ。そう言われればなんの疑問も持たずに従った。

廊下の窓から残って自主練習を続ける仲間たちが見えた。

もうあの場所に戻ることはできないのか。夏の甲子園どころか、仲間と一緒に野球をすることすらできないのか。

いくら頭で理解しようと試みたところで、現実の出来事として実感できなかった。

4

ジーン、ジーン、ジーンと競い合うように蝉《せみ》が鳴いていた。

都心のど真ん中だというのに、ずいぶん蝉がいるものだ、と半澤正成は感心する。

きっと皇居か日比谷公園の土中に潜り、成虫になるのだ。そういえば、ついこの前まで滞在していたワシントンでは、蟬の声を聞いた覚えがない。

米国にも蟬はいた。

半澤が米国に赴任した直後、ニューヨークで蟬が大量発生した。半澤はたまたま現地に出張していたのだが、テレビニュースでその姿を見ることはあっても、鳴き声を聞くことはなかった。

米国の蟬は日本のように鳴き叫ぶことはないのか。それとも鳴いたところで、車の騒音や人の金切り声でかき消されてしまうのか。

いずれにしても日本の風土、それも夏の、ベトベトと湿った空気に、この鳴き声はよく響く。蟬は日本の夏の風物詩、とはよく言ったものだ。

三年間に及ぶ任務を終え、半澤は昨日、日本に帰ってきた。

外務省に出向し、警備官としてワシントンの日本大使館に勤務。警備といっても、行く先々で大使のそばにくっついて警護するわけでもなければ、玄関先で見張りをさせられるわけでもない。なんのことはない、現地の治安情報の収集、及び大使の話し相手や日本から来た警察庁幹部の観光案内が主たる仕事だ。時間に追われることもなく、その勤務内容といったら退屈極まりなかった。

それでもワシントン近郊のボルチモアに、大リーグの試合を見に行けたのは一生の思い出だ。もちろん選んだゲームはヤンキース戦。大ファンだったミッキー・マントルは引退していたが、古城のようなスタジアムの外観に圧倒され、しばらくその場に立ちすくんでしまった。その迫力に写真を撮ってくるのさえ忘れたほどだ。

海外勤務は、半澤が望んでいたことではなかった。本部のお偉方が、半澤の高学歴に目を付け、強引に推薦したのだが、半澤にとっては甚《はなは》だ迷惑なことだった。他の警官からやつかまれ、今後の捜査活動にもマイナスになると危惧した。

半澤が入庁した当時は一割もいなかった大卒警官は、近年少しずつ増えてはいたが、それでも国立大出は数えるほどで、庁内には国民の血税で大学に通わせてもらいながら反米だ、反戦だ、安保反対だと学生運動に走る若者への批判が、年々増していた。高卒警官には、大学に行きたくても行けなかった貧困家庭で育った者が、多くいた。

それにしても米国にいて感じたことは、日本は米国より五十年は遅れているということだった。

戦前の陸軍幹部にしたって、開戦前に一度、米国に足を踏み入れ、エンパイア・ステートビルディングなど天高く屹立《きつりつ》した建造物を見たとしたら、米国を倒せるなどという自信は失せたのではないか。

米国でも共産主義や反戦運動への警戒感は、依然として強かったが、米国の警察官僚は、いまや諸悪の根源は思想ではない、と従来の考え方から転換していた。犯罪を生むべースとなっているものはもっと複雑で、これまでの常識では計りえない事件が今後はいくつも発生する、そう分析していた。

ニューヨークでは六月にストーンウォールの反乱という同性愛者による暴動が起きた。日本ではいまだ、イデオロギーで争っているのに、向こうは性の障壁を取り払おうと血を流しているのだから、やはり五十年は遅れを感じる。

帰国後に半澤が配属されたのは警務部だった。人事二課。

希望は渡米前までいた刑事部捜査四課の捜査員だったが、半澤を米国に異動させた上司が、「海外まで行かせた者に叩き上げの溜りであるマル暴刑事をさせられるか」と却下した。

仕方がない。

しばらくは言われるままにおとなしくしていようと考えているが、だからといってこのまま事務畑で出世していくつもりはない。機会を見つけ、異動願を出すつもりでいる。

半澤には刑事でいなければならない理由があった。

それも強行でも知能でも窃盗でもない。暴力団をこの世からなくす刑事――。

ただ理由を挙げれば、公私混同していると取られかねないので、庁内では誰にも話したことはないのだが。

新しい上司になる人事二課長に挨拶を済ませると、半澤は自分の席に戻った。

周りの者の視線を感じ、余所者《よそもの》だと警戒されたのかと不安になったが、すぐにその懸念は解かれた。

どうやら彼らは自分の真後ろにあるテレビを見ているのだ。

そのテレビはＮＨＫの夏の甲子園を流していた。

半澤は回転椅子を百八十度回して、向きを変えた。

前の席の、自分より若干、年下の警官が声をかけてくれた。東京オリンピックの警備で、一緒になったことがある。階級は同じ警部補。山下清という特徴のある名前だったのでよく覚えていた。

「きょうは課長の特別許可です」

「特別許可？」

「ええ、東京代表が決勝まで勝ち上がってきたんで、みんな気が気じゃないんです」

ユニホームで確認すると、私大の付属高校だと分かった。早慶ほど難関ではなく、しかもマンモス大学とあって、大卒刑事の何割かはこの私大の出身だった。

「半澤さんも大学で野球をやられていたんですよね？」

「ええ。そういうても遊びみたいなもんですけどね」

そもそも半澤が体育会に入ったのは、野球が好きだったこともあるが、練習漬けにされた方が、金をかけることなく大学生活を過ごせると思ったからだ。

慢性的な部員不足とあって、野球部の待遇は悪くなかった。ＯＢによるアルバイトの斡旋もずいぶん助かった。

「半澤さんは出身も関西ですか？」

「神戸です」

「なんだシティーボーイなんですね」

「いやいや、全然そんな粋《いき》とちゃいますよ」

神戸というとみんな勘違いするが、実際は東京の方がよっぽど洒落ている。

「ご両親も神戸ですか」

「親は和歌山の田舎の出ですけどね」

「和歌山だったら、ちょうど今、対戦相手が、和歌山代表ですよ」

「へえ〜」返事をして「なんていう高校ですか」と尋ねた。

「湊商業ですよ」

湊商業？

すぐにピンときた。

母の葬式を思い出す。

あの時、世話になった友人、和歌山県警の森川が話していた「地元の名門」だ。

いや、話していたのは、森川ではなく、その湊商業出身だという人当たりのいい年配の刑事だったか。

ここ数年、湊商が甲子園に出てきた記憶はない。あの時でさえ、森川たちがもうずいぶん甲子園から遠のいていると話していたから、今回、相当久しぶりに出てこられたのではないか。せっかく決勝まで勝ち進んできたのに、相手が都会の私学とはなんとも分が悪い。

「そやったら東京の楽勝ですね」

「全然楽勝じゃないですよ。今も〇対三で負けています」

「へぇ、そりゃ、番狂わせですな」

「いえいえ、むしろこのまま湊商が優勝した方が順当ですよ。湊商は春も準優勝ですからね」

「春夏ともに決勝まで来たんですか。ほぉ、田舎の学校なのにたいしたもんですな」

テレビカメラが、応援団で埋まるアルプス席を映したので、森川や年配刑事が休暇を取って来ているかもとその姿を探した。見つからなかったが、球場のどこかで声を嗄らして応援しているに違いない。そういや、森川は和歌山の浜の人間が使うというおもしろい言葉を使っていた。

……ころもし。

そうだ、ころもしだった。

ころもしドデカイホームランをかっ飛ばせ。そう叫んでいるはずだ。

テレビカメラが切り替わり、守りについた湊商業のエースを映した。

半澤は目を疑った。

どこかで見たことがある。

あっ、あの子や、と声を出しそうになった。

あの少年だった。あの時、湊の町で出会った小学生が、当時の面影を残したまま、アップで映し出されたのだ。

警察官だと名乗った半澤に向かって「おまえかておっちゃんやろが」と捨てゼリフを吐いて去っていった。世の中のすべてに対して悲憤慷慨《ひふんこうがい》しているような顔は、半澤の記憶の奥に消えずに残っていた。

母が亡くなったのは六年前だから、あの時小学六年生だった少年は、高校三年生になっている。計算も合う。森川たち地元の人間の期待通り、地元の湊商に進んでエースになり、チームを甲子園に導いたということだ。

マウンド上の少年は帽子を取って汗を拭《ぬぐ》った。

他の選手同様、丸刈りにしていて、見事な富士額をしていた。

投球練習の途中、変化球を捕手が捕り損ねて、後ろに逸《そ》らしてしまった。球審から新しい球を受け取ると、彼はもう一度帽子を取ってきちんと礼をした。

ずいぶん変わったな、と感心した。しっかりした高校生になったじゃないか、と。

半澤自身、野球部出身ということもあるが、少年課の後輩刑事には、「悪ガキを更生させたきゃ、無理やりにでもスポーツをやらせろ」と言ってきた。それも「できれば野球がええ」と。

キャッチボールをやらせ、相手の捕りやすい場所にボールを投げるよう指導する。そこから思いやりという気持ちが始まる。だから半澤がいた所轄の少年課には、半澤が自腹で贈ったグローブとキャッチャーミットがある。

上司は「そんなので犯罪が減ったら苦労しない」と嘲笑《ちようしよう》したが、補導された何人かは、その後本気で野球に打ち込んでいる。そうなったらあとは、自然と更生してくれる。これは野球部に限ったことではないが、運動部特有の理不尽な上下関係が、無理やり、礼儀や人の道を教え込んでくれるのだ。

小学生で警官に刃向かうほどのヤンチャだったのだ。きっとマウンド上の少年も相当しごかれたのだろう。でなきゃ、とっくに挫折《ざせつ》している。

審判に挨拶した時は気にならなかったが、逆ハの字形をした眉毛は当時のままで、プレーボールがかかると、顔つきは一変した。あの暗がりの集落で、半澤を睨みつけてきたごんた顔そのものに変わっていた。

「半澤さん、どうしたんですか？」

「いや、この子を見たことがあるんですよ。まだ小学生でしたけど」

「浪岡の子供の時を見たんですか？　それはすごいですね」

山下は驚いた顔をした。浪岡？　そうだ、確か浪岡という名前だった。下の名前は……龍……龍一だった気がする。

「この浪岡って子、いいピッチャーですか？」

質問すると、山下はなにを惚《とぼ》けたことを訊くんですか、と言いたげに眉間《みけん》を狭めた。

「いいピッチャーもなにも、今大会ナンバーワンピッチャーですよ、ねぇ、ブッチさん」

隣の席で食い入るようにテレビを見ている田渕《たぶち》という太鼓腹がせり出した警部補に振った。

田渕は自慢の腹を摩《さす》りながら、「そうか、あんたは外国にいたからセンバツも見てないんだな」と言った。「今年のドラフトでも絶対に一位で消えるだろうな」

「ドラフト一位ですか？」

「球は速いし、変化球が抜群や。あのドロップはプロの打者でもそう簡単に打てないだろうな」

「えらい褒めようですな」

「ああ、なにせあの顔つきがいいだろ。甲子園の決勝だというのに堂々としている」

田渕が言うように、画面に映る浪岡は、マウンド上から打者を見下ろしているように見えた。

サウスポーのオーソドックスなフォームから、ビュンと伸びてくるスピードボールを投げる。

球威もあるが、それ以上にコントロールが見事で、とくに緩い、縦にドロンと落ちるドロップが絶妙だった。親指の腹を使ってボールの下側から鋭く捻《ひね》る。実際は速すぎて目視できないのだが、そうやってスピンをかけているのは想像できた。

この七回、浪岡は三者凡退に抑えて得点を与えなかった。確かにこの投手を攻略するのは難儀だ。半澤はこのまま完封して日本一になったれ、と縁のある少年を応援してやりたくなった。

八回表も湊商業はヒットで出た先頭打者をバントで送り、得点圏に進めたが、後続が倒れ、追加点は取れなかった。

その裏、浪岡は簡単に二死を取ったが、三人目の打者に得意のドロップを狙い打たれた。

打球は大きな弧を描いて、左翼ラッキーゾーンに入る。

「よし、一点を返した」東京の学校を応援する山下が声をあげる。

「しかし今まで浪岡のドロップには手も足も出なかったのにな」

「そうですね、ブッチさん。初めて甘く入りましたね」

山下は「甘く入った」と言ったが、半澤には決してコントロールミスではなく、これまでと同じ狙ったコースにきちんと落ちてきたように見えた。むしろ打者を褒めてやるべきだ。

さすがの浪岡も一点を取られて動揺したのか、二死からこの試合初めての四球を出した。二死一塁。だが続く打者はボテボテの内野ゴロに打ち取る。「一気に追いつくチャンスだったのにな」と山下が深くため息をついた。

九回表、湊商は無得点。三人目の打者が凡フライに終わると同時に、浪岡は全力ダッシュで最終回のマウンドに向かった。足取りは軽く、まったく疲れは見えない。

その時、奥の人事一課の席から「おい、半澤、電話だぞ」と呼ばれた。きっと刑事部時代の同僚だ。挨拶が遅いと文句を言ってきたのだろう。同僚といっても年上なので、二課にかけ直してくれというわけにもいかず、半澤は後ろ髪を引かれながら一課の席まで歩いていった。

電話を終えた時は、すでに試合は終わっているかと案じたが、まだ浪岡がマウンドに立っていた。山下や田渕が拳を固く握り締めて、画面を注視していることから、試合がもつれているのは分かった。

画面の表示は三対一のまま。だが走者は一塁にも二塁にもいる。一死一、二塁のようだ。

「山下さん、どうやってランナーが出たんですか？」

「どうもこうも浪岡が制球を乱し始めたんですよ。ワンアウトからフォアボールとデッドボールです」

「急にどうしたんやろ？」

「この暑さですから、けっこう堪《こた》えているんだと思いますよ。淡々としてるように見えますけど」

山下が指摘する通り、グラウンドには強い陽射《ひざ》しが降り注ぎ、見ているだけでも汗が出てくる。まさに炎天下という表現がピッタリだ。

浪岡の顔を汗の滴がとめどなく流れ落ちていた。

それでも浪岡は軽くアンダーシャツの袖で拭っただけで、疲れた表情一つ見せなかった。マウンド上に仲間たちが駆け寄って激励するが、頷きさえしない。相手にもしていないように思えた。

続く打者には得意球のドロップを打たれ、三遊間を抜かれる。だが外野手はあらかじめ前進守備をしていたので、二塁走者は三塁に止まった。

一死満塁。

山下と田渕の応援にも気合が入ったが、浪岡は次の打者はストレートで三振に取った。

二死満塁に変わる。

「まだ、ツーアウトだ、頼む、あと一本」

「大丈夫だ、浪岡だってバテてるぞ」

山下は高い声で、肥満体軀《たいく》の田渕は太い声で、相次いで画面に声をかけた。しかし初球、ストライクゾーンに落ちてきたドロップを打者が見送ると、二人の威勢のいい声が「あ〜、ダメかぁ」と情けないハモリ声に変わった。

半澤の目にも「勝負あった」と映った。あのドロップを投げ続ければ、バッターは打てないのではないか。

だが浪岡はドロップを投げずに、真っ直ぐを続ける。二球目は外角に外れ、三球目は高めに浮いた。打者はボール球には手を出さずによく選んでいるように見えたが、実際は手が出なかったと言う方が正しい。自信がないのか、見送るたびにおどおどした顔でアンパイヤの顔を見ている。

ボールが二球続いた後、外角のストレートを打者は空振りした。これでカウントは2―2。

五球目、捕手はもう一度、外角低めに構える。そのミットに吸い込まれるように、伸びのあるストレートが投げ込まれた。

打者のバットはピクリとも動かない。三振でもおかしくなかったが、アンパイヤは首を横に振った。

周りから息を吐く音がした。山下と田渕が「助かった」と安堵したのだ。だが半澤の目にも外れていると映った。捕手の要求したコースよりわずかに外だった。

二死満塁、フルカウント。

「手を出すなよ」

「でもストライクなら三振ゲームセットですよ。思い切って狙った方がいいんじゃないですか？」

「そうだな。弱気はいかんな」

「コントロールのいい浪岡がここで押し出しするとは考えられないですからね」

二人の会話を聞きながら半澤も息を呑《の》んだ。浪岡はセットポジションに入る。だが一度、プレートを外して、二塁走者を睨んだ。

牽制《けんせい》球は投げなかったが、走者は慌てて帰塁した。

見ている自分たちが大きく息をついた。

さすがだ。彼は野球をよく分かっている。

二点差なのだから、大事なのは三塁走者ではなく、二塁走者の方だ。二死満塁、フルカウントだから、走者は投球と同時にスタートを切るが、少しでもリード幅を狭めておけば、万が一、ヒットを打たれても、前進守備の外野の正面なら生還を阻止できる。

浪岡はセットポジションから投球モーションを始動した。

足を上げる。

浪岡の顔をじっと見た。

その瞬間、半澤は「あ、あかん！」と大声をあげた。

周りの者が驚いてこちらを見たのが気配で分かったが、彼らは顔の向きをすぐに画面に戻した。浪岡の投げたドロップを打者が快音を鳴らして弾き返したからだ。

「よし同点や！」

誰かが声を出した。痛烈な当たりが左中間に転がっていく。左翼手が打球に追いつくが、焦ったのか、その打球を後ろに逸らしてしまった。

「やった」山下がジャンプして叫んだ。「逆転や！」

同点どころか一塁走者にも生還されてしまう。

ラッキーゾーンに向かって転々とする打球を、左翼手は必死になって追いかける。追いつきたいが逃げていくボールとの距離は縮まらない。その思いは画面を通して半澤にも伝わってきた。

三塁コーチャーがグルグル腕を回しているのをテレビカメラが捉えた。その横を一塁走者が全速力で通り過ぎていく。

ようやく左翼手から中継に渡って、バックホームされるが、その時には三人目の走者がホームベースを駆け抜けていた。

サヨナラだ――。

走者一掃のサヨナラヒット。二点差が一気にひっくり返ってしまったのだ。

田渕と山下が抱き合って喜んでいる。

「いやぁ、よくやった。これが高校野球ですね」山下が感無量の顔で言った。

「ああ、まさしく筋書きのないドラマだ」田渕が呟く。想像もできなかった結末であることは間違いない。だが半澤が感じていたことはそんな爽やかなものではなかった。

やりやがった――。

そう思った。

最後の一球、セットポジションから浪岡が左腕をトップの位置まで引いた瞬間、半澤には彼が笑ったように見えたのだ。

いや、あの瞬間に笑うことなどありえないから、錯覚だったかもしれない。

だとしても、それまでの野犬のような目つきとは明らかに違っていた。

あの時に覚えた疑念と同じだった。

六年前、湊のグラウンドで浪岡を初めて見た時のこと。

あの時、少年がわざと逆転されようとしていると感じたのは、キリッとしている顔が投げる寸前だけ緩んで見えたせいかもしれない。

だから夕方、空き地で本人と会った時、「ああいうことは絶対にしたらあかん」と注意したのだ。

あの時、少年は「やってへん」と言い張った。

やっぱりやってたやないか――。

無罪と信じた男が、あとになって、やはり真犯人だったと知らされたような胸中……心拍数が上がり、息苦しささえ覚える。

試合終了を告げるサイレンが鳴り響き、勝者と敗者が抱き合って健闘を称えている。湊商のナインは皆、泣きじゃくり、決勝のエラーをした左翼手は、しゃがみ込んだまま立ち上がれなかった。

その中で浪岡だけが涙を見せることなく、仲間たちに相手の校歌を聞くため、ベンチに戻るように指示していた。

あと一歩で優勝を逃したエースとは思えないほど、浪岡は潔かった。

最後まで凜《りん》としていた。

だがいくら表情を取り繕《つくろ》っていても、心の中でほくそ笑んでいるのが見抜けた。狡猾《こうかつ》な容疑者が取り調べで「自分は潔白だ」と白《しら》を切るのと同じだ。

日本国民が注目する甲子園の決勝戦で、この男はやりやがった。最初から負けるように仕組んでいたのだ。

半澤は画面を凝視し、浪岡の表情の隙を探ろうとした。

浪岡は優勝校の校歌を聞き、表彰式に出て、準優勝のメダルを胸にかけてもらった。

その後は甲子園の土をスポーツバッグに詰め込み、ダッグアウト裏の細くて暗い通路に消えていった。

テレビカメラがその姿を見失うまで、半澤はテレビの画面から目を離さなかった。

第四章　浪岡龍一　二十五歳

1

スポーツバッグにレガース、プロテクター、マスク、そしてキャッチャーミットの順番で用具をしまって、大和田哲男《おおわだてつお》はベンチから腰を上げた。

さっきまで周りを囲んでいた新聞記者連中はすでにダッグアウトから去っていた。大和田は、その記者連中にヒーローインタビューを受けていたのだが、インタビューとは形ばかりのありふれた質疑応答に終始した。

きっと明日の新聞には自分の記事は載らないか、載ったとしても下の段の小さなコメントだけだろう。

スターズは人気球団だから、試合の勝ち負けにかかわらず、新聞が取り上げるのは当たり前なのだが、今日に限っては仕方がないと思った。

ヒーローはあくまでも完投勝利を遂げた浪岡だ。

自分は先制打を放ったこと——といっても全力疾走してなんとかセーフになった内野安打だったが——あとは捕手として浪岡をうまくリードしたことぐらい。本来ならお立ち台にも浪岡が上がるはずだった。あんな事件さえ報道されなければ……。

この日は、試合前の練習時間から、この球場にいる全員がピリピリしていた。いつもの五倍やたらと人が多い。渦中の浪岡が、事件発覚後初めて登板するとあって、いつもの五倍の報道陣が詰めかけていた。かといって騒々しさはなく、皆、周りを窺っているようで、おかしな空気が流れていた。

多くの人間が自分を目当てに、それも斜に構えて見ているにもかかわらず、浪岡は動じなかった。

強打線相手に、五対四で勝利。完投したことで、連投続きのリリーフ陣を休ませることができたし、一時は七ゲームも開いていた首位との差を「三・五」まで縮めることができたのだ。本来なら、チームのみんなと同じように、大和田も口笛を吹きながら帰り支度をしていてもおかしくない好ゲームだった。

大和田は試合中からずっと心に引っかかっていることがあり、浪岡本人に伝えようかどうしようか迷っていた。それは些細《ささい》なミスとして受け流せないこともなかったが、あの疑惑が出た以上、本人に問い質《ただ》して白黒を明らかにしておけ、でないと今後、信頼してサインを送ることなどできなくなるぞ、ともう一人の自分が囁《ささや》きかけてきた。

ロッカールームに続く細い廊下を歩くと、マネージャーから「ファイト、監督が呼んでいるぞ」と言われた。

ファイトとは大和田のあだ名だ。いつも口癖のように、ファイト、ファイトと仲間をもり立てていることから、そう呼ばれている。

「分かりました。荷物を置いたらすぐに行きます」

ロッカールームのドアを開けて、スポーツバッグを投げ入れると、駆け足で監督室に向かった。

正捕手だから監督と一対一で話すのは珍しいことではない。

しかし、そういうのは試合前か、試合後だったとしても連敗しているなど、チーム状況が悪い時が多かった。勝って呼び出されるのは珍しい。

ドアをノックし、「大和田です」と大声で名乗った。

「おお、入れ」と声が聞こえたので、「失礼します」と言いながら、ノブを引いた。

「ファイト、お疲れさん」

一礼すると同時に、三島《みしま》監督の労《ねぎら》いの声が聞こえた。監督は木製の椅子に座って煙草を吸っていた。あまり口数が多いタイプではなく、滅多なことでは選手をどやしつけたりはしないが、かといってチームが緩むことはない。

目つきは鋭くて、怒らせたらただでは済まない、という緊張感を選手全員に与えている。大和田も一度、練習中に手を抜いているのを見透かされたことがあるが、その時は、監督の目つきが変わっただけで、背筋が凍る思いをした。

三島監督から「まぁ、座れ」と言われたので、大和田は席に着いた。

これまでならすぐにチーム状況についての感想を求められ、大和田も忌憚《きたん》なく思っていることを発言していたのだが、この日はなにか雰囲気が違っていた。

監督も切り出しづらそうで、しばらく重たい空気が流れた。沈黙に耐え切れず、大和田が唾《つば》を呑み込む。すると監督は「浪岡は大丈夫だったか」と言った。

それが呼ばれた用件だと思っていただけに、大和田は「はい、いつもと変わりありませんでした」と用意していた回答を述べた。

「変わりはなかったら、いいんだが」

「はい」と返答する。

浪岡はマスコミから「三島監督の秘蔵っ子」と呼ばれてきた。

エースや四番を任せられるのは成績もさることながら、少々のことでは動じない強靭《きょうじん》な精神力を持つ選手、というのが三島監督の持論だ。

中核になる選手が動揺しているのを顔に出したり、弱気になったりすると、それがチーム全体に伝染する。浪岡はプロ野球選手としては小柄な部類に入るが、どんな大男たちにも向かっていく闘争心と根性を持っていて、まさしく三島監督好みだった。

だが監督お墨付きの強靱な精神力を持つ浪岡でも、今回のことにはひどくショックを受けているのではないか。

週刊時報という雑誌に衝撃的な記事が掲載されたのは先週のことだ。

発覚——。

浪岡龍一と大物暴力団会長との黒い交際——。


交際といっても、昨年オフに暴力団会長の娘の結婚式に出席しただけで、浪岡はすぐに会見を開き、「知人から頼まれて出席したが、新婦の父親の仕事までは知らなかった」と弁明した。

その後、その知人という人間も別の週刊誌の取材に答え、「軽率なことをして浪岡選手に迷惑をかけた」と謝った。

プロ野球選手をしていると、知人やタニマチから祝いごとやパーティーに参加してほしいと頼まれることが多い。大和田にもよく依頼が来る。

まして今回の結婚式は、新郎新婦とも普通の会社員で、浪岡もまさか新婦の父親がその筋の人間とは思わなかったようだ。

選手としては、依頼してきた知人を信頼するしかなく、一人一人、家族や友人など出席者の身元を調査するのは不可能だ。今回のことは不可抗力で、同情の余地は大いにある。しかし普段から浪岡と折り合いがよくないマスコミは一斉に週刊時報の記事を追いかけた。

記者の追及に「調査した上で……」と答えを濁してきた球団幹部も、近いうちには、なにかしらの処分を下す、というのが専《もっぱ》らの噂だ。

浪岡自身が出席を認めていることから——もっとも週刊時報には暴力団会長という新婦の父親とのツーショットも掲載されたので言い逃れはできないのだが——罰金と数週間の出場停止処分が下されるであろう。他球団で前に似た事件が起きた時がそうだった。

普通の監督ならローテーションの順番とはいえ、先発を一回飛ばすのだろうが、三島監督はなに食わぬ顔で、浪岡を投げさせた。処分が出ていないのだから遠慮することはない、という考えなのだ。雑音や批判に惑わされない、いかにも三島監督らしい判断だった。

大和田は改めて監督に敬意を抱いた。ただその監督も試合に勝てる自信があったわけではなく、浪岡の状態について、球を受けていた大和田に確認したかったのだ。

大和田自身もこの試合の第一球——大和田が構えたミットに寸分の狂いもなく投げ込んできた外角低めの見事なストレートだった——を受けるまでは、彼がいつも通りの投球ができるか不安だった。

「いつも以上と言ってもいいぐらい調子は良かったです。とくに立ち上がりは惚れ惚れするボールを投げ込んできましたから」

「そうか」

「はい。たいした男です」

無理やり目の周りに皺を作って、安心させたつもりだったが、監督は笑うどころか、表情をいっそう強張《こわば》らせた。

その瞬間、監督も自分と同じ疑念を抱いている、と勘繰った。

だから大和田を部屋に呼んだのだ。

しかし、三島監督はそれ以上はなにも言ってこなかった。

「分かった。呼び出して悪かったな」と言ったので、大和田は直立して、「いえ、とんでもありません」と頭を下げた。

ドアを開けて、廊下に出る瞬間、「ファイト、明日も頼むぞ」と声をかけられた。「はい」と威勢よく返事をしたが、そう言うことじたい、普段の監督とは少し違っていた。

2

大和田は今年でプロ九年目になる。大阪の高校を出て、ドラフト三位でスターズに入団した。その二年後に一位で入ってきたのが、浪岡龍一である。

浪岡が入団した時、大和田はちょうどファームで正捕手を任された直後で、浪岡の面倒をよく見た。

面倒を見たといっても、彼は他の後輩選手のように慕ってくるわけではなく、自分からは話しかけてこない偏屈な男だった。それでも二人でほぼ同時に一軍に上がり、それ以降はリーグ最強のバッテリーと称えられるようになった。大和田が一番の誇りにしていることだ。

浪岡は制球がよく、構えたところにきっちり投げ込んでくるから、リードのしがいがある。

頭の回転もいい。野球という競技をよく知っている。

時々、大和田のサインに首を振り、ムッとすることもあるが、冷静に振り返ってみればヤツの判断で正解だったと反省させられる。年下でありながら、野球に関しては学ばされることが多いのは認めざるをえない。

だが浪岡の投球には時折、大和田には理解不能なことが起きる。打たれるわけないと思っている場面で、不用意に甘いボールを投げ、失点するのだ。それは大和田以外の同僚、マスコミの連中も気付いていて、「浪岡は手抜きをする」と表現する。

まだ一軍に上がって間もない頃、浪岡を呼んで、注意したことがある。

「おまえ、なんで手を抜くんや。最後までしっかり投げろや！」

その場に誰かいれば、睾丸《こうがん》を縮ませるほどの迫力だっただろうが、浪岡は萎縮《いしゅく》するどころか、飄々《ひょうひょう》としていた。

黙っているので、「おまえ、文句があんなら、なんか言うたらええやろ」と強く言うと、浪岡は顔色一つ変えずに、「言うても仕方ないんで」と答えた。

「仕方ないってどういうこっちゃ」

「ファイトさんとは違うちゅうことです。同じことやってたら、こっちはぶっ壊れてしまいます」

「違うってどこが違うねん。自分、そんだけの能力があって、なに寝言言うてるんや」

オレを馬鹿にしているのかと思った。浪岡は大和田をはるかに凌駕《りょうが》する能力を持っている。それは天賦《てんぷ》のものといっても過言ではない。だが浪岡は大和田が誤解していると悟ったようで、「体ですよ、体」と言った。

「体？」

「ええ、スタミナというか、体力です」

確かに大和田は一八八センチ、一〇〇キロと体格に恵まれているが、それはパワーがあるだけの話で、スタミナという点でも浪岡に及ばない。二軍時代、よく持久走をやらされたが、大和田は毎回ビリで、罰走を命じられていた。浪岡はいつも一着だった。

「体力だろがスタミナだろが、おまえは問題ないやろが」

「それは見かけだけですよ」

「見かけ？」

「ボクが軽くこなしているように見えるだけです」

「実際、そうやろが。こっちが必死こいてついてってるんを、おまえは軽くやってのける。そういうんを才能と呼ぶんや」

「違いますよ。でしたらゴルフに当て嵌《は》めてください。ファイトさんはウッドで軽く振っている。軽く振っているのにボールはよく飛ぶ。それに比べて、こっちはショートアイアンで全力で振っているんです。たまたま手先を上手に使《つこ》うて、ミスなくボールコントロールしているように見えるかもしれませんけど、実際は一振り一振り、相当に力も神経も消耗させているんです」

大和田がゴルフ好きだというのを知ってわざとそういう言い回しをしてきたのだ。

「別に手抜きをしてるつもりはないです。けど、最初から最後まで飛ばしてったら、ボクみたいなピッチャーはシーズン終わりまでもちませんって」

そう言われてしまうと納得するしかなかった。ベストを尽くすのと、全力を出すのとは微妙に違う。バッティングでも少し力を抜いた方が、打球がよく飛ぶ。結局、その時は言い負かされる形で、それ以上議論するのはやめた。

風呂から上がってロッカールームに戻ると、浪岡一人しかいなかった。

まだ浪岡はユニホームを着たままで、風呂に入っていなかった。

登板後は念入りに整理体操をするのが彼の習慣だ。とっとと着替えては夜の街に消えていってしまう他の投手に、少しは浪岡の爪の垢《あか》でも煎《せん》じて飲ませてやりたいといつも思う。

「龍一、ナイスピッチング」

「あっ、どうも。ファイトさんこそナイスバッティングでした」

浪岡は返してくれたが、かといってそれ以上、おべんちゃらを言うようなことはない。マスコミの取材に対して、大和田さんのリードのお陰ですとコメントするのを聞いたことはなかった。

ナイスピッチングと褒めておきながら、ミスを咎めるのは、理屈に合っていないと思った。それでも大和田は三島監督の苦悩を慮《おもんぱか》ると、黙っていられなかった。

「龍一、一つだけ訊いてええか」

「なんですか。改まって」椅子に腰掛けたままグラブを磨いていた浪岡が、顔だけこちらに向けた。

「あの一球、おまえらしくなかったな」

「あの一球？」

浪岡は訊き返してきたが、大和田はすぐに惚《とぼ》けてるな、と分かった。きょうの試合で失投は一球しかない。

七回に相手の外人に打たれた満塁ホームランだ。五対〇から五対四と一点差まで追い上げられた一撃で、あの一発がなければ、ヒヤヒヤすることなく五対〇で楽に勝てた。確かに相手は四番だったが、穴だらけで、浪岡のコントロールをもってすれば、軽く打ち取ることができたはずだ。

「あの一球って言えばあれしかないやろ。あんなに甘く来るなんておまえらしくないな、と思たんや」

「すみません」

「いや、別に謝らんでもええけどな」

そのボール、大和田はストレートのサインを出し内角に構えた。

本塁打王争いをしている強打者ではあるが、内角の速い球に欠点があった。

ストライクを投げる必要はなかった。内角にキレのいい球を投げ込んでおけば、内角に意識過剰になり、体が開く。ただ彼にとっての危険ゾーンとウィークポイントは紙一重で、ボール一つでも甘く入ると、外野席の中段ぐらいまで軽く運ばれる。

だからコントロールに自信のない投手には要求できないのだが、浪岡なら大丈夫だと確信し、「思いきってこい」とサインを出した。

ところが浪岡が投じた球は、見事にボール一つ、真ん中寄りに入ってきたのだ。その打者にとってのホームランゾーン――。

「そやけど、ファイトさん。普段ならまだしも、あの場面は満塁でしたからね。あそこで内角いっぱいにボール球を投げるのは難しいですよ」

「難しいってどういうこっちゃ」

「だってぶつけたら押し出しですよ」

「押し出しって、五点差あったんやで。一点ぐらい取られても、どうってことないやろ」

自信を持って言い切った。

浪岡クラスのピッチャーが、なに戯言《たわごと》を言うてるんや。

「ピッチャーというのはつねに数字が気になっているんです。極力自責点は取られたくない。ましてや完封できそうな試合でしたからね。一点ぐらい取られてもいい、とは割り切れないものです」

「打者だってそうじゃないですか。気にしないといっても毎日、新聞開くと自分の打率に目が行くでしょう」

「まぁ、それは否定できんけどな」

しかもあのシーンはワンアウトだっただけに、一点を取られることで相手を勢いづかせ、そのままズルズルと失点を重ねる可能性もあった。ただし、そういう心理を配慮しても、そやな、と得心できなかった。

本音を言えば、あのシーン、大和田は浪岡が八百長をしているのではないか、と疑った。

週刊誌に暴露された暴力団との関係が頭を過ったからだ。

実際、満塁本塁打で一点差に迫られた後、次打者にもヒットを打たれた時は、「ピッチャーを交代してくれ」とベンチに向かって祈ったぐらいだ。

しかし、三島監督は動かなかった。続く打者の打球はいい当たりだったがショート正面をつき、六―四―三の併殺に取った。その瞬間、大きく息を吐いたのを覚えている。

ただし、浪岡は残りの二イニング、危なげないピッチングで、得点を許すことなく勝利した。結果を見れば、その疑いは外れだったと言うしかない。

「さよか。そやったらええわ。悪かったな、余計なことを訊いて、せっかくの勝利気分に水を差してもうて」

大和田はそう言って、体の向きを変えた。

なにか自分のリードを批判されたようで、悔しかったが、今回もヤツの言い分が正論のような気がした。

満塁だろうが、思い切って打者の厳しいコースをどんどん突くのが大和田の配球だ。

「打たれたらオレが責任取ってやる。だから思い切って投げ込んでこい、ファイトや！」と。

だが、投手にしてみたら、そう激励されたところで言う通りにはできない。自責点、あるいは負け数……数字で責任を負わされるのは投手なのだ。

「構いませんよ。ファイトさんもチームが勝つために、言いにくいことを言うてくれてるのは分かっています。むしろ感謝しているくらいです」

「そう言ってもらえると助かるわ」

「とんでもない」

「次回も頼むで。きょうで三・五ゲーム差や。この調子なら逆転優勝もできるやろからな」

「そうですね」

浪岡は今度はスパイクを磨き始めた。

シュークリームを手の甲につけ、布で薄くすくい取って、スパイクに塗りつけていく。そういった雑用は、普通は用具係や出入りの運動具屋に任せるのだが、浪岡はすべて自分でやる。

理由を尋ねた時、「ケガをして困るのは自分ですからね。自分の道具ぐらいは自分で確認しとかないと」と言われた。その時、自分のプロとしての自覚の足りなさを反省させられた。

そんな男が八百長などするはずがない——。

かつて日本球界を襲った黒い霧事件では、合計六名の選手が野球界から永久追放された。それ以来、球界からその手の疑惑は一掃されたと言われてきたが、実情は決してそうではない。大和田の元にも、怪しげな人間が近づいてきたことが、過去に幾度もある。政治団体や総会屋などいかにも怪しそうな肩書を名乗ってくる者もいれば、見た目や語り口は普通のサラリーマンっぽいのに、部下へのほんのわずかな言葉遣いの変化から、大和田がその筋の人間だと気付いたこともあった。

そういう連中は「故郷が同じ」とか「高校の恩師に世話になったことがある」とか、あるいは女房同士が知り合いなど、なにか関連づけて話に加わってきては、一杯奢ろうとする。酒はレミー・マルタンやカミュといった高級ブランデー。彼らは野球選手の嗜好《しこう》を知り尽くしていた。また彼らは聞き上手で、酒の力を借り、選手を気持ちよく乗せては場を盛り上げていく。しまいには会計を丸々面倒みようとしたり、タクシー代だとポケットに金を突っ込んできたりする。

先輩たちから聞いた話では、そういう世話を受けると、そのうち「この前、クラブでご一緒させてもらいました」と礼の連絡が入るそうだ。嫌な予感がしながら応対すると話の最後に「ちょっとお願いがあるんですが」と済まなそうに言い出される。

怪しい頼みなら当然断るのだが、それが「申し訳ないんですが、切符を取ってくれませんかね」といった程度。「切符で済むなら面倒なことにはならないだろう」と思うのが普通の選手の考えだ。

選手には家族席が用意されているので、どんな人気カードだろうが余りはある。「売り場に○○の名前で出しておきますから、取りに来てください」と伝える。切符売り場を介すれば顔を合わせる心配もない……だがこれが絶対に抜け出せない蟻《あり》地獄の入口だというのだ。

数日後には選手の自宅に「この前のお礼です」と小包が届けられる。中に入っているのは盆暮れに送られてくるような付け届けではない。現金だ。それも十万とか二十万とか、切符代とは思えないほどの大金である。

一度開封してしまえば、包み直して送り返したところで相手が拒否すれば荷物は戻ってきてしまう。

あとは連中から次の連絡が入るのを怯えながら待つしかない。球団に相談しようにも、ご馳走になったのは事実だし、選手自身が自分宛《あて》に切符を用意した証拠も残っている。相手が暴力団関係者ならこの時点で、御咎めなしでは済まない……。

だから大和田は、どんなに相手が立派な身なりをしていようが、見ず知らずの人間からは、酒の一杯さえもご馳走にならないと決めてきた。

大阪南部にある大和田の育った町では、野球賭博という賭けごとが身近にあった。

板前のオヤジが連絡員という仕事をしていて、毎朝、市場の仕入れから戻ってくると、自転車で近所を回って、その日の試合のハンデを知らせていた。

「一《いち》・〇《ぜろ》」「一《いち》・五《ご》」といった賭博用語が、巷《ちまた》の会話に、普通に飛び交っていた。

近所で賭けに参加している人間をいくらでも知っていた。

そういう連中はプレーした経験がないのに、やたらと野球に詳しかった。毎晩家で、家にテレビがない者は飲み屋に入り浸って、かじりつくようにナイター中継を見ていた。生活がかかっているから、目つきも真剣だった。

大和田と一緒に少年野球チームに入っていた友達の親も、その賭博に夢中になっていた。その友達は中学の途中に転校していった。一家でリヤカーを引いて夜逃げしたようで、挨拶もなく突然いなくなった。

大和田は地元の野球名門校に推薦で入学した。公式戦はもちろん、対外試合にも結構な観衆が集まっていた。自分たちが賭けごとの対象になっていることは、おのずと分かった。仲間内には、賭け屋と呼ばれるチンピラ連中と関係を持っている選手もいた。

そういう選手は、どこでミスをしたら負けるという勝敗の分岐点を知り尽くしていて、不自然にならないような形で見事なまでに失敗をしていた。エラーや悪送球、バント失敗、ダブルプレー……。

皆、中学時代から賭け屋とズブズブの関係に陥っていて、二千円、三千円ごときの駄賃で買収されていくうちに、関係が断てなくなってしまうのだ。彼らはそのせいで、野球をやめざるをえなくなる。いくら実力があっても結果重視の世界だ。大事な場面でミスをする選手は試合に使ってもらえなくなる。

だから大和田は、そういう八百長に加担する選手は、本当の野球の実力がない者だと思ってきた。

そもそも八百長は一人ではできない。何人かで仕組むものだ。

そういう意味では浪岡は絶対にシロだと言えた。

ヤツは仲間とつるまない。野球への人一倍の情熱というか、裏を返せば他に趣味さえ見つからない。移動の列車の中でもいつも一人で本を読んでいる。

もちろん、八百長などに手を貸さなくても大金を稼げるだけの桁外《けたはず》れの実力が、浪岡にはある。

3

帰り支度を済ませ、駐車場に入ると、車の陰から人が出てきた。

スーツにネクタイを締めている。

マスコミの人間だ。

ただし新聞記者ではない。ブン屋は今頃、締め切りに追われて大忙しのはず。この時間にうろつけるのは雑誌の連中でしかない。

間近まで来ると、ここ数日、大和田の元に寄ってきている記者だと分かった。確か週刊タイムスと名乗っていたのは覚えているが、名前は忘れた。

「お疲れさまです」その記者は丁寧に頭を下げた。

「ああ、あんたらも熱心やな」

同僚の中には週刊誌と聞くだけで目も合わせずに無視する者がいるが、そういう行為は記者たちの人格まで否定しているようで、大和田は彼らに同情してしまう。だから挨拶のできるマスコミには、一流誌だろうが三流誌だろうが、きちんと応対するようにしている。

タイムスは、女の裸のグラビアを売りにしているので、格式があるとは言い難いが、売り上げでは時報に次いで二位だから、大手と呼ばれる週刊誌だ。

「きょうの試合、危なかったですね」

記者は切り出してきた。訊きたいことは分かっている。浪岡についてだ。この男も他のマスコミ同様、浪岡が八百長行為をしていると疑っている。

「そうかな。危ない言うてもあの一イニングだけやろ」

「場面的にはあの回だけでしたけどね。それでも、あの併殺がなければ、逆転されていたでしょう」

一点差に追いつかれ、なお一死一塁での併殺について言っているのだ。

「……あれはいい当たりに思えたかもしれんけど、実際は詰まっていたで」

「詰まっていた？　本当にそうですか？」

「ああ。こっちの狙い通りや」

大和田は嘘をついた。疑われるかと思ったが、記者は信じたようだ。「そうだったんですか」と同調した。

「ああ、そうや」

「でもその前の満塁ホームランを打たれた球はいただけんでしょう」

「そうか？」

「ええ、力を抜いたような、まるで打ってくださいと言わんばかりの棒球でしたしね」

「でもスピードは出とったで」

「スピードは出てても、キレはまったくなかったんじゃないですか」

言い張るので、大和田は少しムカッときて、「よう分かるな。まるでアイツの球を受けていたみたいやな」と言った。記者の連中はすぐに知ったかぶりをする。もしプロの投手が投げるボールを受けることになれば、小便漏らして逃げ出してしまうくせに。

「受けたことはないですけど、間近で見たことはありますよ」

「ほぉ、あんたも高校野球やっとったんか」

「はい、とても自分で打てると思えなかったですけどね」

「そりゃ、そやろ。オレも大阪で、アイツが一年の頃から知っとるけど、並みの選手やったら手も足も出ない剛球を放っとった」

「おっしゃる通りです」

「まぁ、高校野球と違《ちご》うてバッターもプロやからな。そりゃ、一試合に一度ぐらいピンチはあるわな。そやないと相手チームのファンに申し訳ないで」

「それ、浪岡が言っていたんですか？」

「まさか。言うはずないやろ」大和田は言下に否定した。そんなコメントを記事にされたらたまったものではない。

「アンタ、そんなこと書かんでくれよ」念を押すと、記者は素直に「分かってますよ」と返事をした。

「それならええけど、ヘンなこと書かれたら大騒ぎになるからな」

「ええ、だからきょうは絶対にないと思ってたんですけどね。それでも一点差になったから、まさかと思いましたよ」

「だから、そりゃアンタらの考えすぎやて」

「そうですかね。球団だって相当、神経質になっているみたいですよ」

「それもアンタらがいい加減なことばかり書きよるからやで」

「うちは事実以外は書いてませんよ」

「さよか。そやったらアンタのとこは除いてや」

「そう思っていただけるとありがたいです。でも浪岡はきょうのホームラン、なんて言い訳しているんですか」

「言い訳？　ずいぶん棘《とげ》のある言い方やな」

「でしたら訂正します。なんて振り返っているんですか」

「ただコントロールミスしてしまった、というだけや。内角を狙ったのが甘く入ったと」

「確かにファイトさんの構えたところより、ボール一つは違っていましたね。あそこはストライクを取りにいくシーンではないですからね」

　この記者はよく見ているなと感心した。ボール球を要求したのが分かっているのだ。だが続けた記者の説明に大和田は目を瞬《しばた》きそうになった。

「もしかして浪岡は、『球が甘くなったのは、満塁で打者にぶつけるのが嫌だった』と言い訳してませんでしたか？」

「なんやて？」

「だから『押し出しデッドボールが嫌だった』と言うたんやないですか？」

まさか、この男、ロッカールームに盗聴器でも仕掛けていたのか、と思った。

大和田は狼狽しているのを悟られないように、「そんなアマチュアみたいな言い訳するわけないやろ」と否定した。

「アマチュアみたいですか？」

「そりゃ、そうや。オレらはプロやで」

「だとしたらプロとしてはあるまじき発言ですよね」

そう言われたので、大和田は「その通りや。そんなこと言うわけない」と言い重ねた。

ただ記者の質問の真意が気になって、「なんでそんなことを言うんや」と問い質した。

なんて答えるか注目したが、記者は「いや、私の勘です。まだまだ見方が甘いですね」とあっさり引き下がった。

実際は甘いどころか、相当にいい勘をしている。もちろん今、ここで口に出して認めるわけにはいかないが。

「まぁ、考えながら野球を見るのはええことやけどな。最近は新聞記者でも勉強してへんのが多いし」

「そうですか」

「そや。野球に関係ないことばかり訊いてきよる」

「例の件ですか？」

「ああ」大和田は苦笑しながら頷く。

「そう言われた矢先にこんなことを話すと怒られそうですけど、今回、浪岡が関わったという正和会《せいわかい》、近年、全国のオート賭博のノミ行為を牛耳っているのも、その組らしいですね」

オートとはオートバイの公営競技で、黒い霧事件の時は、野球賭博と関連し、オートレースの選手も検挙された。ああ、それで球団は異様なほどピリピリしているのか、と合点がいった。三島監督もその噂を耳にして、大和田を呼びつけたのだろう。

だがその手の組織なら、浪岡は絶対に関わっていないと言い切れる。

「記者さんよ、アイツはオートどころか、競馬も競輪もせんで」

付け加えるならパチンコもマージャンも、ギャンブルと呼ばれる類《たぐい》には一切、手を出さない。独身寮にいた頃から先輩が誘ってもまったく興味を示さなかった。

「みたいですね」

「だったら関係ないやろ？　本人かて、『よく相手を調べずに結婚式に出席したのは軽率でした』と反省しているわけやし……誰にかて過ちはあるやろ」

「そうですけどね」

「それにあいつを誘った人間もわざわざ名乗り出たんやろ？　一般人で勤め先に迷惑がかかるのも覚悟の上で」

確か大手都市銀行に勤める銀行員だった。一般人ということで週刊誌には匿名で出ていた。

「週刊トップの記事ですね」記者は雑誌名を挙げた。週刊トップと週刊タイムスは同じ月曜発売なので、ライバル関係にある。

「ただ、その知人って浪岡の中学の同級生だったらしいですけどね」

記者は調べてきたのかそう話した。トップにはそこまで載っていなかった。

「それがなにか問題あるんか？　中学の時からの友達の頼みやからこそ、知らん人間の結婚式なのに出たんやろ」

「そういう考えもありますね」

「そういう考え？　あんたも素直やないなぁ」大和田は辟易した。「男が頭を下げたんや。もういいかげん、許したれや」

「そうしたいんですけどね」そう答えながらも手を引くつもりはまったくないように見え

る。

「ははぁん、なるほどな。あんたが許したくても、会社が許してくれへんということやな」

「まぁ、そういうことですよ」

記者が素直に認めたので、大和田も同情した。週刊時報、週刊トップに相次いでスクープされ、上司から相当、突き上げを食らっているのだろう。

「浪岡龍一の場合、昔から手抜きが多かったから余計に疑われてしまうんでしょうね。それでいて毎年、確実に二桁は勝っている。並みの男じゃないですけどね」

「そやで。アンタらマスコミは、なんでも物事を斜めに見るけど、毎年、コンスタントに勝ち続けるというのは並大抵のことちゃうで」

「分かってますよ。もし本当に八百長していたら、プロ生活七年間で八十勝もできないでしょうしね」

「きちんとローテーションに入ったのは二年目やから、実質、六年や」

「そうですね。えらいもんです。まぁ黒星もそれなりについてますけど」

「またそういう嫌みを言う。アンタらの悪い癖やで」

「別に嫌みではないですよ」

「どんなにすごいピッチャーかて一年間、無敗なんてことはありえへんで」

本音はもう少し負け数は減らせると思っているが、それでも黒星が白星を上回ったことは、一度もないのだから、それだけでもたいしたものだ。

「それは私も認識していますよ。ただし、野球の天才と呼ばれる浪岡龍一ですからね。別に二十勝〇敗でシーズンを終えても私は驚かないですけどね」

「二十勝〇敗？　そんな無茶な」

「無茶ですかね」

「当たり前や。無茶言うたらあかん。機械じゃあるまいし、生身の人間やで、浪岡は」

大和田は笑い飛ばしたが、目の前の記者は真顔でこう言い放った。

「いや、アイツはロボットみたいなもんですよ。血が通っているかどうかさえ、分からない」

「血が通ってない？」

「ええ」

「おもろいこと言うやっちゃな」

大和田は相手にしないという言い方をしたが、心の中ではなかなか的を射ているとも思った。少なくとも浪岡に人間らしい温《ぬく》もりは感じたことがない。

「まぁ、人間やろがロボットやろが、アンタらの好きなように思ったらええわ。オレは明日も試合なんでここらで店じまいさせてもらうで」

そう言って愛車のギャランにキーを差し込み、ドアを開ける。

「お疲れのところ申し訳ございませんでした」

記者は丁寧に頭を下げた。その礼儀正しい態度に、大和田は再び目を向けた。

「そうや。アンタの名前、もう一度教えといてくれ。確か週刊タイムスやったな。前に教えてくれたのに忘れてしまって申し訳ないけど」

記者は「会社だけでも覚えておいてくれて光栄です」と口元を緩めた。

「シノミヤといいます」

「シノミヤ？　どんな字を書くんや」

大和田が尋ねると、記者は、胸元から名刺を差し出す。

そこには、「週刊タイムス　記者　四之宮登」と印刷されていた。

その名刺を片手で受け取った大和田は、くぐるように車の中に入った。

4

二度目の味見を終え、秀子《ひでこ》は「ヨシッ」と肘を引いた。

たまに母を手伝うぐらいで、自分一人で台所に立つことはそんなに多くはないが、昨夜のうちに母から教えてもらった味噌汁の作り方をメモしておいたお陰で、浪岡家の味に近づけた気がする。

東京に出てきて、家の朝食がガラリと変わった。

和食から洋食に。それもただのトーストではない。八枚切りとか六枚切りとか最初から切られている食パンではなく、焼きたての少し細長い形をしたイギリスパンを、その場で四枚切りにしてもらうのだ。

厚切りトーストは兄の希望だ。兄はパンを頰張りながら、こう言う。

「こういう朝飯が憧れだったんや」

憧れといっても湊ではこんな豪華な食事をしている家庭はなかっただろうから、テレビで見たのではないか。神戸とか横浜とかのお金持ちの家の。

イギリスパンの値段は、普通の食パンの三倍もするが、それでもそれだけの価値はあると思う。兄は「成り金は晩飯には金をかけるけど、朝から豊かな食事をするのは本物の金持ちだけや」とも言う。

決してそんな贅沢《ぜいたく》な人間になったつもりはないが、それでも兄のお陰で、生活は見違えるように変わった。だいたいオーブントースターという機器があることすら、東京に来るまでは知らなかった。

考えてみたら和歌山にいる時は八枚切りの薄切りパンでさえ、食卓に並ぶことはなかった。パンといえば給食に出てくるコッペパンだけ。

朝食はご飯と味噌汁と漬物だった。そのせいか、兄は洋食に変えても、スープではなく、味噌汁がいい、と我儘《わがまま》を言う。

台所横の和室からゴソゴソと物音がした。

母が起きたのだ。

昨日から風邪で体調を崩していて、だから秀子が朝食を作ると言い出したのだが、まだ高校生の娘に任せるのは心配なのか、ゆっくり寝ていられないらしい。

母はつねになにかしていないと落ち着かない性質《たち》だ。そう指摘すると、「いくら贅沢させてもらっても貧乏暮らしが抜けんわね」と自嘲《じちょう》される。

「申し訳ないね。秀子。学校間に合わんようになるでしょう」

「大丈夫。それに一時間目は倫社だから休んでもいいのよ。ボソボソとなに言ってるか分からない先生だから、もう最悪なの」

「なに言うてるの。高い授業料出してもらってるんやから、つまらんなんて文句言うてたら罰当たりよるよ」

母に注意され、秀子は「は〜い」と言ってペロリと舌を出す。母の言う通りだ。まさか自分が私立に行けるなんて昔は夢にも思わなかった。しかも東京の学校になんて。

するとと今度は二階から足音が聞こえてきた。

兄も起きたのだ。

ナイターで、帰宅が深夜を過ぎていても、兄は家族みんなでご飯を食べようと、眠い目を擦《こす》りながら起きてくる。

それでも朝ごはんぐらいしか一緒に食べられない。活躍すればするほど、家族との生活がずれ出す。つくづく野球選手というのは因果な商売だと思ってしまう。

浴衣の上にカーディガンをまとった母に台所を任せ、秀子は新聞を取ってくることにした。

新聞は外のポストに入れられているので、草履《ぞうり》を履いて外に出ていかなくてはならない。玄関の両脇は、パンジーが植えてある秀子自慢の花壇だ。距離は短いが、お姫様がお花畑を抜けてお城の門に辿り着くような気分に浸らせてくれる。

ただし植えているのは寒色系の花ばかり。パンジーに菫《すみれ》、紫陽花《あじさい》、勿忘草《わすれなぐさ》、桔梗《ききょう》……母からは「たまには女の子らしい華やかなお花にしたら」と言われるのだが、どうしてもおとなしい色の花を選んでしまう。

兄・龍一がドラフト一位でスターズに入団したのが七年前。兄はすぐに一軍に上がると、二年目にはエースと呼ばれるほどの活躍をした。

三年目のオフにそれまで住んでいた独身寮を出ることが許可されると、ここに土地を買って家を建てた。洋館のような素敵な家。完成するとすぐに和歌山から母と秀子を呼び寄せた。

新聞には「一億円はする豪邸」と書いてあった。退寮したばかりの若手選手がいきなり大きな家を建てたのがよほど気に食わなかったのか、「ドラフト時に密約があって、裏金が渡っている」と酷《ひど》い書かれ方もした。

実際はそれほどすごい値段ではなかったし、即金ではなく、銀行からお金も借りている。家の中で贅沢品といえるのはワンタッチ選局ができるテレビと兄自慢のコンポーネントステレオぐらい。

ただ、そのステレオは、レコードプレーヤーにチューナー、スピーカー、さらにオープンデッキを揃《そろ》えた豪華なもので、アンプは二つもある。新しいステレオが届いてからというものの、兄は家にいる時は部屋に籠《こも》ってジャズを聴いている。

同時にそれまで使っていたビクターのセパレート型ステレオを、秀子にお下がりとしてくれた。プロ入りした時の契約金で買った兄の最初のお宝だ。

高校生で自分のステレオが持てるなんて、それだけで鼻高々だった。残念ながらラジオはAMと短波放送しかなく、FM放送が聴けなかったが、それでも舶来家具のような外観を秀子はすごく気に入っている。

兄によると、昔は契約金の他に、家一軒がプレゼントされた時代もあったそうだ。そういえば秀子たちが育った湊の町では、映画館を貰ったと言われていた元プロ野球選手もいた。

新聞や雑誌に書かれた兄の悪口に対し、秀子が口を尖らせて文句を言うと、「別に悪いことをして稼いだわけではない。言いたいヤツには言わせとけばええんや」と逆に窘《たしな》められる。「所詮は他人や。アイツらにはうちらのことは分からへん」大抵、そう言って話は終わる。

新聞受けから購読している経済新聞とスポーツ紙を取った。

スポーツ紙の一面には昨夜の兄の活躍が載っていた。ここ数日、週刊誌で報道されている悪い記事についてはどこにも触れられていなかった。せっかくの勝利に水を差されたら可哀想だと思っていただけに、ホッとした。紙面を開いたが、そのことについてはどこにも載っていない。

だが頁《ページ》をめくっていくと、下段の広告に目を奪われ、それまでの安堵感が吹き飛んでしまった。

きょうの広告は週刊時報だ。

そこには「浪岡龍一、裏社会との全交際図をすべて暴く――」と大きな見出しで書かれていた。

一週間前に老舗《しにせ》と呼ばれるこの週刊誌が、兄が暴力団関係者の結婚式に出席したことを報道して以来、毎日、どこかの週刊誌の広告に、兄の名前が載るようになった。

最初の週刊時報の記事については兄も認めている。知人に頼まれて出たのだが、よく調べずに迂闊《うかつ》だったと謝罪した。

ところが、その後、他の週刊誌が、まるで兄が暴力団と関わりがあったかのような記事を載せ始めた。その記事は関係者という匿名の人間が適当な証言をしているだけで、秀子にさえ、デタラメだと分かる内容だった。にもかかわらず、テレビもその記事を鵜《う》呑《の》みにして、三時のワイドショーで取り上げた。

購読しているスポーツ紙は謝罪した日以降は、一切週刊誌に追随はしていない。だったら週刊誌の広告は載せなければいいのに、と思ってしまう。

最近の週刊誌は以前よりも悪意が増し、中には兄が「ずっと昔から暴力団の言いなりになって、八百長しているのではないか」との憶測記事まで書くようになった。

悲しいのはそういう事実無根の噂を流す人間が湊の町にもいたということだった。甲子園で春夏連続して準優勝に終わった直後、当時、秀子は小学生だったが、町の人たちが、兄のことを「わざと負けたんやないか？」と話すのを聞いてしまった。

その時、秀子は、この大人たちはなにをおかしなことを言っているのかと思った。だいたい、なんのためにわざと負けなくてはならないのか。

兄は本当は大学に行きたかったのに、秀子の高校進学を考えて、高校を出てすぐにプロ野球に入ることにした。少なくとも当時、我が家は毎日の食事だけで精いっぱいというありさまで、そういった不正なお金は一切、入っていなかった。

秀子はそれはやっかみだと思った。

人というのは、誰かしら自分たちより不幸な人間がいないと安心できないのだ。だから下にいるうちは同情するが、その者が成功して上がっていくと、途端に面白くなくなる。クラスでも必ず誰か無視される子供がいた。椅子取りゲームだと自分が座れない可能性があるので、あらかじめ椅子の分だけ徒党を組んで、自分が弾かれないようにするのだ。そんなことしたって、そのひと時の安心でしかない。椅子の数が減ったら、今度は仲間内で誰かしらが弾かれる。

だから兄は最初からみんなが座る椅子に座ろうとしないのだろう。変わり者だと言われるが、その分、家族には愛情を注いでくれる。家族といっても秀子と母の二人だが。

兄が気にしないのは分かっていたが、秀子は広告を目にして、気を悪くしてほしくないと煩い、スポーツ紙は玄関の横の客間に投げ入れた。兄はスポーツ紙より、経済新聞を読む方が好きだ。台所まで戻ると、すでに兄は、食卓に座って、朝食を口にしていた。

「おはよう。お兄ちゃん」

「おはよう、デコ。この味噌汁、おまえが作ったんやて」

「そうよ。どう、お味は？」

「まだまだやな。母ちゃんに教えてもらわんと嫁の行き先がないで」

憎まれ口を叩かれたが、秀子には本心でないと分かっている。

照れ屋の兄は、他人《ひと》から褒められることだけでなく、他人を褒めるのも苦手で、こういう時は大抵可愛《かわい》くないことを言うのだ。顔を見れば喜んでくれているのは分かる。

それでも真面目な母は「せっかく秀子が朝早く起きて作ってくれたんやから、そんなこと言わんで」と真顔で兄に抗議した。母は少しでも兄と秀子が言い争いをすると、すぐに仲裁に入る。「二人だけの兄妹なんやから仲良うして」。実際、本気で喧嘩などしたことはないというのに、本当に心配性な母だ。

電話が鳴ったので、母が味噌汁の椀《わん》を食卓に置いた。

「もう、こんな時間に。誰やろ」と母が訝《いぶか》しげに言った。

秀子は席を立とうとした母を制し、「私が行く」と言った。

また、いつものだ、と思ったからだ。

受話器を取ると、ピーという音が聞こえた。公衆電話の合図。やっぱり――秀子はゲンナリした。

「もしもし……」

問いかけるが、相手はなにも言ってこない。しばらく電話の向こうからザワザワとした物音だけが聞こえ、電話は切れた。

秀子の応対に、母が困った顔で「またなの？」と訊くので、秀子は肩を竦《すく》めた。

無言電話。

この家に引っ越してから何度もかかってくる。

きっと兄のガールフレンドだ。

噂されたことのある歌手の西山樹里《じゅり》か女優の佐々木映子《えいこ》か。

だったら兄が電話に出ればいいのに——。

だが兄は気にも留めず、片手でパンを摑んだまま、テレビのモーニングショーに見入っていた。

5

「おはよう、デコ」

教室に入ると親友の畠山八千代《はたけやまやちよ》が駆け足で近づいてきた。

「おはよう、ヤッチ」

「昨日、デコに借りたの、やっぱりすごかった」

「でしょ?」

秀子は笑顔を弾けさせて同調した。今、一番人気のあるスコットランド、エジンバラ出身のロックバンドのLPを貸してあげたのだ。

八千代とは同じギター部。クラブで扱うのはフォークソングだが、実は二人とも大のロックファンだ。そのバンドが次に来日した時は必ず見に行こうね、と約束している。

八千代は子供の時からクラシックギターを習っていて、明星の付録についている譜面がなくても、曲を聞いただけで弾ける。大学に行ったら「軽音楽部に入って、女子だけのロックバンドを組もうよ」と秀子を誘ってくれている。ステージに立って、しかもロックを演奏するなんて、自分には絶対にできないと腰が引けてしまう。

流行の最先端を行く八千代だが、見た目はお嬢様そのもので、お下げの髪型がよく似合っている。田舎だと時代遅れな三つ編みも彼女がすると上品に見える。これが東京育ちと田舎育ちの違いかもしれない。

彼女の父親は一流出版社に勤めている。学者や評論家と言われる人の接待に忙しくて、休みの日もほとんど家にいないと嘆いているが、それでも父が借金を作って蒸発した秀子の家よりはるかにましだ。

あんな男、父とさえ呼びたくない。

幼い頃、秀子の家には毎日、借金取りが来た。母は働きに、兄は学校に行っていたので、秀子一人が留守番していたのだが、そんな時も彼らは構うことなく、玄関の扉を叩き、「隠れてねえで出てこい」「金返せ、泥棒」とわざと近所に聞こえるように喚き散らした。

そういう時は秀子は押し入れに隠れた。しまってある布団に突っ伏して、両手で耳を塞《ふさ》ぎ、震えながら彼らがいなくなるのを待った。

「ねぇねぇ、今度の日曜、塚原クンたちが映画に行こうって」

八千代がキュートな声で誘ってきた。

塚原というのは学年テストの成績は必ず三位以内に入っている秀才で、国立一期校志望。

八千代には「レスリー・マッコーエンそっくり」に見えているらしい。秀子は全然似ているとは思っていないが、八千代が心を寄せているのは知っているので、「そうね」と答える。塚原は女子に人気があって、このクラスだけでもライバルは何人もいるだけに、八千代も必死なのだ。

「映画？　でもその日は宝塚に行くんでしょ？」

母と観劇した話をしたら、八千代がぜひ行きたいというので、兄に頼んでチケットを取ってもらったのだ。

「でも、塚原クンがその日じゃないとダメだと言うのよ。サッカー部の試合がないのがその日しかないんだって」

「でも……」

秀子が悩んでいると、八千代は「ねっ、いいでしょ？　たまには男子もいるほうが楽しいじゃない」と両手を握ってきた。

「でもせっかくチケットを取ってもらったし、ヤッチがいけないなら、私はお母さんと行こうかな」

「もうそんなつれないこと言わないでよ。塚原クンもぜひデコを誘えって言ってるし」

「塚原クンが？」

訊き返すと八千代が慌てて説明を入れた。

「川端クンも一緒だからよ。川端クンって、ほら、秀子に……」意味深に笑う。

川端クンもサッカー部で、八千代とは一年から同じクラスとあって、仲がいい。こちらも頭は良くて、早慶を目指している。八千代はやたらと「川端クンは秀子を好きみたいよ」と勧めてくるが、塚原と違って性格が少し嫌みっぽくて、秀子はあまり好きではない。

「やっぱり、私は宝塚に行く」

少し考えてそう言うと、八千代はえっと驚いた顔をした。

「どうしてよ」

「だって、せっかくお兄ちゃんに取ってもらったし」

兄があまり好きでないマスコミ関係者に頭を下げて取ってくれたチケットなのだ。そう簡単には無駄にできない。八千代が行けないのなら、母を誘えばいい。その方が母は喜ぶし、体調も快方に向かうのでは、とむしろ幸運に思った。

「ねぇ、そんなこと言わないで」

なんとしてもダブルデートを実現させたい八千代は、今度は秀子の腕を掴んで、「ねぇ、デコ、お願い」と猫なで声で説得してくる。秀子はその手を振り切った。八千代が顔を歪めたので、秀子は鼻の頭に両手をつけて「ごめん」と謝った。ちょうどチャイムが鳴ったので、秀子は体の向きを変えて席に着いた。

翌日から八千代の様子が急によそよそしくなった。

あまり口を利いてくれない。自分の断り方がつれなすぎたのだと案じ、「ねぇ、塚原クンたちとなんの映画を見るの？」と尋ねたのだが、プイと横を向かれて無視されてしまった。

その日の昼休み、ギター部の掃除当番だった秀子は、お弁当を食べずに教室を出た。当番の日はさっさと掃除を終えて、仲間たちと陽当たりのいい部室でお弁当を広げるのが、ギター部の習慣になっていた。

職員室まで辿り着くと、いつもある場所に鍵がなかった。

八千代だな、と思った。

昨日、当番だった八千代は、鍵を返すのを忘れて、まだ持っているのだ。そそっかしい彼女にはよくあることだ。

教室まで戻ると、扉の向こうから八千代の笑い声が聞こえてきた。クラスメイトと談笑しているようだ。

「もう、やだ、塚原クンったら」

彼女が好きな塚原もその場にいるらしい。同時に川端の声もした。三人でお喋りしているのだ。

気にせず教室に入ろうとしたのだが、八千代の甲高い声で、「デコってね」と自分の名前を呼ばれ、足が竦んでしまった。

「浪岡がどうしたんだよ」

塚原が訊き返す。

「えっとね」

「なんだよ、畠山、もったいぶって」

八千代が「チャッ、チャラッ、ラッチャー」と歌い、「新聞によりますと……」と早口でアナウンスした。再現フィルムで人気のテレビ番組の真似だ。みんなが面白いと言うので、夜こっそり見たことがあるが、母に見つかり、「女の子がこんな番組見たらあかん」と叱られた。男女のいやらしいシーンが出てくるからだ。

教室の中から男女の弾んだ笑い声が聞こえてきた。

「和歌山で住んでいたおうちって、相当に貧乏だったらしいよ。電気も通ってなかったらしいから」

「今時、電気かよ」と塚原が驚く。

秀子は信じられなかった。まさか八千代がそんなことを言うなんて……。

確かにその話を八千代にしたのは秀子だ。だが、それは台風による洪水で避難した直後のことで、自宅に戻った後も、しばらく電気も水道も復旧せずに大変だったという話をしただけだ。

決してずっとそうだったわけではなく、ほんの一時的なこと。ただし、秀子がまだ幼い時、まだ家に父親がいた頃は電気代や水道代を滞納して、止められたことが幾度もあった。物心がつくかどうかの、記憶が曖昧な頃だったが、夜になると部屋はいつも真っ暗だった覚えがある。

「オレ、そういう家があるの聞いたことがある」

今度は川端が口を挟んだ。いかにも知ったかぶりの口調だったが、塚原は「嘘だろ」と信じていない様子だった。

「塚原のうちはお屋敷町だから知らねえんだよ」

「へぇ。でもあの浪岡がね。可愛い顔してるから、そんな苦労していたなんて、なんかイメージ湧《わ》かないな」

「もう塚原クンって、入学式の時のデコの格好、忘れたの？　一人だけダサくて、この子、どこの田舎から来たのって、感じだったじゃない」

「そうだったっけ」

「これも中学まで住んでいた田舎での話だけど、デコの家の周りって、すごく臭くて、通りすがりの人は鼻摘んで歩いていたって噂よ」

「それって汲《く》み取り屋の前を通る時と同じじゃねえか」また川端が嘴《くちばし》を入れた。

「おまえ、そんなことしてるのかよ？」

「塚原は違うのか？」

「えっ、オレか？　オレは息を止めて全速力で走っていく」

「それだって相当失礼じゃない。いやねえ、塚原クンも」

八千代が嬉しそうに笑った。

和歌山の家の話を八千代にしたことは一度もない。

確かに畑の肥溜《こえだ》めや、港の魚が腐ったような匂いは東京では一切ないが、それでもこっちだってすべてが清掃されているわけではない。繁華街に行けば、ゴミの匂いが充満しているではないか。ひどい、と悲しくなった。

「ところであの噂って本当なのかな」

「噂ってなんだよ、川端」

「だから兄貴が暴力団から金を貰っているという噂だよ」

「そうみたいね。デコのお兄さんっていろいろ手を出して借金があるみたいだし」

「借金ってなんの？」

「株とかやってるんじゃない？」

「へぇ、株ねぇ」

「そう、それでお金がいるのよ。デコのおうち、野球選手なのに新聞は経済新聞だって自慢してたから」

購読紙を教えたのは秀子だ。だが自慢したわけではない。スポーツ紙だけだと世の中のニュースに疎いと思われそうだったので、そう答えただけだ。

「株？　だったら儲かるんじゃねえか」塚原が疑問を投じたが、川端が「株で儲かるという人間がいるということは、損する人間もいるってことだって。浪岡の兄ちゃんはきっとセンスがねえんだよ」と嘲笑した。

八千代が「そうそう」と口を挟む。「お父さんも借金で行方不明らしいから。デコが三歳で、お兄さんが十歳の時よ」

そのことは八千代には話していない。どうして知っているのか？　扉の向こうで塚原が秀子の代わりに質問してくれた。

「しかし畠山って、どうしてそんなに浪岡のこと、詳しいんだよ」

塚原は八千代に向かって質問したのに、答えたのは高一からクラスメイトの川端だった。

「それぐらい調べるのは、畠山の親父さんにとっては簡単なんだよ。だって畠山の親父さんは週刊タイムスで働いているんだから。なっ？」

週刊タイムス？

初耳だった。

うちのお父さんは出版社だけど、ゴシップとかは一切関係なくて、難しい本ばかり作っているのよ——。八千代はそう話していた。だから隠しごとせずに話したのだ。

「株の話もうちのパパが言ってたの。お兄さんが熱心に経済新聞を読んでいるって教えたら、だったら株に手を出して大損しているんじゃないかって。昔と違って、最近そういうスポーツ選手が増えてきたんですって」

「へぇ、おまえの親父さんって、すげえんだな」

塚原の反応に、八千代の誇らしい顔が目に浮かんだ。

裏切られた——。

同時に、どこにいても同じか、と冷めた感情が湧き上がってきた。和歌山の田舎だろうが、都会のど真ん中だろうが、人なんて似たようなものだ。

所詮はアイツらにはうちらのことは分からへん——。

耳の後ろから兄の呟き声が聞こえてきた。

6

四之宮登が社に戻ると、取材に出ているはずの市川克也《いちかわかつや》、通称「ライゾー」がいたので驚いた。

彼は週刊タイムス屈指の色男で、市川という苗字から「ライゾー」と呼ばれている。流行《はや》りの野性味のある男前ではなく、女形《おやま》のような優男《やさおとこ》。「美男子」と褒められることが多いが、彼にとってその言い方は、シスターボーイだと言われているようなものらしく、まったく喜ばない。

シスターボーイ。そういえばあの男もそう陰口を叩かれていた。

無口で、みんなで騒ぐのを好まず、女子学生にもまったく関心を示さずに、孤独を愛していた……ただし、それはあくまでもグラウンド以外で見せる隠された顔、能面みたいなものと、今になっては思う。

ライゾーは机に座って、独り言を呟きながら、金属キャップを嵌め込んだ鉛筆の芯を舐めていた。2Bの鉛筆を舐めるのは、ライゾーが頭を悩ませている時の癖だ。

「ライゾー、どうした。おまえは警視庁に詰めているんじゃなかったのか」

四之宮は不審に思って尋ねた。

週刊誌記者は警視庁の記者クラブには入れないが、新聞屋《ブンヤ》連中に顔が広いライゾーは、記者を通じて、浪岡に関するネタを拾い集める手はずになっていた。

「おお、四之宮、お疲れさん」ライゾーは上の空でそう答えると、再び、原稿用紙に目を向け、鉛筆を口元に近づけた。四之宮の問いかけなど右の耳から左の耳に通りぬけていった印象だ。苦戦しているのは見ているだけで分かった。

「ライゾー、おまえは今週はアンカーマンではなかったろ？」

「ああ」

「だったらどうして記事、書いてんだよ」

「しようがねえだろ。やれ、と言われたんだから」

ようやく我に返ったライゾーは声を潜めて言うと、目配せしてデスク席に視線を向けた。

アンカーマンではなかったが、デスクの指令で急遽《きゅうきょ》、予定外の記事を書かされているという意味だ。きっと会議で決めたトップネタがボツになったのだ。

四之宮は自分の机に置きっぱなしにしてあるピース缶から一本取り出した。両切りの縁を机の端で叩く。咥えて、両手で隠すようにしてマッチで火をつけ、ひと吸いすると、強い香りが肺の奥の方まで吸い込まれていった。

目線を上げるとライゾーが物欲しそうにこちらを見ていた。

紺色の缶を持ち上げ、おまえも吸うか、と目で合図をしたが、ライゾーは首を左右に振った。

ライゾーはピース派だったが、最近は「両切りは体によくない」と言い出して、チェリーに替えた。だがそうしたところで軽い煙草では満足できないだろう。すぐにこっちに戻ってくるに決まっている。

四之宮は煙をゆっくり吐き出しながら尋ねた。

「苦戦しているみたいだな」

「まあな」

「で、なんのネタだよ」

「この前、会議でおまえが言い出した『浪岡が高校野球時代から野球賭博に加担していた』という話だよ」

「おい、それは今週は見送りということになったろうが」

少しボリュームを上げたせいで、声がデスク席まで届いてしまった。

「おい四之宮。余計なこと言って、市川の邪魔をするな」

畠山というデスクが原稿に赤字を入れながら、注意してきた。

余計なことという言い方に四之宮はカチンときた。まだ半分も吸っていない煙草を床に投げ捨て、体をデスク席に向けた。

「余計なことってどういうことですか？」

「余計なことといえば余計なことだ。おまえは口を挟むなと言ってるんだ」

「でも浪岡の湊商時代の話は、裏取りができないから今週は持ち越し、という結論になったはずではないのですか」

　浪岡龍一は高三の春と夏、いずれも甲子園の決勝で敗れた。それまでに並みいる強豪を倒してきて、決勝戦に限っていえば、春夏ともに湊商の方が有利だと言われていた。

　会議で「その二試合とも地元では『八百長だった』と良からぬ噂が流れていました」と何気なく四之宮が呟いた時、全スタッフが「まじかよ」と声をあげた。「確かに振り返ってみれば、二回連続準優勝というのはなんか怪しいよな」そう応じたのはライゾーだ。

　だがあまりの反応のよさに、四之宮は「でもまったく根拠はなかったんですが」と沈静化することに躍起になった。地元で噂になったのは事実だが、そういう話をしたのは、野球賭博に負けた連中で、彼らが負け惜しみでそんなデマを流しているというのが、大方の意見だったからだ。

　ただし、自分が漏らした話は、簡単には収まりがつかなかった。

　畠山をはじめ、それがいいと推す人間が多く、あわやトップ扱いになるところだった。

　四之宮が「推測の域を出ていませんので、字にするにはちょっと……」と躊躇し、編集長が「そうだな。少し時期尚早だな」とゴーサインを出さなかったことで、掲載は延期になった。四之宮はホッとすると同時に、余計なことを言うものではないな、と反省した。

それがなぜそのネタを、しかもライゾーが書かされるハメになったのか？　予定していたトップネタが空振りし、途方に暮れた畠山が編集長に直訴した。編集長は渋々了承したのだが、畠山が四之宮に命じたところで理屈を捏《こ》ねて拒否される。で、まだ言うことを聞くライゾーに命じた、ということなのだろう。

四之宮に攻撃される前に畠山は先手を打ってきた。

「他に何もトップを張れる記事がねえんだから、仕方がねえだろ。それとも何か、おまえ、なにかフレッシュなネタでも仕込んできたのか」

「それはないですけど、でもだからといって」

「だからもヘチマもねえんだよ。何も取ってきてねえんだったら、ガタガタ文句言ってんじゃねえ。こっちは読者が興味を持ってくれるネタを提供する義務があるんだからよ」

畠山というデスクは言えば言うほど、喧嘩腰《けんかごし》になっていく。デスクと兵隊という立場からも言い合いになったら勝ち目がないのはいつものことだ。

畠山はこすっからく、部下からまったく人望がない。記者としてはろくにネタも取れなかったくせに、上に胡麻《ごま》をすり、デスクまで出世した。

するとまるで自分は優秀な記者だったかのように能書きばかり語るようになった。部下のほとんどは相手にもしていないのだが、本人はそう思われていると感じておらず、むしろ自分は人望があると勘違いしている。

ただし、四之宮も週刊タイムスの一員として、畠山が苛立《いらだ》っているのも分からなくはなかった。

週刊時報に浪岡と暴力団会長との黒い交際をスクープされてから、社内はずっとピリピリしている。

すぐに週刊タイムスと同日発売の週刊トップが、浪岡が「頼まれた」といった友人の銀行員を探し出し、インタビューした。その銀行員は事実を認めたが、トップはそれだけでは浪岡の黒い交際を否定してしまうと考えたのか、「結婚式後、浪岡の元に暴力団から多額の資金提供があった」という記事も同時に載せた。

さらに週刊宝泉という雑誌も「浪岡が女優を妊娠させたことで、芸能事務所から訴えられそうになり、それを正和会会長が仲介した」という内容で抜き返しを図った。

調べてみれば、最初の週刊時報の写真と週刊トップの銀行員の証言以外、暴力団に関わる記事は根も葉もない嘘っぱちで、同業者として恥ずかしい内容だった。訴えられたらどうするつもりなのか、と他社のこととはいえ、心配までした。

だが時報だけでなく、トップも宝泉も、浪岡を扱ったことで大幅に売り上げを伸ばした。

さらに昨日早刷りで読んだ週刊時報が、浪岡龍一黒い交際の第二弾を打ってきた。

「浪岡龍一、裏社会との全交際図をすべて暴く――」と題し、全国に散らばった組織の系図と、その主なシノギを詳しく掲載していた。

すべての組織が浪岡と関係があるわけでなく、結婚式に呼んだ正和会の組織図をただ並べただけなのだが、一読しただけでは、まるで全組織に浪岡が関わっていると勘違いしかねない。

とはいっても、その中には浪岡と野球賭博を結ぶ線を想像させるような事実が含まれていた。

掲載された複数の組のシノギの中に、「オートレースのノミ屋」と書かれていたからだ。

かつて野球界を震撼《しんかん》させた黒い霧事件の際、野球賭博を企てた連中は根っこでオートレースとつながっていて、野球界、オートレース界の双方から逮捕者が出た。

八百長に加担したと疑われた選手の大半は、レース場に顔を出し、そこで暴力団関係者と親密になっていた。スターズの捕手である大和田に、「浪岡はオートレースに興味があるか」と確認したのも、その週刊時報の早刷りを読んだからだ。

「でも、デスク、裏付けのないまま、高校野球賭博に関連したとまで書いたら、球団だって黙っていませんよ」

黒い交際と報じても、はっきりと野球賭博を行っていたと断定して書かないのは、社会的な影響が大きすぎるからだ。

スポーツ界における戦後最悪の事件と酷評された黒い霧では、ファンの野球離れを促した。球団も二の舞いはごめんとばかりに、その後は選手の交際に目を光らせており、統一契約書には公営ギャンブル場への出入り禁止まで明記している。厳密に言うなら、選手は競馬場にもパチンコ屋にも行ってはいけないことになっている。

それぐらい神経質になっているだけに、憶測の域を出ない記事には、球団側が法的手段を採ってくることも考えられた。

まして高校野球となるとさらに慎重さが求められる。「アマチュア野球＝神聖なもの」という意識が日本人の心には組み込まれている。実際は関西を中心に、高校野球は戦前から賭博の対象になっていたにもかかわらず……。

教育の一環という意識が強いだけに、ろくな証拠もなく八百長疑惑を報じれば、文教族と呼ばれる政治家連中が顔を紅潮させて、社のトップに抗議してくる可能性だって否めない。

「あくまでもうちが書くのは浪岡の高校時代の話だ。球団は関係ねえだろ」

「そんなことないですよ。浪岡はスターズの大切な商品なんですから、入団前のことだろうが黙っていないですよ」

「だけど、おまえだって怪しいって言っていただろうが」

「それは撤回したじゃないですか」

「撤回しようが、怪しいと感じたのは事実なんだから、それを読者に伝えてなにが悪い」

そう言われてしまうと四之宮は分が悪い。

センバツが終わってしばらく経つまで、四之宮は湊商で浪岡のチームメイト。いや、キャプテンとエースというもっとも親密な関係だった。

だが、センバツ期間中、準決勝後の夕方に、浪岡が怪しい中年男と話しているのを目撃したことで、チームを追われる羽目になった。

本当に浪岡が密告したのか。

本人に確認したわけではないから絶対そうだとは言い切れないが、それでもその後の浪岡の行動が、ヤツの仕業だと証明している。チームで一番、親しくしていたというのに、四之宮が突然退部しても、浪岡は理由を訊くどころか近づいてもこなかった。

あの日、浪岡は中年男に金を渡していた。

貰っていたのではない。渡していたのだから、本来なら八百長を命じられていたと疑うべきではない。だったらどうして彼が、四之宮をチームから追放してまで、中年男との密会の事実を隠そうとするのか。

穿《うが》った見方をすれば、センバツの決勝も、そして四之宮が一般の生徒として、テレビで観戦した夏の決勝戦も、浪岡の投球に疑わしい点があった。

春も夏も最終的には味方のエラーが決め手になっているが、そういう流れに仕向けていたのは浪岡だった。

　裏に台本があったのか、と考えた。普通に野球を見ているだけでは気付かない精巧かつ壮大な仕掛けがあったのではないか、と。

「大阪に飛ばした新入りから連絡があったんですか？」

　新しいピースに火をつけながら、四之宮は畠山デスクに尋ねた。

「おまえが言っていた神山というチームメイトのことか？」

「はい」

「それなら西成《にしなり》の建設現場で働いていて、とてもおまえが言うような裏で浪岡とつながっている雰囲気はない、という報告だった」

「そうですか」四之宮は肩を落とした。

　神山は湊商の四番打者で、春のセンバツはヤツの悪送球が勝負を決める決勝点につながった。

　旅館で、毎晩、ヤクザ者が送り込んできた女との情事に耽《ふけ》り、ろくに睡眠も取らずに試合に出ていた。そのお陰で、神山の甲子園での成績はさっぱり。甲子園の決勝という檜舞《ひのきぶ》台《たい》で、目を覆いたくなるような大失態をしでかしたことで、プロどころか名門大学からも声がかからなかった。結果的に地方の大学に進学したが、レギュラーになれずに中退したとの噂を聞いていた。

それでも四之宮は、神山は最初から浪岡と組んでいて、それで浪岡の指示通りにエラーをしたと疑っていたのだ。

だが建設現場で苦労しているということは、そのセンは消えたと言ってもいい。

この後、新人記者は夏の決勝戦で、サヨナラ負けの後逸をした外野手の元に向かうはずだが、彼の方は湊に残って、小さな船に乗っているのを知っている。きっと裏から金を貰った裕福な暮らしとは程遠いだろう。だとしたら、こちらも浪岡とのつながりは薄い。

「高校時代の話を取り上げるぐらいだったら、まだあの話の方が信憑性《しんぴょうせい》があるんじゃないですか？」

四之宮は畠山に提案した。

「あの話？」

「ほら、浪岡の妹と同級生だというデスクの娘さんが取ってきた情報ですよ。『浪岡が株で大損している』という……」

「ああ、あれか」畠山は顔を曇らせて「あれはダメだな」と答えた。

「どうしてですか」

畠山は少し逡巡して、「株と野球賭博が結びつかないんだよ」と言った。

「そうですかね。いずれにしてももし八百長を疑うなら、それをやる動機が必要でしょう。株で大やけどしたというのが事実なら、面白いと思いますけどね」正直、気は進まなかったので、あえて「事実なら」と付け加えた。ただ、そのひと言がさらに畠山の忌諱《きい》に触れたらしい。

「おい、動機なんて暴力団から金を貰ってるだけで十分だろ。他に何があるというんだよ」

「浪岡は高給取りですよ。八百長するなら、試合で勝って年俸を上げた方がいいでしょう」

「八百長の報酬の方が、割がいいということだろ」

「そんなことはないですよ。いくら八百長を企《たくら》んだところで、打線が打てば失敗する可能性だってあるわけですし」

「だからそうならないように、大量点を取られればいいだけじゃねえか」

「浪岡はそんな無様な試合はしてないですよ」

「おい、四之宮？　おまえはいったい浪岡の味方なのかよ、敵なのかよ」

畠山は痺れを切らして無意味なことを訊いてくる。

「敵も味方もないですよ。自分はただ真実を知りたいだけです。デスクだって同じじゃないんですか」

反問すると畠山は口をモゴモゴ動かすだけでそれ以上は反論できずにいる。それでも言い出した案は撤回することなく、「だけど株はダメだ」とだけ言った。

「どうしてですか？」

「だいたい、野球選手が株に手を出すなんて、読者の共感を得られない」

「そうですかね」

「それならまだオートレースや競艇で負けた方が現実味がある」

聞きながらこの男は古いなと呆れた。

野球選手の中には株ばかりか不動産に投資している者もいる。皆、野球をやめた後のことを考えて、財産をいかに増やそうか頭を捻っている。昔とは時代が違うのだ。彼らだって時代に沿って変化している。

それでも畠山は同意しなかった。「読者の共感を得られない」というのは屁理屈《へりくつ》であって、実際は株に手を出しているのかどうか、証拠を摑めていないのだ。会議でその話が出た時、四之宮は「どんな銘柄を買ってるんですか」と突っ込んだのだが、畠山は答えられなかった。彼が断定できるのは、浪岡が経済新聞を購読しているという事実だけだ。

いずれにしても畠山は一度言い出すと撤回することはありえない。高校時代の疑惑が誌面化されるのは間違いない。「有名人にプライバシーなし」「それが有名税だ」が畠山の口癖みたいなものだ。

これ以上議論しても詮《せん》ないことと諦めた。

湊商の野球部を退部した四之宮は、死に物狂いで受験勉強をして東京の私大に合格した。新聞記者志望だったが、入った三流大学では花形と呼ばれる新聞社は受験さえさせてもらえず、結局、アルバイトとして週刊タイムスに入った。それでも四年間、遮二無二《しゃにむに》働き、契約記者に昇格したのだ。

トップ記事を担当させてもらえるほど、社内で信頼を勝ち取ってきたつもりだが、ただそうはいっても、所詮は契約記者。意地を張っていると、だったら余所に行け、と言われるのが落ちだ。

四之宮は吸い終わった煙草を床に落とし、靴底で踏《ふ》んだ。

机の上に一応、灰皿はあるのだが、社内では喫煙者のほとんどが、煙草は床に捨てて足で揉み消す。

入社当時は灰皿を使っていたが、先輩から「机の上の方が資料や原稿が山積みしてあって危ないだろうが」と注意されて、床に捨てることを気にも留めなくなった。

だから喫煙者かどうかは、机の下を見ればすぐに分かる。

喫煙者の椅子の周りには、魚の鱗《うろこ》のように焦げ跡がついている。

7

それから三日間、四之宮登はリライトやゲラへの赤入れなどの作業に追われた。

できあがった週刊タイムスの記事には「浪岡龍一、黒い交際の発端は〝高校野球トトカルチョ〟」という見出しがつけられていた。

〝高校野球賭博〟では刺激が強すぎるという編集長の判断で、最後の青焼きのゲラになって「高校野球トトカルチョ」に変更された。その語句を提案したのは四之宮だ。実際に地元ではそう呼ばれていたし、おととしのワールドカップ西独大会が盛り上がったお陰でサッカー人気が少しずつ上がり、トトカルチョという言葉が使われるようになっていた。

ただし「カルチョ」がサッカーで、「トト」がくじという意味だから、「高校野球トトカルチョ」という言葉は本来はおかしい……。

校了日の翌日には同日発売の週刊トップの早刷りが来たが、内容は浪岡龍一の過去の八百長疑惑について追及したもので、週刊タイムスの記事と大差なかった。金曜発売の週刊宝泉も似たようなものだった。

どこも似たり寄ったりで、早くも手詰まり感があった。

それほど浪岡のガードは固く、敏腕と呼ばれる他誌の記者連中でさえ手を拱《こまね》いているのだ。

四之宮は先週と同じようにスターズの試合を見に行ったが、目新しい情報は得られなかった。

あれだけ親切だった正捕手の「ファイト」こと大和田哲男も、四之宮が挨拶しても、挨拶を返すどころか、まともに顔すら見ようとしなくなった。タイムスが裏付けなしに高校時代の疑惑を報じたことに、気分を害してしまったのだろう。

四之宮にしても「うちはいい加減な記事は書かない」と大見得を切った手前、しつこく食い下がることはできなかった。自分の雑誌であるにもかかわらず、説得力に欠け、手に取って読むのも恥ずかしい。

社に戻ってピース缶から一本取り出した。いつもより丁寧に切り口を叩き、紙を巻くようにして口に咥える。足を机の上に投げ出し、「あ〜」と背伸びをする。尻がズリ下がったが、椅子から落ちそうになる寸前でピタリと止まった。

しかしまったく糸口が見当たらない。

大阪に行って、浪岡の中学時代からの友人という銀行員に会ってみようか、と考えた。だがその友人が嘘をついているという確信はなかった。暴力団との取引があることを、一行員が明らかにすれば、その行員自身も銀行内で窮地に立たされる。だとしたら、浪岡からいくらか金を貰ったぐらいで嘘の証言をしたりはしないだろう。

企画はいくらでも浮かぶが、想像の域を出ない飛ばし記事に過ぎなかった。名誉棄損で訴えられたら勝ち目がないものばかりだ。正義を貫きたいとの強い意志でマスコミを志したのだが、これでは浪岡と自分たちのどちらが法に抵触しているかさえ判断がつかない。

顔を真上に向け、膨らました頬を中指で叩きながら、ヤニで汚れた天井に向かって煙の輪っかを作って吐いた。

　そこにライゾーがすごい勢いで上がってきた。

「おい、四之宮。のんびり煙草なんて吸っている場合じゃねえぞ。ビッグニュースだ」

「なにがあったんだよ」

「警視庁が動き出したぞ。懇意にしている記者から聞いたとっておきの情報だ。防犯部保安課に野球賭博取り締まり部隊ができるらしい」

「おい、本当かよ」

「ああ、連中はＰＴと呼んでいるらしいがな」

「ＰＴ？」

「プロジェクトチームの略だ。いわゆる特捜だよ。しかもそのＰＴは、管理部門から異動してきたばかりの腕利きの警部が指揮に当たるらしい」

「それはすごいニュースじゃねえか」

「その警部の家《ヤサ》も分かった。どうだ、今から行ってみねえか」

「おう」四之宮は体操選手があん馬から着地するように、机に投げ出していた足を床に下ろした。椅子にかけていた背広を取って、咥え煙草のまま背中にかける。

　さすがライゾーだ。

　そのネタを聞きつけただけでもたいしたものだが、又聞き情報を字にするのでなく、自分で直接取材をかけようとするところに、この男の記者魂を感じる。四之宮は背広に手を通さず、最後の一服を終えた。ライゾーは早くしろ、とせっつくように足踏みをしている。

四之宮はよし、と頷き、煙草を床に捨てた。靴底で踏んで歩き出す。タイルの鱗模様がまた増えた。

8

半澤正成という警部のヤサは、東京郊外の武蔵野《むさしの》の住宅地にあった。四之宮がインターホンを鳴らすと、夫人らしき女性が出て、まだ帰っていないという。

「今、何時だ」とライゾーに尋ねる。

ライゾーは黙って、自慢のデジタルウォッチを見せた。ライゾーが出したカシオの時計が「23：35」と電光掲示していた。二十四時間表示のお陰でピンとくるのに時間がかかったが、泊まりでなければ、そろそろ帰ってきてもおかしくない時間帯だ。

小一時間ほど待つと、タクシーが着き、中から背広姿の男が出てきた。腕利き警部というから、極道と見紛《みまが》うような強面《こわもて》の刑事《デカ》をイメージしていたが、出てきた男は髪をきちんと七三に分けた公務員のような紳士だった。

隠れていた電柱の陰から四之宮とライゾーが近寄っていくと、足を止めてこちらを睨んだ。

さっきまでの温和な表情が一変したのは、暗がりでも十分感じとれた。

「夜分にすみません。週刊タイムスの四之宮と申します」

「市川です」

家に入られてはたまらないと、二人は相次いで名刺を差し出した。

警察関係には週刊誌と名乗ると、名刺さえ受け取ってもらえることは少ないのだが、半澤という警部は立ち止まって、順に手に取った。

そして背広の胸ポケットにしまうと、「週刊誌がなんの用や」と言った。

すぐにライゾーが切り出した。

「浪岡選手の暴力団との付き合いが報じられたのに端を発し、警視庁で野球賭博撲滅のプロジェクトチームが結成されたと聞きました。そのトップに半澤警部が指名されたそうですね」早口でまくしたてる。

だが半澤からは「知らんな」と判で押したような答えが返ってきた。

「惚けないでください」

否定されたことで、ライゾーはムキになって言い返した。「本日、最初の会議が開かれたこともこっちは摑んでいます」

四之宮は「おい」と制したくなった。そんなに強気に出たら、相手に警戒心を与えるだけだ。そのまま、無視されて立ち去られても不思議はなかったが、半澤は動く気配はなかった。

「別に惚けてへん」

「惚けてないっていうことは、認めていただけるんですか」

今度は四之宮が口を挟んだ。嘘はつかないでください、と眉間に力を入れてじっと睨みつける。

「ＰＴができたのは事実やが、あくまでも野球賭博の取り締まり強化、及び拡大阻止が目的や」

その説明に、四之宮は喜んだ。これだけでも十分、次号でいける。

「でしたら今回の浪岡選手の暴力団会長との交際発覚が、ＰＴ結成の誘因になったのではないですか」

「それは偶然やな」

キッパリと言われたが、四之宮は嘘をついていると思った。事実でも今の段階で、捜査当局が個人名を出せるはずはない。

今度はライゾーが質問する。

「半澤さんがかつて捜査四課にいらっしゃったのは存じあげておりますが、もう十年近く、捜査現場から離れていたそうですね。黒い霧事件の時も、海外の大使館から戻られ、警務部に配属されていたと聞きました。失礼ですが、それがどうして今回、それまでの仕事とはまったく関係のない野球賭博撲滅のトップに任命されたのですか？」

ライゾーは、あなたは捜査の素人ではないかと決めつけているようだった。身びいきしても、ずいぶん失礼な質問に聞こえたが、半澤という警部が色をなすことはなかった。この警部が、他の刑事《デカ》と違って、穏便で物分かりがいいことまで、ライゾーは調査済みのようだ。

「経歴まで、よう調べとるな」

「ええ、こちらも情報網はいろいろありまして」ライゾーは鼻の下を擦った。

「確かに捜査からは離れとった」

「ですよね」

「だが刑事でなくとも、警察官だったことには変わらへん」

半澤は強い口調で言う。言い終えると背広を脱ぎ、ネクタイを緩めた。

「長屋のうんち、女の褌《ふんどし》、お医者の車、蜻蛉《とんぼ》……」

半澤が呟いた。一瞬、この警部はどうかしたのか、と思った。自分たちを愚弄《ぐろう》しているのか、と。

「長屋のうんちとは、少しずつ溜めて最後は一度に抜かれることや。女の褌とは、やればやるだけ食い込む。お医者の車は悪いところばかり回らされるやろ？　つまり負けチームばかりに張る連中のことやな。そしてあっちこっち張って、結局勝てんのを蜻蛉という」

「面白い言葉ですね。でもそういう言葉が使われていたのは、せいぜい黒い霧事件までじゃないですか」

四之宮が反論する。

「いや、そんなことはない。今でも各地で使われとる。あんたらの耳まで届いてこんだけや」

「事件が小さくて、表に出ていないということですか」

「一つ一つの事件はたいしたことないが、規模にしたら大きい。ただ摘発しても新聞やテレビで大きく報道されんということは、裏を返せば野球賭博という行為が、庶民の生活に根付いてしまっているという証拠やな」

「庶民の生活？」

「文化と言った方がええな。もともとは関西の発祥だ。切った張ったが好きな気質やから」

「そうですかね」四之宮は異論を挟んだ。博打が好きなのは東も西も関係ない。男ならだいたい好きだ。

「不服そうだな。だったら競馬新聞を見比べてみたらええ。関東のと関西のをな。関西の新聞は上から下まできれいに二重丸が並んどる。こっちの新聞みたいに万馬券的中、なんて派手な宣伝を打ったりもせん。かといって関西人は鉄板馬券に何万円も注《つ》ぎ込まん。昔から特券を買うのは東京の人間って決まっとる」

鉄板とは堅い馬券のこと。特券とは千円券のことだ。

確かに関西の人間は大穴に金を投じて、夢を見ようなどとは考えない。かといって一つのレースに大金を投じることもない。掛け金が少ないのではなく、いくつものレースに賭けて、せこく儲けるのが好きなのだ。四之宮も関西育ちだからよくわかる。

「関西の人間の方がケチだということですか」

「まぁ、こっちの快速には、グリーン車はあるが、関西の快速にはない。あっちでは高い金払《はろ》てまで、グリーン車なんかに乗る人間はおらんからな」

四之宮も東京に出てきた当初、同じことを思った。いったい、普通列車の指定席になど、だれが乗るのだと。

同時にこの関西訛《なま》りのある刑事は、京阪神の出身だと分かった。「快速」と呼ぶのは、滋賀の米原《まいばら》と兵庫の姫路を結ぶ関西の国鉄だけだ。

こっちではオレンジの電車は「湘南《しょうなん》電車」、同じ線を走る青い電車は「横須賀線」と呼んでいる。向こうの各停にあたるのは「京浜東北線」だ。

「関西人はケチだと言われると自分も耳が痛いです。自分も和歌山出身なので」

「それは失敬したな」

「でもその通りだと思います。そういう意味では野球を賭けの対象にするのは、関西の人間には合っていたということですね。単純でかつ、勝つか負けるかの二分の一ですから、当たる確率も高い」

「しかも野球賭博の恐ろしいんは、現金がなくてもやれるということや。代理店という取り次ぎに電話一本すればいい。あるいは紙に書いたメモを渡すだけでええ」

「電話だったら、あとで言った言わないと問題にならないんですか」

「そんなの連中は計算ずくや。きちんと録音を取ってある。もちろん証拠は残らんように金が精算されたら、消される手順になっとるけどな」

「それが今では、全国で毎日、開帳されているということですね」

「ああ、日本全国、津々浦々、見事なピラミッド構図になってな」

庶民が張った金が上へ、上へと吸い上げられていき、それが暴力団全体の資金源になっているといいたいのだ。

「浪岡選手が結婚式に出席した正和会がまさにそうだとおっしゃりたいんですね」

四之宮はここだと思って指摘したのだが、半澤は乗ってこなかった。

「ワシはあくまでも一般論として話しているだけや」

「そうですか」

ガッカリしたが、だが一般論という言い方に、言外の意味を汲みとれと示唆してくれているようにも聞こえた。

「きょうはこのヘンにしてくれ」

半澤が手にしていた背広をひょいと背中に担いだ。公務員に見えた第一印象が、いつの間にか現場一筋の刑事《デカ》が見せる横柄な態度に変わっていた。

「今の話はすべてオフレコやぞ」

「オフレコですか、そんな……」

四之宮は絶句した。ここまで話してそれはない。「それはないんじゃないですか」とライゾーも抗議する。

だが半澤は「オフレコやが、アンタたちが作文する分にはこっちは関知せん」と言った。

意図が分かった。勝手に書け、ただし自分のコメントは使うなと言っているのだ。

四之宮は「分かりました」と返事をして、「夜分にありがとうございました」と頭を下げた。隣のライゾーも続いて礼を言った。

半澤は背広を担いだまま、ガニ股《また》で歩き出す。木製の表札が掛けられた自宅の門を開ける。ガシャガシャと油が乾いた音がした。そこで足が止まった。

「おっ、そういえば、週刊タイムスだったな、『浪岡龍一が高校野球トトカルチョに関与していた』と報じたのは」

顔を玄関の方に向けたまま、半澤が問いかけてきた。

なにか特ダネを貰える――。

過去の経験から四之宮はそう勘が働いた。「はい」と返事をする。「ええ、うちが今週号で書きました」

残念ながら四之宮の勘は外れた。

「誰が絡んでようが高校野球トトカルチョなんぞ、ふざけた言葉は使うな。連中がやっているのは野球賭博や。高校野球やろが、プロ野球やろが、賭博以外のなにものでもあらへん。それだけは肝に銘じとけや」

口調までが荒っぽいものに変わっていた。

第五章　浪岡龍一　二十六歳

1

背後からドンという刺激を受け、伊波建夫《いばたてお》は黄色の受話器から耳を離した。

公衆電話ボックスの外から銀縁眼鏡の学生が苛立ちながらこちらを見ていた。早く電話を終えてくれ、と急《せ》かしているのだ。

大阪なら銀縁眼鏡をかけているのは甲南大のボンと決まっているが、こっちではそうではないらしい。いずれにしても親の脛をかじっているようで気に食わない。

伊波は受話器を握ったまま、扉を開けた。同時に顔だけ出して、低く、それでいて尖った声を出した。

「兄さん、なんや。文句あるんかい、こら」

学生は声を失ったようで「い、い、いえ」と体を震わせた。中にいるのがヤクザだとは思いもよらなかったのだ。まさか伊波の余所行きのいで立ちを見て、サラリーマンだと勘違いしたのだろうか。だとしたら舐められたもんだ。

「さっさと失せろや」

　空いている左手で追い払うと、学生は慌てて逃げていった。

その時、左隣の電話ボックスに並ぶ男女の視線を感じたが、伊波は無視した。

文句あるのか、と言いたいところだ。スーツとワイシャツを脱ぎ、背中の紋々を見せつければ、イチコロなのだろうが、さすがに東京駅の前で騒ぎを起こすわけにはいかない。

とっとと用件を済ませて、新幹線に乗らないと今日中に大阪に着かない。

伊波はガラス戸を閉めて、受話器を再び耳に当てた。

「おお、悪かったな。邪魔が入ったが、追い払ったった」

「い、いえ」

電話の向こうにも伊波の声が聞こえていたのか、棚瀬《たなせ》二郎《じろう》はビビっていた。

二郎は普段は、街中を肩で風を切って歩く典型的な極道だが、見かけに反して気が小さい。今も兄貴分の伊波の虫の居所が悪いことに、恐れをなしている。

　所詮、コイツはこの程度の男でしかない。ヤクザとしてやっていくには腹が据わっていないのだ。筋が通っていないから、言動があっちこっちにぶれる。口では「兄貴に一生ついていきます」と言っているが、伊波に何かあったら、まっ先に裏切るのはこの男だ。だから伊波にしても口では「おまえとは地獄の果てまで一緒やから」と言っているが、そこまで面倒みるつもりはない。

「で、安田に電話はつながったのかよ」

「は、はい。一応、フロントに部屋まで取り次いでもらいました」

安田とはスターズの投手で、この日のナイターで先発が予想されている。

だがこの日は、中四日のローテーションで浪岡も投げる可能性があった。調子にバラツキがある安田と、安定感抜群の浪岡では、スターズが勝つ確率も大きく変わってくる。

だから伊波は二郎に、遠征先の芦屋《あしや》のホテルに電話をかけさせたのだ。「うまく安田を言いくるめて先発するのか否か聞き出せ」と。

「で、安田はなんて言ってたんだ」

「いや、それが、その……一応、兄貴に言われた通りに『神戸の佐藤といいます。きょうの試合、もし安田さんが投げはるんでしたら、商店街の仲間連れて応援に行きたいんですけど』と言いました。そやけど、安田のヤツ、『どこの佐藤さん』と疑ってきて、こっちは『上沢通《かみさわどおり》の佐藤です』と答えたんですけど、『上沢通に佐藤なんて知り合いはおらん』と言うて、一方的に切られ……」

言い終えるより先に、伊波は「ドアホが！」と叫んだ。

電話口で二郎が雷に打たれたように縮こまっているのが想像できた。

「おまえ、なんでもう少し気を利かせんかったんや。『上沢通の薬屋の佐藤です』とか、なんぼでも言い繕えたやろが」

安田という投手は神戸市兵庫区出身で、実家の隣町の上沢通に上沢センター街という商店街があることまでは二郎が調べてきた。そこまで調べたのなら、そこにどんな店があるかまで気を回すものだ。

「そうですけど、上沢通に佐藤という薬局があるかどうかも分かりませんし」

「だったら電話帳で調べてからかけたらよかったやろ」

「ですけど、東京に神戸の電話帳はないですよ」

「ドアホ!!」

さっきより大声で受話器に向かって怒鳴りつけた。理屈に詰まったら怒鳴るか殴るかしかない。唾が飛び、受話器に気泡が浮いた。

「もう、ええ、ワシがやるから、球場の電話を教えろ」

「球場のですか？　えっと……」

手帳をめくる音が聞こえてきた。念のためにすべての球場のロッカールームの電話番号は組織で調べあげている。

ボソボソ声で二郎の言う番号を、伊波は鉛筆の芯を舌で舐めて、メモ用紙に控えた。

一方的に切ると、ポケットからあるだけの十円玉を集め、電話機の上に積んだ。長距離電話だからあっと言う間に金はなくなってしまう。

短期勝負だと心に決めて、伊波はダイヤルを回した。向こうはすぐに出た。出るのはだいたい若手か新入りと、どの球団でも決まっている。

「あっ、竹井や」

もしもしと相手が言うと同時に伊波は偽名を語った。

「は、はぁ。どちらの竹井さんでしょうか」

「われ、自分とこのOBも知らんのか!!」

伊波が怒鳴りつけると、「は、はい」とすぐに声が裏返った。立ち姿勢まで改まったのが伝わってきた。

竹井という選手が十年ほど前までスターズで活躍していたのは、野球好きなら大概は知っている。ただし今、どこで何をやっているかまで知っている人間はわずかだろう。解説者をするほど実績は残していないし、コーチをやっているとの噂も聞かない。その選手が関西弁で喋るかどうかさえ伊波は分からなかったが、それはこの電話を取った若手選手も同じだったようだ。

「それは失礼しました。わたくし、今年、入団しましたピッチャーの山口と申します」

「自己紹介はええから、きょうの先発教えてくれや」

「えっ」

躊躇する声が聞こえたが、伊波は構わず言った。

「先発が安田やと聞いて、応援したろと球場の近くまで来たんやが、なんか浪岡の可能性もあるっちゅうやないか。そういう噂を耳に挟んだんで、浪岡やったら引き返そうかと思てたんや。アイツはけったいな男やから好かんのや。なにせ可愛げがない」

「はぁ」新人は曖昧な返事をする。

「で、どっちなんや。安田でええんか、それとも浪岡なんか」

「それはその……自分には分かりません」フロントから指導されている通りの受け答えをした。

「知らんわけないやろ、われもピッチャーやろ。ワシはもう球場の目の前まで来てんねん。これからチケット買《こ》うて入ろうという矢先や。中に入って先発が浪岡やったら、おまえしばき倒すぞ」

「い、いえ」

「先輩に電話替わるか？　そこらへんに伊藤か呉本《くれもと》がおるやろ」

スターズで武闘派と言われるベテランの名前を挙げた。

「替わったらアイツらにおまえの態度がなっとらんから、少し気合入れたれと言うとくわ」

「勘弁してください」泣きそうな声に変わった。

「それがいややったら、教えてくれ。なぁ、安田でええんやろ。ワシはOBなんやで。一生懸命頑張っとる後輩を応援したろと思って、わざわざ遠くから出てきたんや。な、アンタも同じチームで飯食ってるんなら、分かるやろ、ワシの温かい気持ちが」

低い声で諭すように言うと、新人は「……安田さんです」とくぐもった声で答えた。手で受話器を隠しながら答えたのは明白だ。

一丁あがりや。

まだ代理店と呼ばれる金集めの役目をやらされていた下っ端当時によくこの手を使った。

選手の中には「先輩にちくるぞ」と脅しても、頑なに答えず、フロントに替わる生真面目《きまじめ》な者もいるので、成功する確率は五分だが、しつこく何度もかければ誰かしらが口を割る。

「安田かい。それで安心して、中に入れるわ。アンタ、山口クンやったな。アンタが出てきたら、大声で名前呼んで応援したるさかい、頑張りや」

「ありがとうございます」

小気味よい返事が耳に届く前に、伊波は電話を切った。

伊波はこれから大阪に向かう。が、新大阪に着く頃には試合は終わっている――。

この夏、伊波が所属する正和会石川組は大打撃を食らった。野球賭博で客に大勝ちされてしまったのだ。

正和会が牛耳る野球賭博は、すべて胴元と一対一の勝負だ。

毎日行われる全カードが賭けの対象になるのだが、強いチームが必ずしも勝つことがないように、すべての試合にハンデが発生する。そのハンデをつけるのが胴元の大事な仕事である。

「ハンデ一・〇」とつくと、ハンデを背負っているチーム（出しと呼ばれる）に賭けた者は、一点のハンデがある分、二点差以上で勝たないといけない。一点差勝ちでチャラ。一方、ハンデを貰っているチーム（バックと呼ばれる）に賭けた者は、引き分け以上で賭け金が倍額に増える。

同様に「ハンデ二・〇」「ハンデ三・〇」となると「出し」に張った者は、三点差、四点差以上で勝利しなくてはならない。

ハンデには「〇・五」「一・三」「一・五」など小数点がついたものもある。

「〇・五」は「出し」が二対一で勝ったとしても、出しの点数は「2－0.5＝1.5」となり、結果は一・五対一ということになる。出しは五分しか配当金をもらえない（一口一万円なので五〇〇〇円）。

「一・三」は「出し」が二対一で勝った場合、ハンデ上は〇・七対一となり負けたことになる。出しに張った者は三分負け（同三〇〇〇円）。一方、「バック」は三分勝ち（同三〇〇〇円）になる。

「一・〇」～「一・九」までのハンデがついた場合は、どれも「出し」が二点差以上で勝って、初めて儲けを手にすることができるのだ。

ハンデは他にも「一半《いちはん》」「一半二《いちはんに》」「一半一半二《いちはんいちはんに》」「一半二《いちはんに》二《に》」などがある。

「一半」は「一・〇」と同様、「出し」が勝つには二点差以上が必要だが、一点差で勝ちでは、引き分けではなく丸負け（全額負け）になる。

「一半二」は、「出し」が丸勝ち（全額勝ち）するには三点差以上が必要。一点差勝ちなら丸負け。二点差勝ちでも五〇〇〇円勝ち。

「一半一半二」というのは、一点差なら丸負け、二点差で七五〇〇円勝ち。三点差で勝って、初めて丸勝ちとなる。

「一半二二」は二点差で勝っても二分五厘《りん》勝ちで二五〇〇円しか貰えない。

賭博用語はいくらでもあるが、すべてが客を飽きさせないため、胴元が長い月日をかけて編み出した知恵のようなものだ。

世間では野球賭博や競馬のノミ行為が暴力団の資金源になると、まるで諸悪の根源のように言われているが、外国ではブックメーカーと呼ばれる胴元が普通に存在し、客から大金を集めてギャンブルを行っている。

日本の公営ギャンブルでは、競馬は農林省、競輪は通産省、競艇は運輸省とすべて役所の管理下に入っている。伊波はヤクザが狙い撃ちされるのは、公務員連中が食い扶持《ぶち》を奪われると心配しているからだと思っている。

野球賭博のテラ銭は、鉄火場と同じ一割。競馬も競輪も競艇も二割五分だから、お国主催のギャンブルより、自分らの方がよほど良心的だ。

野球賭博は火曜日から日曜日まで試合がある日は毎日行われ、毎月曜日が支払い日になっている。

月曜日精算だから、負けが込んでいる者は取り返してやろうと、週末のゲームは熱くなる。

振り子と呼ばれる客連中は飲食店のオーナーやパチンコ屋の社長、雇われコックやクラブのボーイなど様々で、一試合に百万、二百万をポンと賭けてくる者もざらにいる。

時には支払いができずに行方を晦《くら》ます者もいるが、そういう時は本部を通じて全国の傘下に手配書を回せば簡単に捕まえられる。博打で負けた人間の逃げ場など、おのずと限られているからだ。

確実にテラ銭が一割入ってくるわけだから、これほどうま味のあるシノギはなかったが、それもあくまでも掛け金が五分五分になるように振り分ける、という前提付きだ。

すべて胴元と客の一対一の勝負である以上、極論を言うなら、すべての金が片方に賭けられた場合、その通りの結果に終われば、伊波たち胴元が全額払わなければならない。

そもそもハンデというのは賭け率が、双方均等になるための材料なのだ。ハンデ師が考えるのはあくまでも客の興味であり、一方に客を集めて、賭け金を総取りしようと企んでいるわけではない。

だがその点を正和会が去年から雇い入れたハンデ師は、勘違いしていた。

その新しいハンデ師は雑誌や新聞記事の切り抜きなどつねに膨大なデータを持ち歩き、自分の出すハンデに絶対的な自信を持っていた。選手の個人データにも詳しく、野球知識も豊富だったが、時々、伊波たち胴元連中がハッとするような偏ったハンデをつけた。

少し危険な予感があったのも事実だが、きちんと利益を得ていたことで、伊波も差し当たっては本部に忠言したりはしなかった。

実際に客から金を集める代理店連中の評判も良かった。少なくともそれまでの、野球経験もなければ知識もない、ただ勝負勘だけで、ハンデをつける前任者より、はるかに安心できた。

だがその隙を見事に突かれた。いや、正確に言うなら、全国に広がる正和会連合の組の中で、伊波の賭場《とば》だけが狙い撃ちされた。

今年の六月、直下の代理店に、見知らぬ男が「ハンデを教えてほしい」と飛び込みで入ってきた。

いきなり百万もの大金を「バック」に賭け、まんまと金をせしめていったのだ。

すぐに伊波はその男の素性を調べさせた。

男は中小のパチンコ部品メーカーの経営者だった。

元々は関西出身で東京に進出してきたばかりだったが、大手銀行と取引実績があり、駅前のビルに本社を構え、社員も在籍していて、まともに事業をしている形跡はあった。

その後はちまちました張りが続き、勝ったり負けたりを繰り返していた。少し負けが込んできた時は、「こりゃ、長屋のうんちだ。しまいに貯めた金は全部吐き出してくれる」と高を括った。

予想していた通り、男に焦りが見えてきた。ある時、勝負に出てきた。しかも最初の賭け金の十倍近い額を張ってきたのだ。その額を代理店から知らされた時、伊波はさすがに断れと命じようとした。

しかし断って、意気地がない組だと悪い噂を流された時のことを案じてしまったのだ。伊波の傘下の代理店はどこも気風《きっぷ》がいいと評判が良かった。高額だろうが、配当金の支払いを渋ったことも一度もなかった。その分、回収もシビアだったが……。また、その男の張りが、「出し」――つまりハンデを背負わされた前評判の高いチーム――だった点も伊波の判断力を鈍らせた。昔から素人は「出し」に張ってくることが多かった。

その試合のハンデは「一半」。

つまり二点差以上で勝って、初めてその男が金を手にすることができる。「一点差勝ち」「引き分け」「負け」なら伊波の勝ちだ。

この男も一点ぐらいのハンデなら、強い方が勝つ、と思っている。

所詮、素人だ。

野球というスポーツはほとんどのチームが勝率四~五割後半の枠の中で推移し、ゲームの三〇~四〇パーセントは一点差以内に収まっている。しかも一点差試合になる確率は、成績上位のチームであればあるほど高く、下位チームは一点差で負けることが多いのに対し、上位チームの一点差試合は、圧倒的に勝ち試合の方が多い。

すなわち、強いチームの一点差勝ちが負けに変わる（同様に弱いチームの一点負けは勝ちに変わる）のであれば、AクラスのチームもBクラスのチームも勝率はほとんど同じになるということだ——。

その男が張った「出し」側が、後攻だったことも伊波をぬか喜びさせた。

野球賭博は、圧倒的に先攻が人気になる。

なぜならば同点で九回以降を迎えた場合、先攻は何点でも入るが、後攻は点が入った段階でサヨナラ勝ちで試合が終わってしまう。

「一半」のハンデだから、九回裏以降まで同点でもつれた場合、「出し」が勝つにはツーラン以上のホームランしかない。試合時間が三時間を超えて引き分けで終われば、「出し」の負けだ。

その試合、結果は「出し」が四対〇と圧勝した。

ハンデの「一点」を引いても「三対〇」。ハンデ師が先発投手を読み間違えていたことが大きな要因だった。だが男には先発が分かっていた。結局、伊波は大金を失った。

その男が経営する会社は、金を受け取った翌日には、入居していたビルから跡かたもなく消え去っていた。

どうやら正和会の関東進出を阻む敵対組織、末吉《すえよし》連合のフロント企業が乗っ取った、ダミー会社だったようだ。

末吉連合は石川組を潰すには、その資金源となっている野球賭博でダメージを与えるのが一番だと考えたのだ。組織内での信用という意味でも、今回の一件は若頭である伊波を窮地に陥れた。

損失の連絡を受けた石川のオヤジは激怒し、伊波に「恥が本家に広まるまでに金を取り返せ」と命じた。石川は大阪に出てうろうろしていた伊波を、組に入れてくれた恩人である。渡世人と呼ぶには程遠いほど、小心者で、金に汚く、人望もない。愚痴を言ったらキリはないが、といっても自分のところの親分なのだ。顔を潰すわけにはいかない。

金を取り返せと言われても、胴元である伊波たちが確実に資金を増やすのは、八百長を仕込むぐらいしか方法はない。

てっとり早いのは、選手を引きずり込み、前評判の低い側に「二・〇」とかの大きなハンデを与えて、金を集めた前評判の高い側に三点差以上で負けさせるという方法。ただし、昔と違って客の目も肥えているから、そんな見え見えの八百長は組めない。すぐに悪い噂が世間に広まってしまうだろう。仕込むには腕の立つ協力者を味方に引きずり込む必要があるが、それを行うには時間が足りない。

野球賭博というのは胴元が勝つようにできてはいるのだが、それでも一気に儲ける手段というのはなかなかないものだ。だから伊波にしても当座の資金を確保するために仕方なく、こうやって日々、チマチマした作業に追われている。

伊波は公衆電話に硬貨を入れて、組の番号を回した。二郎がすぐに出た。

「おお、ワシや。スターズの先発が分かった。安田や。だから今日は『出し』には張らせるな。なんだかんだと適当にこじつけして、断りを入れろ」

この日、ハンデ師は安田の先発を予想して対戦チームに「一・〇」をつけた。

スターズが負けると読んだのだ。

「出し」が相手チームで、スターズが「バック」。

ところが、試合直前になって、安田を飛ばし浪岡が先発するのではとの噂が出回ったお陰でバック、つまり「スターズが勝つ、もしくは引き分け」側に金が動き始めた。

だがその噂はガセだと分かった。

この日の相手チームはエースが投げてくることが確実で、安田が先発なら、スターズが勝てるチャンスは極めて低い。「バック」に金が集まれば、伊波たちがせしめる金が増える――。

伊波はベルが鳴りやむと同時に新幹線に乗り込んだ。

席に座るやひと息つく。そういえばこの日は、朝から仕事に追われて、なにも食べていなかった。

先発を聞き出したことで、この日はなんとか目処《めど》を立てた。だが今晩の大阪での試合、スターズが予定通り負けたとしても、損失額の十分の一も取り戻せない。

それでも勝負の日まで、こうやって食いつないでいかねばならない。

ひと眠りしようと目を閉じると、背中を蹴られる感触がして、体を起こした。

シートの隙間から覗き込むと、真後ろの二人掛けの席に小さな子供を抱えた若夫婦が座っていて、その間で子供が泣きながら足をバタバタ動かしていた。

まったくついてねぇ。ため息が出る。

高い金払ってグリーン車に乗ったというのに、まさか子供連れの近くに座らされるとは思いもしなかった。

しばらくしても泣きやまなかったら、空いている席に移ろうと思ったが、ワゴンを引いた売《う》り娘《こ》から、母親がポンジュースを買うと、子供は打って変わって上機嫌になった。まったく子供というのは現金なものだ。伊波は思わず思い出し笑いをしてしまった。

伊波の生家は貧乏な小作農だった。朝から夕方まで両親ともに働きに出ていて、伊波は小さな弟の子守りをさせられた。たまに母親が、畑から果物をくすねてきた。モンペのポケットで半分潰れかけた腐ったような果実だったが、伊波や幼い弟にはそれが最高の楽しみで、それまでの不機嫌が一変して、差し出された果実に夢中でむしゃぶりついた。

伊波は車窓から外の景色を眺める。新横浜を通過すると、周囲に畑が目につくようになった。

だが同じ畑でもスモッグ塗《まみ》れの都会の景色は、故郷《くに》のそれとはまったく違った。風景だけではない。伊波が育った和歌山の小さな町は人も天衣無縫、都会によくいる世知辛い人間ではなく、男も女も、極道も堅気も豪快で気前がいい親分肌が数多くいた。

それはきっと太陽と海のせいだと思っている。

強い陽射しが波に反射し、乾いた空気までがキラキラと眩《まぶ》しい。あんな眩《まばゆ》い陽を浴びたら、慎ましく生きようという思いなど、吹っ飛んでしまうのだ。

強い男になりたい——。

湊にいた時はいつもそう思った。

有り余るほどの金を稼ぎたい——。

そう思って大阪に出てきた。

これまで自分を見下してきた連中が平伏《ひれふ》すような地位まで昇り詰めたい――。

その野心が組での出世に結びついた。

だが今、その考えは大きく変わってきている。

いつかは故郷《くに》に帰りたい――。

といっても、遠い昔に両親、親族から縁を切られていて、戻ったところで帰る家がない。最初に入った地元の組も、とっくに解散していて、当時の仲間は残っていないだろう。

だがある日、故郷よりもっと輝いた景色をテレビで目にした。

カリフォルニアだ。

なんとも胸を打たれる言葉の響きだ。夢、希望、憧れ……そういった語句がピタリと当て嵌まる。

その映像の場所がなんという地名なのかさえ分からなかった。ただ漠然と、カリフォルニアというテロップが流れたことしか記憶に残っていない。

その映像では、中年の男二人が、誰もいない砂浜にベッド式チェアを置いて、カクテルを飲んでいた。

二人ともマフィアのような身なりをしていた。それでも飲んでいたのは若い女が飲むオレンジ色のカクテルだった。マイタイかテキーラサンライズか、それとも少しクリーム色がかったピニャコラーダか……。そんなカクテルがあの男にも似合う気がした。

だからあの男に話した。

「いつかこの仕事をやめたら、アンタと行ってみたいな。カリフォルニアなら、ワシらが堂々と外で会《お》うてもなんの問題もないやろし」

伊波がそう言うと、男は「カリフォルニアか。極道にしてはいいセンスしとるやないか」と笑った。

「どうですか。いつか、ご一緒しませんか。女は現地でいくらでもええのを調達しますから」

丁寧な言い方で誘うと、男は「そやな」と返事をした。

「その時はまぁ、よろしゅう頼むわ。勘違いせんでくれよ。別にオレは連れていけと言ってるわけやない」

「それはもちろん、分かってますよ」

まさか同意してくれるとは思っていなかっただけに、少し声を切らせてそう答えたのを覚えている。きっと鼻で笑われ、一蹴《いっしゅう》されると覚悟していた。

あの男と初めて会ったのは、伊波が湊の小さな組に出入りしていた頃。生まれながらの任侠気質だと自任していた伊波が、生まれて初めて目下と思っていた人間に負けた、そう感じたのがあの男だった。

立ち合い負け、というのが人生にあるのだとしたら、間違いなくあの時がそうだった。脅しをかけたのは伊波の方だったが、子供とは思えない目つきに伊波の心は揺さぶられた。

あれから十年以上の歳月が流れた。

だが、直接会ったのは、結婚式への出席を頼んだ時を含めて、三回しかない。

いつの日になるか分からないが、あの男と一緒に太平洋を渡ることを胸に秘めて、糞《くそ》みたいな毎日を過ごしていく。今はそれが唯一の愉《たの》しみだ。できれば飛行機ではなく、客船で行きたいが、忙しい身の向こうはそこまでのんびりした旅には付き合ってくれないだろう。

ただきょうに限っていえば、そんな悠長な話をしに行くのではない。

そもそも約束しているわけではないので、会うことすら拒まれることもありうる。

これまで伊波がやってきたように、四の五の言わずに言う通りにやれ、という脅しは、あの男にだけは通用しないだろう。

なにせあの男のバックには正和会の会長がついている。あの男もそれが分かっていて、危険を冒した。

とどのつまり、伊波の自業自得である。

それでもあの男を説得して、どこかで仕組ませなくては、いずれ伊波の首が飛ぶ——。

2

伊波が新地にある小料理屋の暖簾《のれん》を潜《くぐ》ると、予想していた通り、奥の席に浪岡龍一の後ろ姿が見えた。

客が十人も入れば満員の郷土料理店で、五十そこらの店主と女房が二人で切り盛りしていた。

浪岡はどこの遠征先でも、一人で出かける。

伊波ら玄関から堂々と近づくことが許されない者にとっては、行き先さえ摑めば、接触しやすい類の人間といえる。

伊波は入口近くのテーブルに座った。一組だけいた上司と部下らしきサラリーマンが帰った後、カウンターに移動した。

背後から「あれ、浪岡さんやないですか」と、まるで偶然出くわしたような挨拶をした。こういう時はわざとらしいぐらいの方が効果がある。

浪岡が驚く様を想像していたのだが、彼は振り向くどころか、まるで最初から伊波が来ていたのを知っていたかのように、顔色一つ変えずに「なんの用や」とだけ言った。

その反応に伊波はすっかり調子が狂ってしまった。

伊波が店に入ってから浪岡は一度もこちらを向いていない。伊波はひと時も彼から目を離していないから、それは間違いなかった。ならばどうして伊波だと分かったのか。後ろに目でもついているのか。カウンターの隙間、鏡面磨きされている金具から、悟ったとしか考えられなかった。

動じているのを察せられないように、伊波は静かに浪岡の隣に座った。

すぐに女将《おかみ》に向かって「ビール」と注文する。

「浪岡さんにもなにかお代わりを出してくれ」

そう言ったが、浪岡は「オレはええ」と愛想なく返した。

「こんなところをマスコミに見られたら、えらいこっちゃやからな」

浪岡は初めて、会話らしい会話をした。だがえらいと言うわりには慌てているようには見えなかった。

「誰にも見られることはないから大丈夫ですよ、ねえ、女将さんも大将も」

笑顔を繕ってそう問いかけると、二人とも無反応のまま奥に引いていった。会話から伊波がその筋の人間だと察知したのだ。

「このあたりもうちらが仕切ってますから、仮に誰かに目撃されたところで、まったく問題はないです」

安心させるために伊波は嘘をついた。

この近辺は対立する組織の縄張りだから、顔を見られたら因縁をつけられかねない。大阪時代の伊波に恨みを抱いているチンピラはいくらでもいる。

「問題ないいうても、こんな場所までついて来られたらこっちはえらい迷惑やで」

「その節は申し訳ありません。会長も恐縮しております」

「ホンマや」

会長の娘の結婚式に出席したのがマスコミにバレてしまったことだ。実際、こうなる可能性はあった。だから最初、伊波は浪岡を呼ぶことに賛成ではなかった。

だが、娘に甘い会長が、娘が大ファンである浪岡を披露宴に呼べないか、と石川のオヤジを通じて伊波に命じてきたのだ。

いくら反対を唱えても本家直々《じきじき》の命令に背くわけにはいかない。そこで今回のように、浪岡が遠征先で顔を出す小料理店に出向いて、頭を下げて頼み込んだのだ。

絶対に断られると思った。

ところが、頭を下げたままでいると、「分かった。今回だけや」と言われて驚いた。「アンタも子供の使いじゃないやろから、このままでは顔が立たんやろ」

助かった、と胸を撫で下ろした。気が付いたら浪岡の両手を摑んで感謝していた。

浪岡は伊波と同じくらいの背丈で、野球選手としては小柄な部類に入るのだが、手だけは大きかった。硬くて分厚い皮膚の感触は、今でも伊波の手の中に残っている。

そのあと、しばらく談笑し、どういう流れかは忘れたが、伊波が件《くだん》のカリフォルニアの話を持ち出したのだ。談笑したといっても、時間にしてみたら十分にも満たなかっただろうが。

伊波はコップのビールを飲み干すと、手酌でコップを満たしてから、口を開いた。

「今、正和会が全力を挙げて、どいつがマスコミに売ったのか、調査中ですので」

「調査中って、まるで警察みたいやな」

「いえ、警察よりもっと怖い我々なりのやり方で懲らしめますので」伊波は口調を強めた。

だが浪岡はにべもなかった。

「そんなんもうええわ。今さらどないなるもんでもないしな」

「お友達にもご迷惑をかけたみたいで」間に入ったと名乗り出た友人のことを言った。だが浪岡は「紀一郎はアンタらとは関係ないんやから、余計なことはせんでくれよ」と撥《は》ね除《の》けた。

あの一件が発覚したことで、浪岡は罰金と出場停止処分を受けた。そのお陰で、ずっと継続してきた二桁勝利に去年は到達できなかった。

罰金は伊波の組で負担する用意をしていた。迷惑をかけたのはこっちなのだ。だが浪岡が泣きついてくることはなかった。

いつもならもう少し他愛のない話で流してもいいのだが、伊波は本題に入ることにした。ここに来るまでにすでに苛立っていた。安田が予想外の好投をしたせいで、スターズが四対二と快勝したのだ。ハンデは相手側に一・〇だったが、どの道負けは負け。伊波の損失はまた膨らんだ。

「ところで浪岡さん。近いうちに一つ、お願いできませんかね」

奥の夫婦に聞こえないよう小声で、遠回しな言い方をした。本来なら人前ではなく、どこか個室で頼むべきことだが、浪岡はそこまで付いてこないだろう。

「なんや。またどこぞの結婚式かいな」

惚けているのは分かった。この男なら阿吽《あうん》の呼吸で通じる。極道連中が選手を巻き込むとしたら「八百長」か「先発漏洩《ろうえい》」でしかない。だが浪岡に先発投手を教えてもらうなど、ちんけな頼みをするつもりはない。頼むとしたら試合を作ってもらうことだけだ。

「タイミングさえ教えていただければ、こっちが勝手にやりますんで」

賭け金をスターズ側に集めるという意味だ。

「タイミング?」

「ええ、そうです」

「なんや、それ。訳わからんな」

あくまでも惚ける気らしい。オレは八百長などに手を染めたことはない。金輪際、手を貸すこともない。そう突っぱねたいのだろうが、そうはいかない。

「浪岡さん、惚けんでください」

顔を見て言った。普通の者ならそれだけでたじろぐが、浪岡は事もあろうに睨み返してきた。伊波もさらに眉間に力を込める。

「和歌山にいた頃からの長い付き合いやないですか。しらばっくれられても困ります」

「同じクラスの谷中《やなか》の親のところにアンタがいた、それだけの話やろ」

「ええ、きっかけはその程度かもしれません。それでもそれから歴史があるんやないですか」

「歴史かいな」

「そうですよ。今さら、自分は知りません、では都合がよすぎやしませんかね」

丁寧な言い方に努めたが、ゆっくり、かつトーンを下げたことで、脅しであることは十分すぎるほど伝わったのではないか。

「こっちは関係を公にしても構わないという覚悟はありますからね。我々を舐めてもらったら困ります」

口調を改めた。大抵はここで「舐めてない」と言われる。いや「舐めていません」という丁寧語だ。

「マスコミに漏らすということか？」

「そういうわけではありませんが、そういう選択肢もあるということです」

浪岡が動じていると予感した。よし、こっちに靡《なび》いてくる——だがその予感は裏切られる。

「別にマスコミに話すなら話してくれても構へんで。そっちがマスコミならこっちは警察に行く」

「警察？　すべてを白状するいうことか」

意表を突かれ、いつもの口調に戻ってしまった。だがどうせハッタリだと感じた。

「白状するんやない。通報するんや。『そういう筋の人からこう言われて脅されてます』とな。それが市民の義務やからな」

「そんなことしたら、アンタかてただでは済まされませんよ」

声を濁らせて言い返した。

だが言いながら、明らかにこっちの方が分が悪いことは分かった。

浪岡を売るということは、組織のシノギを放棄するということだ。正和会が野球賭博だけでなく、八百長行為にまで噛んでいたことを認めることになる。娘の結婚式に呼んだ会長からして、無事では済まない。

伊波の思考が結論に達したことを浪岡は感じとったようだ。

「お母さん、勘定置いとくわ」と言って立ち上がった。

一万円札を一枚、カウンターの上に載せる。入ってきた時は、きょうの飲み代はすべて伊波が持つつもりでいたが、そんな予定など忘れてしまっていた。

女将が「お釣り」と言って奥に戻ろうとするが、「ええわ」と出口に向かう。

「じゃあ、今度来られる時まで預からせていただきます」

「あ、そや。使わんグローブがあるんや。息子さん要るかな」

「えっ、いただけるんですか？　そりゃ、あの子、喜ぶわぁ。ねぇ、お父さん」

女将が胸元で両手を合わせ、奥で休んでいた主人を呼ぶ。主人も相好《そうごう》を崩し「いつもすみません、浪岡さん」と礼を言った。

「いつも旨《うま》いもんを食わしてもろてるさかいな」

「そう言ってもらえると私も嬉しいです」

「ほな」

浪岡はまるでそこに伊波が座っていることなど目に入らなかったように、夫婦にだけ挨拶して出ていった。

断られた――。

これではなんのために大阪まで出かけてきたのか分からない。

しかも余計な脅しをかけたことで、喧嘩別れのようになってしまった。野球賭博への関わりどころか、縁さえ、なかったと……。

だが伊波はそれはないと確信していた。

ヤツは自分たちと縁を切るつもりはない。

ただ、今まで通りのやり方を貫け、と言っているだけなのだ。きちんと仲介者を通せ、と——。

だがその仲介者の行方が分からないから、伊波はこんなに往生しているのだが……。

3

秀子は鍵穴にキーを差し込んだ時、指先に違和感を覚えた。解錠されている。

あっ、兄が帰っているのだ。

その予感は的中していた。ドアを開けると黒のメッシュの革靴がきちんと並べて置いてある。

そうだった。きょうは試合がないから、大阪から新幹線で戻ってくるや、真っ直ぐ家に帰ってきたのだ。久々に一緒に夕御飯が食べられると思うと、嬉しくなる。

奥の方から兄の声が聞こえてきた。母は出かけているはずだから、電話をしているのだろう。

秀子は大きな声で「ただいま」と言って、そのまま居間に向かった。

顔を見ると同時に兄は「じゃあ、またな」と言って電話を切った。秀子に気を遣ってくれたのだ。そういう心配りは昔から変わっていない。

「おお、お兄ちゃん、お帰り」

「おお、デコもお疲れさん」

「昨日も見事なピッチングやったね。一対〇のシャットアウトなんて、私、最後の最後まで痺れっぱなしやった」

「さよか」

「ホント、惚れ直しちゃった」

「惚れるなんて、兄貴やのうて、恋人に言うもんやで」

恋人という語句に秀子は黙ってしまった。兄妹でもその手の話は恥ずかしい。

「なんや、ええ人、おるんか」

「いるわけないやないの」

「それならちょうどええわ」

「ちょうどええ、ってなによ」

「いや、ちょうどええはあかんな。いい年した妹がボーイフレンド一人もおらんなんて、兄として憂うべき問題やな」

「もう、いい年って、まだ私は十九歳なんですからね」

秀子は頬を膨らませた。

この春、四年制大学に進学した。高校の系列の学校だ。

女だし、四大は倍の学費がかかるので、短大でいいと言ったのだが、兄は「これからの時代、男も女も関係ない。結婚したからって仕事をやめないかんことはない」と四大を勧めた。

秀子は英文学科に進学した。英語は得意だったし、有名な文学を原語で読むことにも興味があったが、そんなことより、一生懸命勉強したら兄が喜んでくれる、という思いの方が強かった。

ただ、せっかく大学に行ったものの彼氏どころか、秀子には親友と呼べる友達さえいなかった。

オリエンテーションで、たまたま席が近くになった女の子から、テニスサークルに誘われた。一応、入部はしたのだが、三回に一回ぐらいしか顔を出していない。

サークルに参加するたびに「お茶でもどう」と男の子から声をかけられる。男前の、女子に人気のある先輩なのだが、秀子は断っている。女子の中にも美人で、お洒落で、会話の中に外国旅行の話とかが随所に出てきて、同じ大学生とは思えないほどエレガントな子もいる。そういう人と友達になったら自分も磨かれるのではという思いもあるのだが、秀子は自分のことを話す時も相手のことを訊く時もありきたりな話題にとどめて、深いつながりを持とうとはしなかった。

いくら口ではお上手を言っても、向こうだって魂胆を持って秀子に近づいてきているのは分かった。

兄が交際していると言われている女優の佐々木映子とはどうなっているのか。歌手の西山樹里ともまだ続いていて、三角関係と書いた女性誌の記事は本当なのか……そして誰も口には出さないが、彼らの一番の関心ごとが兄の暴力団との交際……。あれから一年が経つが、いまだ兄が悪い人たちと付き合っているという噂は絶えない。

「母ちゃんはどうした？」

「たぶん、買い物やと思う」

「そうか、体は大丈夫なんか」

「もう平気みたいよ。今朝も咳《せき》、全然していなかったから」

母は相変わらず体調が優れず、最近もまた風邪がぶり返して寝込んでいた。

東京に来て、五年近く経つが、元気だったのは最初の二年間だけで、それ以降はずっとこんな感じだ。

東京の空気が合わないのか。それとも、和歌山でずっと苦労し、働きづめだったツケが回ってきているのか。

急にこんな大きな家に住めて、おいしいものをいくらでも食べられて、そして借金取りからも解放されて……秀子にしても似たようなものだ。幸せすぎて現実感がなく、なにか足が地についていないようでフワフワして過ごしている。

「でもお兄ちゃんが帰ってきたんやったら、私も買い物、行ってこよかな」

「なんや？」

「だってお母ちゃん、きっとお買い得品しか買《こ》うてけえへんやろし」

「晩飯の話か」

「そうよ」

「それやったらええ」

秀子は言葉に詰まった。一瞬、兄はまた出かけるつもりなのかと思った。

「きょうはみんなで外で食べよう」

えっ。今度は言葉に出そうなくらい驚いた。「外食するの？」

「そや。シチューを食べに行こ」

「わぁ、ビーフシチュー？　嬉しいわぁ」その場で跳び上がりたいくらいだった。兄は洋食が大好きだ。しかも連れていってくれる店は、どこもおいしい。

「……実は紹介したい奴がおるねん」

兄が突然、切り出した。秀子は今度こそ「えっ」と発声した。

「紹介したい奴って、女の人？」

怖々と問い返すと、兄はニヤニヤ笑ったままなにも答えなかった。

きっとさっきはその人と電話していたんだ。自分が「ただいま」と大声を出したことで、せっかくの電話デートを邪魔してしまったのだ。彼氏もできない妹に気がねしたのだろうか。申し訳なく思った。

できれば歌手の西山樹里ならいいなと思った。

女優の佐々木映子は気が強くて、きっと秀子が苦手なタイプだ。


余所行きの服装で出かけた洋食屋で、秀子と母を待っていたのは、西山樹里でもなければ、佐々木映子でもなかった。

女でなくて、男。

紺の背広を着ていて、髪を七三に分けていた。華奢《きゃしゃ》な体つきからスポーツ選手ではないことはわかった。公務員か銀行員という感じだ。

「こちらがオレの中学の時からの友達で、浅野紀一郎君や。紀一郎って名前で呼んだってくれ」

兄が紹介したので、母、秀子の順番で「はじめまして」とよそよそしく頭を下げた。

「で、うちのおふくろと妹の秀子。デコや」

兄はそう紹介すると、今度は友人について語り始めた。

「紀一郎は銀行員でこの前まで大阪の一番大きな支店でバリバリ働いとったんやけど、今度転勤で東京に来ることになったんや。こっちには知り合いもおらんようやから、いろいろ助けてやってくれや」

「そりゃ、私らでできることやったらなんでも言うてください」母が目を輝かせて歓迎した。兄が友人を紹介するなど初めてなので、嬉しそうだ。

「ところで銀行って、どこの銀行なの？」

母が尋ねると、兄が有名な都市銀行の名前を挙げた。

「そりゃ、立派やねぇ」

母が感心するので、秀子が「じゃあ、東京では本店勤務なんですか」と質問した。当然だと思って尋ねたのだが、訊いてはいけないことだったのか、紀一郎はなにも答えずに目線を落とした。

横から兄が口を出す。

「ちょっと会社とそりが合わんことがあって、東京に出されたんや。三鷹《みたか》支店やから、ちょっと田舎やけど、うちからはそんなに遠《とお》ないからな」

そりが合わなかったという言い方をしたが、秀子はすぐにピンときた。この人が兄に暴力団の結婚式に出席を頼んだと名乗り出てくれた人なのだ。雑誌に大阪の銀行員だと出ていた。それでエリートだったのが、飛ばされてしまったのだろう。

母も感づいたようで、口数が少なくなった。

「いや、違うんです。実はもともとボクはいろいろありまして」

紀一郎が口を開いた。

「いろいろって？」母が尋ねるが、紀一郎は「えっ、まぁ」と口籠《くちごも》ってしまう。

「まぁ、いろいろや。紀一郎の家族のことで、紀一郎自身はなんも関係あらへん」

兄が助け船を出すように言った。

「紀一郎はな、大阪の名門私学に行って、ストレートで阪大に入った秀才やからな。湊の誇りやで」

「誇りやなんて、それは龍一の方やろ」

秀子もなんだか鼻高々に感じた。一人はスポーツで、一人は勉強でみんなから憧れられる人になった。その二人が親友だなんて、なんて素敵なことだ。

「そうや、デコ、今度の休み、紀一郎に東京案内をしてやってくれ」

「えっ、私が？」

そう言われて、この場が自分の見合いの席だと気が付く。兄はこの友人を自分に紹介しようとしているのだ。頬がポッと熱くなったので、悟られないように下を向いた。

だが紀一郎から「よろしくお願いします」と言われて少し緊張が解けた。

「デコは料理作るのも大好きやからな」

「へぇ、そうなんか。えらいなぁ」

「ただ技術的にはまだ見習い中なんやけどな」

「お兄ちゃん、まるで私が不味《まず》い料理ばかり出しているみたいやん」

「みたいやんって、この前の天婦羅《てんぷら》かて、メリケン粉が緩いから広がってもうて、えらい不細工な形をしとったやないか」

「しょうがないでしょう。あれは初めて揚げものに挑戦したんやから」

「そのチャレンジ精神だけでも買うわ」兄はハハハッと笑う。隣で紀一郎も上品に微笑《ほほえ》んでいる。

お堅い公務員のように見えたが、それは三つ揃いの背広を着ているからそう見えるだけであって、顔はクイズ番組に出ている漫画家みたいで、いかにも頭が良さそうな感じだし、大学の男子より断然大人っぽい。

「どうや、紀一郎、デコは？」

いきなり振られて戸惑っていたが、「い、いや、まさか龍一にこんな可愛い妹がおるとは思わんかった」と照れながら言う。

「そやって、デコ？」

兄が苦笑いで振ってきたので、「よく、言われます」と返した。

「デコ、ここはお世辞でも『嬉しいです』って答えるところやで。浪岡龍一の教育がなってないと思われるやろ」と笑って突っ込んできた。

秀子は「ヘヘッ」と茶目っけたっぷりに舌を出す。

なんか無理やりくっつけられたような気分だったが、悪い気はしなかった。

所詮は他人――兄がその得意文句を口にするたびに、周りの人間がますます兄に敵意を燃やすようで、不安になったものだが、それは思い過ごしだった。

家族以外にも兄が大切にする人がいた。

それは秀子にとっても、心を許せる人が増えたことを意味する。

4

それから紀一郎は、しょっちゅう浪岡家にやってきた。

土日の試合がデーゲームだった時とか、試合のない月曜日とか。

ワイド劇場を見たり、テレビゲームでテニスしたり……紀一郎が来ると兄もいつになくお喋りになる。知らない人間が見たら、二人は兄弟ではないかと勘違いされそうだ。

ただ秀子に対しては、紀一郎はいつも遠慮していて、話しかけるのもいつも秀子の方からだった。

そんな時、週刊タイムスにこんな記事が出た。

浪岡と暴力団との仲介役、汚職議員の子息だった

記事によると、今回、兄に暴力団会長の娘の結婚式への出席を依頼した友人の父親が、三年前、収賄で逮捕されたということだった。匿名になっていたが、誰のことだかすぐに分かった。

そういえば、湊で浅野という議員が逮捕されたニュースがあったのを思い出した。紀一郎が銀行に入社した直後だっただろうから、本人は相当ショックだったのではないか。それでもこの春まで大阪で一番大きな支店で働けたということは、紀一郎は親の不祥事にもめげずに実力で上司の信用を築いたのだ。ただし兄の件で、ついに左遷されてしまったが。

兄はその記事を睨みつけるように読み、最後まで読み終えるとパタンと音を立てて閉じた。

近くに母もいて、紀一郎は母に対して「申し訳ございません」と頭を下げた。

「おまえが謝ることないやろ。おまえとおまえの親父さんはまったく関係ないんやからな」

兄が言うと、母も「言いたい人には言わせとけばいいのよ」と独り言のように言い、気丈に振舞った。

そういえば高校時代のクラスメイトだった畠山八千代の父が週刊タイムスで働いているはずだ。久々に怒りが湧き上がってくる。八千代は父親の雑誌の内容を、さらに適当に脚色して、鼻の穴を膨らませて男友達に語っていることだろう。それこそテレビリポーターのように。

それにしてもこんなことまで記事にするなんて、ひどいと思った。読み始めた時は、もしかしたら紀一郎の父が暴力団に関わっていたのかと思ったが、そんな説明はどこにも載っていなかった。

それでも兄の友人というだけで記事にされてしまうのだ。

怖くなった。

自分の父親だってどこでなにをしているか分からない。浪岡龍一の妹というだけで、自分や、ずっと昔に別れた父親のことまで暴露されるかもしれない。あの男なら悪いことの一つや二つは絶対にやっている。縁談が決まった後とかにそういう記事を書かれたら、相手の両親から大反対されることになるだろう。

「紀一郎さん、今度のお休み、映画見に行きましょうよ」

紀一郎を励ますつもりで誘ってみた。これまでも二人で出かけたことは何度かあるが、兄が歌舞伎《かぶき》の切符を二枚渡してきたり、あるいはレストランを予約したりと、無理やり行かされたような印象だった。それはそれで悪い気はしなかったが、紀一郎から誘ってくれないので、迷惑なのかなと心配に思ったこともある。

「日曜日は仕事に出なあかんのやけど、土曜なら大丈夫」

断られたらどうしようかと案じたが、笑顔で快諾してくれた。

「じゃあ、土曜日にしましょうか。お兄ちゃんはナイターだっけ？」

「オレか？　オレはデーゲームや。でもオレのことなんか気にせんと、二人で楽しんでこい」

「ううん、大丈夫よ。夕方には戻るから、みんなで晩御飯食べましょ」

「じゃあ、秀子ちゃん、どんなの見たい？」

紀一郎に訊かれて、秀子は「う〜ん」と頭を巡らせた。映画情報が載っている金曜日の夕刊は、今朝、ちり紙交換に出してしまったばかりだ。

「私はホラー映画以外だったらなんでもええよ」

大学のクラスでは恐怖映画がブームだが、怖がりの秀子は一度見て、もう二度とホラーは見ないと決めていた。「決して一人では見ないでください」とコピーが打たれていたが、母と一緒でも怖かった。

怖がっているのが顔に出ていたのか、紀一郎は「秀子ちゃんって、龍一とよう似てるわ」と噴き出すように笑った。

「えっ、お兄ちゃんと紀一郎さんて二人で映画見に行ったことあるん？」

相当に驚いた顔をしていたのではないか。兄は苦笑いして、「そりゃ、そうやろ。友達なんやから」と言った。

「龍一もこう見えて、恐怖映画はからっきしやからな」紀一郎も続く。

「じゃあ、紀一郎さん、帰りは三越で買い物して帰りましょう」

秀子と出かけるようになって、紀一郎のファッションが変わった。

カーペンターのGパンを穿くようになったし、靴もいつも黒の革靴だったのが、今はコンバースのバッシュだ。銀行員という仕事柄、堅い服装をしていただけで、もともとお洒落だったように思う。

「デコ、紀一郎を着せ替えさせて楽しむのはいいけど、無茶言うて、余計な金を遣わせるなよ」

兄はまるでお人形さんごっこをしているかのように注意するが、実際は兄も紀一郎が変身していくのが嬉しいようだ。新しい服が増えるたびに「ええやないか」と褒めちぎる。本当は兄の格好こそ、もう少し変えたい。襟の大きなポロシャツにベルトレスのスラックス、休日におじさんがゴルフに行くようなファッションだ。

ただし、兄は球場に行く以外はほとんど外出しないから、私服なんて関係ないのかもしれない。


土曜日。

秀子はいつもより三十分、早起きして、朝食の支度を始めた。意識していないのに自然と鼻歌を口ずさんでしまう。これから紀一郎と出かけるから兄が昨日のナイターで、三対二で勝ち投手になったのも、秀子の気分を高揚させる要因になっている。

兄は目下のところ四連勝中。十二勝五敗で、最多勝のタイトルを獲れそうな勢いだ。毎年、チームの柱として大活躍しているのに、兄はまだタイトルを獲ったことがない。球界の七不思議と言われている。

「成績落ちたら、マスコミが狙いすましたように叩きに出よるからな。のんびりしてはおれんよ」

暴力団の結婚式に出たことが週刊誌に載って以来、兄はそう言って、自分を戒めるようになった。

つねに戦っているのだ。試合のある日もない日も……。本気で自分たち家族を守ろうとしている。誇らしく思うと同時に、申し訳ない気持ちにもなる。

食事の支度をしていると、母もすぐに起きてきて、手伝ってくれた。手伝うといっても、肝心の味噌汁の味付けは母任せだから、秀子が助手みたいなもの。最近、朝食のメニューにオムレツが加わった。ただし兄のは砂糖をたっぷり入れるので、卵焼きのようだ。

台所に立つことが多くなったせいか、秀子の料理のレパートリーも増えた。兄にしては珍しく「よう頑張ってる」と褒めてくれ、オーブンを買ってくれた。

昨夜初めて作ったミートローフは兄や母にも評判が良かった。次回、紀一郎に食べてもらうのが楽しみだ。

朝食を終えると、秀子は自分の部屋に行って、お出かけの支度に入った。この日の外出のために資生堂の新色のリップを買った。鮮やかなワインレッド。夏目雅子《なつめまさこ》も使っているものだとデパートのメーキャップ売り場の美容部員に薦められた。

これから化粧に入ろうと思った時、ピンポンとチャイムがなった。

紀一郎だろう。

階段を駆け降り、表に飛び出て門を開ける。紀一郎が姿勢を正して立っていた。

「おはよう、紀一郎さん」

「おはよう、デコちゃん」

紀一郎は紺のブレザーを着ていた。きょうも爽やかだ。秀子の顔を見て、優しく微笑む。新しい口紅をつけたら気付いてくれるだろうか。

呼び方が秀子さんから秀子ちゃん、そしてたまにデコちゃんに変わった。遠慮しているのは変わらないが、それでも少しずつ距離が近づいているような気がする。

「今、着替えてくるんで、中に入って少し待っててくれる？」

「うん」

玄関で靴を脱ぐと、奥から兄が「紀一郎か、ちょっと来てくれ」と声をかけた。

よかった。これで少し待たせても気にしなくて済む。自分といるより、兄と一緒の方が紀一郎もリラックスできる。少し妬《や》けるが、兄とは中学からの友達なのだから、それも仕方がない。

十分ほどすると、下が騒がしくなった。兄が出かけようとしているのだ。

秀子は見送ろうと階段を降りたが、すでに兄は出ていってしまった後だった。紀一郎と母が玄関に立っていた。

螺旋《らせん》状の階段の途中から「お待たせしました」と声をかけた。お化粧を終え、夏用に買った帽子を被って少しおめかししたので、ジャーンと声を出して登場したいぐらいの気分だった。

だが秀子が声を出すより先に、紀一郎が「ごめん」と謝ってきた。

「デコちゃん、ちょっと待っててくれる。オレ、用事済ませてくるんで」

「ええけど、どうしたの？」

「うん、ちょっと郵便局に行ってくる」

「ポストやったら駅前にあるのに」

「ううん、郵便局に用事があるんや」

郵便局は駅の逆側だ。しかも土曜日は半ドンだから、帰ってからというわけにはいかない。

「なにか送るの？」

「あ、ああ、ちょっとね」

「それやったら郵便局しかあかんね」

そういえば、つい一年ほど前まで秀子もしょっちゅう郵便局を利用していた。銀行にも口座はあったが、お金の出し入れには郵便局を使うことの方が多かった。毎月、局員が自宅まで定期預金を取りに来てくれていたのだが、週刊誌に騒がれ出してから、兄が「マスコミが郵便局員に頼んで我が家を覗かせるかもしれない」と言い出して、突然解約した。

その時はそこまでするわけないと、兄の慎重さに呆れたが、実際、紀一郎の父親のことまで記事にされるのだから、侮れないと思う。

「そうや、紀一郎さん、このリップどう？」

気付いてくれないようなので、自分から言った。

「へぇ、新しいの買ったんだ。なんて色？」

「お店の人はワインレッドって言ってたかな」

そう言って手にしていた口紅を箱ごと持ち上げる。実際は少し大人びているようで、美容部員に薦められてから買うと決めるまで三十分くらい悩んだ。それでも買って正解だった。

「ええやない。すごい綺麗《きれい》や」

そう言われてドキドキしてしまった。綺麗というのは口紅のことなのに……動揺したからか、秀子は手にしていた口紅を落としてしまった。

「あっ」

箱の中から口紅が飛び出し、カラカラと音を立てて、階段を転がっていく。玄関にいた紀一郎が手を伸ばして、転がり落ちてきた口紅を追いかけた。紅先が折れてしまったかもしれない。

階段を降り、手を伸ばして摑もうとした時、その上に紀一郎の手が重なった。

ハッとして、顔を上げる。たぶん顔は火照《ほて》っていたように思う。紀一郎の頰も赤く染まっていた。

その時、屈《かが》んだ姿勢の紀一郎のブレザーの内ポケットから、茶色の封筒がバサッと落ちた。

「あっ、落ちたよ」

秀子が手を伸ばしてその封筒を拾った。紀一郎も「あっ、それは」と声をあげて手を伸ばし、取り返そうとしたが、そうするより先に、秀子が咄嗟に封筒を掴んだ手を引いた。

「なに、これ？」

現金書留の封筒だった。

結構な額が入っているのは厚みで分かる。十万円——。それくらい入っているのは間違いなさそうだった。

秀子は宛名《あてな》を見た。目にすると同時に体が固まってしまった。

顔を上げることなく尋ねた。

「紀一郎さん、これなに？」

「あっ、そ、それね。龍一から頼まれたんだよ」

言いにくそうに説明する。その言い方からして、秀子や母には絶対に内緒やと言われたのが窺い知れる。

「どうして？」

「なんか昔の友達に、ちょっと用立てしてほしいと頼まれたみたいなんや……」

「どうしてって？　いや、そこまでは聞いてへん。ただ送ってくれって言われたんで……」

紀一郎が必死に説明する途中、秀子は遮るように言った。

「紀一郎さん、この植田一郎って知ってるの？」

「えっ、知らんよ。デコちゃんは会ったことがあるん？」

その言い方から嘘はついていないと分かった。

「この人は兄の昔の友達でもなんでもあらへんよ」

「友達と違うの？　でも龍一はそう言うてたけど……」

「だから紀一郎さんも、嘘つかれてんのよ」

「嘘って、まさか」

「ほんまよ。嘘やなかったら、騙《だま》されてるんよ」

「騙すって、デコちゃん、お兄さんのこと、そないに悪く言うたらいかんわ」

その生真面目な言い方に秀子は苛立った。

「紀一郎さん！」

つい声が大きくなる。紀一郎は少し驚いて身を竦めた。

「この植田一郎って人、うちらのお父ちゃんよ」

「お、お父さん……」

「そうよ。借金だけ残して、うちらを捨てて出ていったどうしようもないロクデナシよ」

「そ、そうなのか……」

息が抜けたような紀一郎の声が聞こえてきた。

5

資料室から借りてきた新聞の縮刷版を四之宮登は閉じた。十年前のものから順次見てきた最後の一冊だ。

閉じると同時に、ずっと人差し指と中指で挟みっぱなしだった煙草を口に咥えた。今朝買ったばかりの使い捨てライターをポケットから取り出し、火をつける。

プロ入りしてから八年、高校時代を含めれば十一年間の浪岡龍一のデータを取材ノートに書き留めた。

怪しいシーンはすでに記憶に焼き付けているつもりだったが、こうして記録で確認すると、時系列がずれていたり、負けていたと思っていた試合が一点差で勝っていたりと微妙に違っていることが多々あった。

人間の記憶なんてあやふやなものだ。御大《おんたい》に会う前に、確認しておいて正解だった。

この数日間、一緒に編集部籠りに付き合ってくれた同僚のライゾーこと、市川克也に「お疲れさん」と礼を言った。

「水臭いこと言うな」とライゾーは形のいい二重の目を細める。

「さて、これだけの情報を付き合わせることができるかどうかだな」

言いながら、四之宮は机の上のピース缶を差し出す。ライゾーは片手を立て、一本摘み出した。完全にチェリーからピース派に戻った。ライターを回すと、彼は顔を近づけた。

「ああ、そうだな」一服し、言葉が返ってくるまで少し時間があった。「しかし、浪岡がこの八年間に登板した試合ってこんなにあるんだな。改めて調べると、ヤツのすごさを思い知らされる」

「そうだな。ずっとエースと呼ばれてきた男だからな。他の選手とはスケールが違うさ」

「さて、このうち何試合で実際にやっていたかだな。まぁ、浪岡の場合、負けより勝ちの方が多いわけだから、勝ち試合を引いただけでも半分以上はシロになるか」

「負け試合にしても、怪しいと思えるのはせいぜい一年に三試合程度だ。いや一試合しか見当たらない年だってある」

「こっちとしては試合が限定された方がありがたいけどな」

「その通りだ」

「ただし、問題なのは、今回確認する相手がとうに還暦を過ぎた御大だということさ。仮に一致したとしても、年寄りの記憶だけにどこまで当てにしていいかは分からん」

「だがよ、御大の世代である明治、大正生まれの人間は、オレたちの世代よりはるかに記憶力がいいというじゃねえか」

「それは学者連中の話だろ」ライゾーは苦笑いで否定する。「学者連中はルソーやカントを原書で読んでいるからな。若い頃使った脳みその量からして、オレたちとは違う」

先日、彼が取材した大学教授のことを言っているのだ。その学者は戦前の軍への抵抗運動を鮮明に記憶していた。二人して「さすが大正のインテリは頭のデキが違う」と感心した。ちなみに四之宮は三流私大だが、ライゾーは優秀と言われる国立大の出身だ。学生運動に夢中になって一年もたずに中退してしまったが。

「確かに御大は博識だと言われているが、所詮は野球人間だ。バンカラだ。学者連中とは違う」

「野球人間でも頭のキレる奴はいくらでもいるぞ」

「あぁ、おまえのようにな」

「オレは湊商の補欠だったからな」と自嘲すると、ライゾーが「だけどキャプテンだったんだろ」と言うので、「途中までだけどな」と返した。

「御大が野球をよく知っているのはオレも認める。それは間違いない」ライゾーは言う。

「それに浪岡龍一のような頭のいいピッチャーは嫌いじゃないはずだから、きっとよく見てる」

「そうだろ。だったらなにを心配してるんだよ」

「だから問題なのは惚《ぼ》けだけだって。もしかしたら浪岡と訊いても『誰だ？』と寝惚《ねぼ》けたことを言われるかもしれない」

「それはねえって」

「だといいけどな。そうなったらこの数日間の仕事はまったく無駄になっちまうから」とライゾーは言った。

確かにこれから四之宮たちが取材しようとしている御大と呼ばれる老人は、野球界から去って久しく、しかも現在は体を壊して都内の国立病院に入院している。それでも頭は鈍っておらず、独特な高い声でどんな質問にもキリッとした回答を返してくれると信じている。

四之宮は腕時計を見た。

「午後の面会時間までまだ間がある。蕎麦《そば》でも食ってから行くか」

「ならお言葉に甘えて天婦羅でも頂戴《ちょうだい》するかな」

「おいおい、まるでオレの奢りだと決め付けたような言い方じゃねえか」

「当たり前だろうが。おまえの仕事に付き合わされたんだ。天婦羅蕎麦に鰻丼《うなどん》つけたところで安いもんだろ」

ライゾーはそう言うと、先導するように編集部を出た。

佐伯徳三郎《さえきとくさぶろう》――。

野球関係者はもちろん、彼に関わった人間は皆、敬意をこめて「御大」と呼ぶ。

野球界にはプロアマ含めれば、そう呼ばれる老人が他にも多く存在するが、佐伯ほど周囲から一目置かれている者はいない。それは彼の選手として、そして指導者になってからの実績もさることながら、マスコミへの対応が、権威のあるなし、発売部数の多い少ないにかかわらず、平等で、しかも丁寧であることにもよる。

四之宮が勤務する週刊タイムスも、これまで一方的に取材拒否をされたことはなく、今回、息子を通じて取材依頼をした際も、体に負担をかけない程度で済むのなら、と病室での取材を快諾してくれた。

佐伯の御大がプロ野球界の八百長について言及している——。

四之宮がその話を聞いたのは、つい二週間前のことだった。

ほぼ一年前になる昨年の十一月、週刊タイムスは正月特集として、佐伯徳三郎にロングインタビューを行ったのだが、佐伯が長い野球史を振り返った中で、自身が所属していたチームでも頻繁に八百長が行われていた、と話し出したそうだ。

ただし、そのインタビューの目的は、彼の華やかな野球人生を振り返ってもらうもの。八百長問題に触れると、その趣旨からまったくかけ離れてしまうと、担当者が慮り、佐伯徳三郎の発言は原稿にも起こされずにテープレコーダーの中でお蔵入りとなった。そのテープさえ、すでに処分されてしまっていた。

一年前ということは、浪岡龍一の暴力団会長との交際が表に出た後で、彼が実際に八百長に手を染めているという疑惑が、週刊各誌によって表面化していた直後だ。もし、自分がそのインタビューの場にいたら、すぐに追加取材をかけ、浪岡にまつわる新たな記事を書いていた。

だがそれが四之宮の耳に入ってこなかったのは、佐伯のインタビューを行ったのが、四之宮とは別の取材班だったからだ。

週刊タイムスには四人のデスクがいて、彼らは班長としてそれぞれ部下を持っている。毎週、班ごとにテーマをまとめ、取材会議にかける。

どの班がトップ記事を取るかは、それぞれの評価に関わることであり、ネタどころか取材相手の電話番号さえ隠そうとする。

向こうは当時、アテのない未解決事件に追われていて、ろくにページが取れなかった。一方、四之宮たちは浪岡龍一という、見出しにするだけで雑誌が売れるビッグネームを握っていた。

だから意地でも、四之宮たちには教えたくなかったのだろう。

そんなことをしているから、うちはいつまで経っても老舗の週刊時報を抜けないのだ。そうはいっても、うちの班も最近は畠山が暴走気味で、ろくでもない記事しか提供できないでいる。

ついこの前も、畠山の独断で、浪岡の友人である浅野紀一郎の父親が、収賄で逮捕されたという記事を掲載した。

浪岡とはまったく関係がない内容で、四之宮もライゾーも大反対したが、畠山は「賄賂というだけで読者は勝手に、裏で暴力団とつながっていると想像するだろうが。浪岡と暴力団を結ぶ点と線がこれで解決するんだ」と言い張った。

まったく分かっていないと呆れてしまった。

あの浅野という男は、ただ浪岡に利用されているだけなのだ。

週刊時報ならこんなネタ、会議にもかけない。


佐伯徳三郎が入院しているというので、ホテルのような立派な部屋を想像したが、受付で聞いた番号が書かれた部屋は、一般の病室とほとんど変わらないものだった。

ノックをすると中からよく響く声で「どうぞ」と言われる。

扉を開けると、パジャマ姿の佐伯が、上半身だけを起こした格好で、体を向こう側に向けていた。

ベッドの間近に置かれたテレビの映りが悪いようで、上に載ったアンテナをいじっては、テレビの横をパンパンと叩いていた。つけっぱなしの画面を覗くと、いくつもの細い線が入っていて、めくれるように画像が回転していた。

「金を入れた途端にこれや、まったく困ったもんや」

佐伯はこちらを一瞥《いちべつ》もせずに愚痴を零《こぼ》した。

有名人なのだから、コインの必要のない普通のテレビを貸し出してあげればいいのに……国立病院らしい紋切り型の対応に呆れた。佐伯は夫人を早く亡くし、息子夫婦の世話になっている。部屋も質素なら、付き添いもいないし、厄介者のような扱いを受けているのではないか。

ただ佐伯は、余計な心配はせんでいい、テレビだって映れば構わんと言い張っているのかもしれない。現役、そして監督になってからも、私生活で見栄《みえ》は張らなかったと聞いている。戦前、戦時中と贅沢は敵だと教え込まれたことが、体に染み付いて離れないのだ。

窓からは秋の陽が射《さ》し込んでいた。

ただし、景色がいいというわけではない。見えるのは町工場のある下町の風景。空に浮かんでいるのは工場の煙突からたなびく灰色の煙だけだった。これでは気も紛れず、病気も回復しないだろう。気の毒に思う。

「御大、ご無沙汰《ぶさた》しております」

一度、取材したことのある四之宮が挨拶すると、佐伯はこちらを見て「ああ、久しぶりやな」と応じた。だが「子供さんは元気にしとるかね」と言うから誰かと勘違いしているのかもしれない。四之宮はまだ独身だ。当然、子供などいない。

横でライゾーが小さく肩を竦めた。

その時点で四之宮は、ライゾーが言う通り、佐伯が惚けてしまって、今回の取材は骨折り損になるのではと危惧した。

だが四之宮が、「昨年のインタビューで御大が話された、昔、御大がいらっしゃったチームでも八百長が普通に行われていたという話を改めて伺いたいのですが」と切り出すと、佐伯は「ああ、あの話かね。せっかく話したのに、あんたんとこは一行も載せてなかったな」と言う。「せっかくサービスして話したのになあ」

その言葉を聞き、四之宮、そしてライゾーが相次いで大きく息を吐いた。体は弱っても、頭の方はまだピンシャンしてそうだ。

最初は回りくどく質問していったのだが、佐伯はどんな質問にも的確に答えた。

「ということは、戦前からそういう敗退行為は行われていたということですね」

「一番ひどかったのは戦中、そして戦後、職業野球が復興した直後やな。賭け屋が普通に球場に顔を出して、おおっぴらに試合前に選手と会話していたからな。その相手が大ベテランのレギュラー選手のこともあるんだから、真面目にやっている選手はたまったもんじゃなかった」

「諌《いさ》める者はいなかったのですか」

「もちろんいたさ。だがそんなことしたら、試合が成り立たんかった」

「どうしてですか」

「選手がおらんようになるからや。若者を戦争に取られ、どのチームもギリギリの数でやっていた。明らかに八百長をやっている選手は成績も悪いわけだから、その年限りでクビになるんだが、それでも翌年にはまた違うチームに拾われてな。雇う側も危ないと分かっていても使わざるをえなかった」

「どういう選手が手を染めていたんですか」

「そりゃいろいろや。ただまぁ、強いて挙げれば関西出身の選手は要注意やったな」

「関西ですか？」

「そういう人間は高校、大学とすでに職業野球に入ってくる前から、そういう世界にどっぷり浸かっていた。そうなったら今さら注意したところで、どうしようもないわな」

「監督は気付かないもんですか」

「もちろん、気付いていたさ。すべてお見通しだ。それはワシが監督になってからも同じだ」

佐伯が監督になってから、ということは昭和三十年代、そして四十年代の初めも、ということだ。

「ある日、ワシは髭《ひげ》を剃《そ》ろうと球場近くの散髪屋に飛び込みで入った。椅子を倒して、顔に蒸しタオルを当てられていると、店に男が入ってきて、店主に電話を貸してくれと頼みよるんだ。それでどこかにかけていた。『先発が分かった。〇〇だ』と。まさかそこで口の周りにタオルを当てられ、髭を剃られるのを待っている男が佐伯徳三郎だとは思わなかったんだろ。ただし、驚いたのはむしろワシの方だ。先発は投手コーチと本人にしか伝えていない。しかも投手コーチが本人に伝えたのはついさっきだった。ワシは球場に戻って、すぐにコーチを呼び、ピッチャーを代えるように伝えた」

「本人はどう言っていましたか」

「いや、不思議な顔をしとったらしいよ。その試合の後、本人を監督室に呼んで質してみたが、そいつはあくまでも白を切っていた。こっちは嘘をついているのが分かったけどな」

佐伯は豪快に笑った。昔は笑い話で済んだ話だ。黒い霧事件まではその手の話は漫才のネタにもなっていた。地方球場での試合の日の朝、興行主である地元の暴力団とプロ野球チームが草野球に興じた、という話まで残っている。

「それは黒い霧事件が明るみに出た後も同様ですよね」

確信を持って聞いたが、佐伯は「さぁ、どうかな」と意味ありげに流した。

「どうかな、といいますと？」

「怪しいことは山ほどあった。だが証拠がなければ追及できない。まして確証なくして、個人名を口にするということは仲間を売ることになりかねんからな。人の道に反する行為や」

「でしたらどうされたんですか、御大が監督の時は」

「使わんかった」佐伯は言い切った。「疑わしき選手は使わん。監督にできるのはそれしかない」

確かにその通りだと思った。監督の権限としてその選手を使わず、そしてできればトレードで放出する。そういえば、先輩記者から以前、怪しいトレードは必ず何か裏がある、疑ってかかれ、と教えられた。生え抜きの選手、人気のある選手、交換相手と釣り合わないトレード……そういったトレードには表沙汰《おもてざた》にはできない事情が必ず隠れている――。疑惑をかけられた選手が人気球団から人気球団へトレードされることはあまりなく、都会の球団から地方球団に移籍することが圧倒的に多い。

地方の方がマスコミの目から離れられるということもあるが、選手を手の内に入れるヤクザにも縄張りがあり、自分のテリトリーから離れると簡単に手が出せなくなるからだ。

「だったら御大、いったいどんなプレーが八百長として怪しく感じられるのですか？」

四之宮は話を変えた。佐伯の挙げる具体例と四之宮たちが疑惑ありと睨んだ過去の浪岡のプレーが一致すれば、それだけでも十分記事になりうる。

「昔は野球の八百長は一人ではできない、と言われていたからな。大概は三人か四人が組になってやっていた」

「そうですね。いくら投手が失点しても、打線が反撃しては追いついてしまいますものね」

「そうだな。だから必ず野手、それも内野手が加わっていた。よくあるのは守備ならトンネルと悪送球、ただしトンネルは年々、少なくなった。いくらなんでも簡単なゴロが股の下を抜けていくというのは疑われる可能性が高い」

「バッティングならどうですか？」

「まずは見逃し三振。だがこれも最初から打つ気はなかったと疑われる可能性があるから、だんだん少なくなった。一番怪しいのはピッチャーゴロ。野球選手というのはトスバッティングという練習を毎日やっている。ピッチャーゴロを打つなんて容易《たやす》いものだ」

四之宮は高校時代の自分を振り返った。

レギュラーでなかった四之宮でも確実にトスバッティングは返せた。バットを中途半端に止めるのではなく、振り切って、ボールを投げ込んでくる相手に打ち返すこともできた。

「高等技術のある者はフライを打ち上げる。ゴロはちょっと横に逸れたらヒットになってしまうが、凡フライなら、確実にアウトになる」

そんな技術まであるのか、と目的を忘れて感心してしまう。

フライを打つというのはボールの下っ面を叩くということだ。プロの豪速球でそこまでボールを見るなんて想像もつかない。だが嘘かまことか、名選手の中には球の縫い目まで見えるという者もいるから、そういう技術があっても不思議ではない。以前にインタビューした某球団のスラッガーも、「ポール際で切れてファウルにならないようにわざとボールの内側を叩くようにしている。そうすればゴルフでいうスライスになって、打球が切れない」と話していた。

もっともスライスボールを打つことで、それまで内野席に入っていたファウルが、ボールが切れずに三塁手にファウルグラウンドで取られてしまうので「どっちもどっちだ」と苦笑いしていたが。

「それでしたら投手が八百長に絡んでいる場合は、どんな傾向がありますか」

それまで黙って聞いていたライゾーが口を挟んだ。

野球経験者でないライゾーにとっては、トスバッティングやフライの話はピンとこなかったのだろう。どれも浪岡とは直接関係がなく、早く本題に入ってほしいとジリジリしていたのだ。少なくとも浪岡は、ピッチャーゴロをトンネルするような見え見えのミスはしたことがない。チャンスで無気力な見逃し三振も同様にない。ただ打席でフライが多いかどうかは社に帰って、もう一度調べる必要はあるが……。

「投手一人でやる八百長か？　それならまずはフォアボールだな」

佐伯は予想した通りのことを言った。だがそれは確認済みだ。浪岡の九イニングあたりの与四死球は、他の投手と比べて極端に少ない。

「よくあるのは四球で出して次の打者がバントする。その球がコロコロとピッチャー前に転がった。バントした打者が『しまった』と舌打ちする場面だ。そういう時、普通のピッチャーも『ヨシッ』と思うもんやが、八百長を仕組んでいる投手も同じく『ヨシッ』と考える」

「ヨシッ、ですか？」

「ああ、で、二塁に悪送球するんだな。もちろん、わざとな」

「悪送球、ですか？」

四之宮は不思議に思った。「それじゃバレバレじゃないですか」

だが佐伯は「バレバレ？　そうだな。でも瞬間的に投手の本能が働くんだ」と言った。

「これで自責点はつかないと本能的に考えてしまうんだよ。エラーが絡むと、たとえそれが自分のエラーでも、失点が自責点にはならないからな。しかも悪送球すれば無死二、三塁か一、三塁になる。ちゃんと投げても点は取られるだろう。しかしまぁ、八百長に絡んでおいて、自分の自責点は少なく済まそうとするんだから、まったく自分勝手なもんだがな」

四之宮は苦笑いしながら「なるほど」と唸った。

スポーツ選手がトータルの成績を気にするのは、高校野球しか経験のない四之宮にもよく分かった。

浪岡は今年、最多勝を獲る可能性があるが、これまでは秀でた才能がありながらも、タイトルには無縁だった。

それでも毎年、確実に二桁を勝っているし、負けが勝ちを上回ることもない。防御率だって安定している。防御率というのは、疑われないための防衛手段でもある。結局、いくら疑ったところで、「あれだけの数字を残した選手が八百長なんてするはずがない」と跳ね返されてしまうのだ。

その瞬間、高校時代の甲子園での湊商の敗戦が頭の中に戻ってきた。

湊商は春も夏も、決勝戦まで勝ち進みながら、エラー絡みで敗れている——。

だがそれは、今回の佐伯の理論には該当しないと分かり、すぐに落胆に変わった。

湊商のエラーは浪岡がしたものではない。いずれも他の野手がしたものだ。事前に組んでいない限り、浪岡には、その野手がエラーすると予測することさえできなかった。

「エラー以外に八百長した投手の心理が垣間見《かいまみ》られるシーンはありますか？」

「ツーストライクからヒットされるのが多いのも同様だな」

「ツーストライク？　どうしてですか？」

「やっぱり、バレたくないと思うんだろうよ。だがそういうのは、みんな同じことを考えるからな。結果として裏をかいたつもりが、表になって、我々にはお見通しになる」

「なるほど」

「だから監督というのはそういう気配がしたら、あるいは何か企んでいるな、と感じたら、すぐにピッチャーを代える。逆に小賢《こざか》しいピッチャーというのは、監督に代えられないように、良かったり、悪かったりと、わざとグズグズしたピッチングをして計画を実行する。そりゃまぁ、いたちごっこみたいなもんだ」

佐伯は笑い飛ばしたが、実際に監督時代、そういう選手に対し、彼は容赦なかった。可愛がっていたにもかかわらず、突然、他球団にトレードされた選手を何人も知っている。

世間は佐伯のことを「勝負だけに徹する血も涙もない鬼将軍」と呼んだが、実際はそういう表にできない事情が隠れていた――。

「キミたち、ずいぶん回りくどい訊き方をするけど、本当は浪岡クンのことを聞きに来たのではないのかね」

佐伯の唐突な問いかけに、四之宮はドキリとした。

隣のライゾーも同じだったのではないか。体が硬直している。

「どうして、そう思われるのですか」ライゾーが恐る恐る質問すると、佐伯は「ワシも新聞や雑誌を読ませてもらっているからな。キミらがどんな目的で取材を申し込んできたか、息子からその話を聞いた段階で、合点がいったわ」太い眉をハの字に下げて説明した。

「もしかして、御大もそう思われたことがあるんですか」

四之宮は勇気を振り絞って尋ねた。

ここで拒否されてしまえば、これまで聞いた佐伯の経験談を浪岡への疑惑と関連づけることはできなくなる。ただいまさら隠しごとをしたところで、この老人には通用しない。四之宮は観念した。佐伯には、四之宮たちが、自分の過去の経験談と浪岡の疑惑の投球とを無理やりこじつけようとしているのは、最初からお見通しだった。

「思わない」と言われてしまえばそれまでだが、佐伯はそうは言わなかった。ただし、「思う」と答えたわけでもなかった。もっと興味深い言い方だった。

「浪岡クンについては、ワシより、三島クンが分かっているんじゃないか」

「三島監督、ですか？」

三島とはスターズの監督だ。

「さっき、御大がおっしゃった、監督にはすべてお見通しという意味ですか」

「ああ、もしそうだったら、三島クンほどの人物が気付かないわけがない」

「それでしたらどうして、浪岡を起用するのですか」

「証拠がないということが一番だが、もしかしたら彼なりに考えているのかもしれない」

「考えている？」

「ああ、トレードに出すとか、クビにするとかな」

「まさか」言葉に詰まった。浪岡は最多勝を争うほどの活躍をしているのだ。その人間をトレードに出したら、それこそ大問題に発展する。

「もちろん、三島クンだってそうはしたくない。だから相当、頭を悩ませているんじゃないか。もしかしたら三島クンの方が先にやめてしまうかもしれん」

それもまた大ニュースだ。だが佐伯は「どっちもワシの推測だがな」と断りを入れた。

「それでは御大は、浪岡龍一のどういう場面を疑ってらっしゃるんですか」

「どういう場面？」

テープでもあれば、映写機を持ち込んでここで見せればいいのだが、さすがに週刊タイムスのネットワークを駆使しても、テレビ局から中継テープを借り出すことはできなかった。

だから新聞記事から、怪しい試合を書き出してきたのだが、今ここで、日付を挙げて一試合ずつ説明したところで、佐伯の記憶と一致するかどうかは微妙だ。だから「あくまでも一つの例ですが」と断って、説明することにした。

「たとえば満塁で捕手が打者の内角にミットを構えます。そこで真ん中に甘く入ってきて打たれた。あとで捕手が浪岡に『どうして甘くなったんだ』と質したら、浪岡はこう答えたんです。『押し出しのデッドボールはしたくなかった』と。そういうことは、実際にありえますか？」

四之宮は高校時代の浪岡との会話を例に挙げた。

プロに入ってからも浪岡が満塁から痛打されるのは何度も目にした。だが、それは他の投手でも同じことで、満塁という状況がもっとも点を取られやすいのは当然だ、と指摘されれば、それ以上反論はできない。

案の定、佐伯は「荒唐無稽《こうとうむけい》だな」と即座に切り捨てた。「ただし、一度や二度は使えるだろうが」と付け加えた。確かにそうだ。何度もできる言い訳ではない。

「ならば他にどんなことが考えられますか」

四之宮が尋ねると、佐伯は「うーん」と唸って頭を捻った。眉毛がピクリと動く。

「……あくまでもこれは浪岡クンなら、という前提付きだがな」

「浪岡を前提？」

「さっきも言ったように普通、八百長というのはピッチャー一人でできるものではない。やったところで片八百長になるか、バレて追放されてしまうのがオチだ。それは、八百長は相当な高い技術がないとできないという意味にもつながる」

遠回しな言い方だが、佐伯は浪岡の腕は一流だと認めているのだ。それは八百長する技術ではなく、野球選手の能力として……だから浪岡龍一にしかできない方法を明かそうとしている。

「浪岡ならどんなことができますか？」

「たとえば彼の持ち球であるドロップ……」

ドロップとは緩いドロンと落ちる変化球。最近は縦のカーブとも言われるようになった。

「プロ野球では初球のドロップには、打者はあまり手を出さない。出さないというか、正確に言うなら出しづらい、だな。さて、どうしてか分かるかね」

「どうしてですか」

「後悔するからだよ」

「どういう意味ですか？」

「ドロップはスピードが遅い分、バットに当てるのは簡単だ。だがタイミングが崩されているので、バットに当たったところでホームランとか会心の当たりになるかどうかは分からない。所詮、ドロップは打者への誘い球だということだ。アンタらだってそうだろ？　これは誘惑だと分かっている女に、引っ掛かったら後悔するんじゃないか？　なぁ？　そっちの色男クン？」

佐伯はその風貌《ふうぼう》には似合わない冗談を言った。指されたライゾーが「ええ、まぁ」と、続いて四之宮も「おっしゃる通りです」と釣られ笑いを見せた。

「打者は一試合に四打席、下手したら三打席しかチャンスがない。そのわずかなチャンスでヒット、できればホームランを打ちたいと思っている。だから狙っていたならまだしも、考えてもいなかったドロップが来たら、バットに当たりそうな感覚でも、これなら次の球を待った方がいいと我慢する」

「甘く入ってきてもですかね」

「甘く来てもだ」

「確かに、次に真っ直ぐがど真ん中に来るかもしれないですものね」

「そういうことだ。つまりバッティングに自信のある打者、とくにホームランバッターは、カウントが早い段階でのドロップは悠然と見送る」

的を射た説明だった。素人同然の自分に当て嵌めても同じことが言えた。

手を出すとしたら、真っ直ぐは速すぎて、自分には絶対に打てないとお手上げの投手。その相手でもストレートにタイミングを合わせていたら、緩いドロップにバットを当てるのは難しい。

「浪岡クンのドロップは、見ているだけでも惚れ惚れする球だ。ドロップというのは真っ直ぐと違って、ストライクゾーンのどこを通過しているのか分かりづらいからな」

「そうですね」

「だから見ている側も、見送ったのか手が出なかったのか見分けはつかない。いや、大抵はストライクなら、あのドロップを続けたところで、打者は絶対に打てないと思い込む。だが実はそうではない」

佐伯は「打てないと思い込む」と決め付け、「実はそうではない」と言い換えた。

すぐさま、四之宮は「どうしてですか」と疑問を投じた。

「ああ。ドロップはスピードが遅い分、打者の記憶に、その軌道が鮮明に残るんだ。だからもし、初球にドロップでストライクを取り、その後、追い込んでからドロップを投げてきたとする。その二球目のドロップの軌道が、一球目とまったく同じものだったとしたら、打者は狙っていなくてもバットが出る」

「打てるということですか」

「いや、むしろ狙っていない時の方が、バットがスムーズに出ることがある。一球目の軌道を思い起こして、ここに落ちてくる、と体が勝手にバットを振るんだ。そういう本能に任せたバッティングをされると、体に余計な力が入っていなくて、打球は簡単にスタンドまで届く」

「なるほど」

「子供と野球で遊ぶ時がそうだろ。失礼、キミはまだ独身《チョンガー》だったな」

四之宮が独身であることを思い出したようだ。

「おとっさんが投げる山なりの球でも、子供が打ち返すことができるのは、バットを振る場所に、球が来るからだ。子供はただ無心でバットを振ってる。しかし、だんだん子供が大きくなり、知恵がついてくるとそうではなくなる。来るボールを目で追いかけるようになって、山なりの球を打つのは難しくなる」

裏を返せば、浪岡のドロップが同じ軌道で来れば、それこそ小さい子供でも打てるという理屈になる。ただしこれは究極の理屈だが。

問題は一球目と同じ軌道のドロップを投げられるかどうかということだ。

「そんなことは可能なのですか」

真顔で尋ねた。そんな精密機械のようなことが人間にできるのか。針の穴を通すコントロールというのは聞いたことがあるが、それはあくまでもストレートの話だ。ドロップを同じ軌道で投げるというのは、速さもコースも曲がりの角度も同じにしなくてはならない。

だが佐伯は涼しい顔で念を押した。

「だから浪岡クンという前提条件を付けたじゃないか」

浪岡ならできる、そう言っているのだ。

「一流と言われるピッチャーは、本能的に、同じ軌道を投げるのは危険だと分かっている。だから一打席でドロップを何球も投げるというのは、よほどドロップに自信があるか、緩い球はからっきしだめなバッターという場合が多い。当然コースは変えるし、投げてもせいぜい二、三球で、やたらめっぽう投げる球種ではない」

「フォークボールでは、そういうことはないんですか？」

ライゾーが割って入り、質問をぶつけた。

最近はドロップより、フォークを投げる投手が増えてきた。浪岡もフォークを投げる。だが四之宮はそれはありえない、と思った。佐伯の回答も同じだった。

「フォークは打者を惑わす球だからな。ストレートと同じ腕の振りで来るから、打者がストレートと錯覚しやすい。同じ軌道で来たとしても本能的にフォークと読み取ることなんてよほど勘に優れたバッターじゃない限り無理だろう。長いこと野球を見てきているが、ワシはまだそんな天才に出会ったことはない」

だがライゾーは納得しない。

「なら落ちなければいいんじゃないですか？」

「落ちない？」

「ええ、握りを甘くして、ストレートみたいに普通に向かってくれば」

「そうすれば簡単に打たれることは可能だが、そんなことをすればすぐにバレる」

断言されたことで、ライゾーは「そうですね」とようやく納得した。投手が意図的に落とさないように握りを浅くしたとしても、あとでスロービデオで確認されたらすぐに怪しまれる。

何球も続けたドロップは怪しい。ただしフォークではその可能性は低い。

四之宮としてもその方がありがたかった。浪岡はフォークも放る。それだけにドロップに限定してくれた方が、今後調査しやすい。

だがその考えも甘いと思い知らされる。佐伯がこう補足したからだ。

「他にも打者の心理を逆手にとる方法はいくらでもある。見事な空振りをした球。ワシもシンカーに空振りしたりすると、『もう二度と同じ過ちは犯さない』と警戒してそのシンカーを狙いにいった。普通は投手も分かっているから、シンカーは投げてこんのだが、もしそこにシンカーを投げてきてくれたら、ワシは易々《やすやす》と打ち返したわな。果たしてそういうケースが浪岡クンに当て嵌まるのかどうかは分からんが」

四之宮は肩を落とした。

浪岡はシンカーは投げないが、横のカーブは投げる。チェンジアップもある。もちろんフォークもある。すべての球種まで怪しんだらキリがなくなる。だから質問を変えることにした。

「先ほど、三島監督は気付いているとおっしゃいましたが、捕手はどうですか？　捕手の大和田さんも気付いていますかね」

唐突な質問だと思ったが、佐伯はあっさり「そりゃ、直接ボールを受けているんだからな。気付かないわけがない」と言ってのけた。

以前、大和田に尋ねた時、彼は「そんなことはない」と浪岡の八百長疑惑を完全否定した。

大和田は嘘をついていたのだろうか。それとも自分たちが穿った見方をしているだけなのだろうか。

彼の裏表のない性格に好意を抱いていただけに、もし嘘をつかれたのだとしたら残念だと思ったが、佐伯が続けた説明に納得させられる。

「ただし、捕手が投手を疑い始めたらサインを出せなくなるからな。なにせ投手がサインに首を振るたびに、『コイツはわざと打たれようとしているんじゃないか』と勘繰るわけだから……そうなったらリードなんてできないだろうよ。だから捕手というのは、たとえ怪しいと思っても、必死にその疑念をかき消そうとするんだ」

「思い込めるもんですか」

「それは人それぞれだな。思い込めなくなると、投手との意思疎通に欠けるから、成績は悪くなる。それを周りからは相性が悪いと見られるんだ。だから、そのうち、コンビは解消され、そのピッチャーが投げる試合は二番手キャッチャーがマスクを被ることになる」

なるほど。まだ大和田がマスクを被っているということは、二人の間の信頼関係は成り立っているということだ。ただ浪岡は好調だが、大和田は打撃が不振で、成績は下降線を辿っている。実直な男だけに頭を過る疑念と、常日頃から葛藤《かっとう》している様が想像できた。

「しかし浪岡ほどのピッチャーがどうして八百長なんかに手を染めるんでしょうかね」

ライゾーが質問した。

彼はこの取材をするたびに、いつも同じ疑問を口にする。

実際、四之宮だって同じ疑いを持っている。高校時代ならまだしも、今は金も地位も得ているスター選手だ。はした金で人生を棒に振るかもしれないリスクをどうして冒すのか。その真意だけは、いくら想像を巡らせても理解することはできなかった。

「もちろん、金だろうな」

「金、ですかね？」

「自分でこさえた借金か、それとも誰かの借金を被っているか、大概はそういう理由で手を出す」

「でもそんなのもう、とっくの昔に返済できてるでしょ。浪岡ぐらいの年俸を貰っていたら」

「八百長というのは一度手を染めてしまったら、二進《にっち》も三進《さっち》もいかなくなるというからな」

佐伯は四之宮が想像していた通りのことを言った。

八百長には当然、ヤクザ者が絡んでいる。今まで協力しておきながら、突然、やめるというのはヤツらが許さない。

「だがな。八百長をやっている連中には一万、二万のはした金で受ける輩《やから》もいる。そういう人間は借金云々《うんぬん》より、もっと根本的な問題がある」

「どういう意味ですか」

「昔は職業野球なんぞ、堅気の人間の仕事じゃない。他に仕事のない半端者がやるもんだと愚弄されていた。それが今や、選ばれた人間だけがプレーできると変わってきた」

「そうですね」

「だがワシはすべての人間がそうではないと思っている。今でも、そこでしか生きることができない人間がたくさんいる」

「それが八百長とどう関係があるんですか」四之宮が尋ねると、佐伯は目線を上げた。その目線を四之宮たちが立つ位置とは逆側、窓の外に向ける。

「そういう環境や風土、土壌で育った人間は、そういうことが道徳に反することだと分かっていても、切り離して考えることができないということだ。頭の中からして、そういう発想の構造になってしまっている。いくら地位や名誉を手にしたところで、優等生ぶっては生きられんということだ」

　遠くを見つめるように佐伯は呟いた。

　浪岡がそういう場所で育ったという意味か――。

　だとしたら四之宮だって同じだ。ただしヤツとは微妙に異なる。自分にはヤツほどの才能はなかった。それだけでも佐伯の話す、ヤツを取り巻く環境と大きく異なっている。

「ただし、これはあくまでもワシの個人的な推測だ。浪岡クンのことを言っているのではない。ワシは彼が入団した時はすでに野球界から退いておったし、間近で試合を見たわけではないからな」

顔をこちらに向ける。さっきまでとは一変した、まるで打席から投手を睨みつけるような目つきに変わっていた。

ライゾーはこのままではこれまでの取材がフイになると危惧したのではないか。「きょうの話、御大の感じた日本野球の歴史として、記事にさせていただいていいですか」と確認し、打ち切ろうとした。

「感じたということは、具体名は出さないということかね」

佐伯は目つきを変えずに確認する。

ライゾーは戸惑い、こちらを見た。どうする、と判断を仰いでいるのだ。仕方がない。なにも証拠がないまま、佐伯徳三郎の名前を利用して、浪岡龍一を糾弾することは無理だ。四之宮は静かに頷いた。

「もちろんです。浪岡の名も三島監督の名前も出しません」

二人の実名は使わなくても某人気球団のエースと監督ということで、二人を仄《ほの》めかすことは可能だ。佐伯を騙すようで気が引けるが、いざとなったらそういう手もある。

「よかろう」

「ありがとうございます」

ライゾーは跳び上がらんばかりに喜んで礼を言った。

二人で深くお辞儀をして病室を出た。

ライゾーはすぐにポケットから煙草を出す。タップダンスのように靴音が弾んでいた。

彼が気持ちを抑えきれないのはよく分かった。

来週号のトップは決まった——。プロ野球の八百長疑惑の追及記事でいける。

しかも佐伯というビッグネームを使えるのだ。売れ行きが伸びることは間違いない。だが何かが違う……。

自分が追い続けてきたことと微妙にズレている。自分がやりたかったことは、衝撃的なタイトルで読者の関心を集め、暗に浪岡を糾弾することだったのか。そんなスキャンダラスな、卑怯《ひきょう》な手だったのか。

いや、そうではない。自分は事実を知りたいだけなのだ。彼が高校時代から手を染めてきた事実を——。

四之宮は思い直し、言葉を吐いた。

「……やっぱり記事にするのはやめよう」

「えっ」

ライゾーが立ち止まった。

「どうしてだ、四之宮」

目を剝《む》いてこちらを見る。だが四之宮は沈黙した。

「せっかく御大があそこまで話してくれたんだぜ。オレは話を聞きながら、タイトルまで思いついた。『佐伯徳三郎が語る日本プロ野球の暗部』、どうだ、これなら完璧《かんぺき》だろ」

「…………」

「おい、これだけのネタには滅多に出会えねえぞ」

「…………」

「あのドロップの例だけでも、おまえがずっと追いかけてきた、浪岡龍一を追い込むとば口になるかもしれねえだろ」

「いや、今回は見送りだ」

「おい、どうしたんだよ。四之宮。まさか怖気《おじけ》づいたんじゃないだろうな」

「…………」

「なあ、おい」

ライゾーは両手で四之宮の肩を押さえ、前後に激しく揺すった。それでも四之宮は、首を縦には振らなかった。

「分かった。じゃあ、勝手にしろ」

ライゾーは両手で四之宮の体を突き、長く暗い病院の廊下を足早に立ち去っていった。

6

半澤正成は、古いスクラップ記事に目を通しながらグツグツと怒りが湧き上がってくるのを抑えきれなかった。

「プロスポーツなんて歌謡ショーに過ぎない。そもそも日本人はプロにアマチュアの清純さを求めすぎだ」（A教授）

「たとえば日本シリーズでどちらかのチームが三勝したとする。あと一勝で優勝できる時に、ファンのために四試合目に負けることは結構なことではないか。もちろん八百長試合だと分からないようにやるのがプロなのである」（B助教授）

「プロに健全さを求めるなんてナンセンス極まりない。そもそもプロは不健全なもので、いくら国会で追及したところで見当違いだ」（C議員）

いずれも時の識者たちのコメントである。

黒い霧と呼ばれた日本プロ野球史上最悪の事件。八年前の出来事だ。

逮捕者まで出たことで、コミッショナーをはじめとする球界関係者が「二度とあってはならない事件」と遺憾の意を表し、その後はクリーンな野球界としての出直しに努めた。

だがその一方で、処分を受けたのは蜥蜴《とかげ》の尻尾《しっぽ》切りのようなもので、敗退行為や先発投手の漏洩は、日常のものとして行われている、という声がいまだ多く残っている。

永久追放された六選手以外にも、関与したと疑いのかかる多くの選手の名前が明るみに出たが、厳罰は下されなかった。限りなく黒に近い灰色も数多くいたが、彼らを全員解雇するとなると、プロ野球じたいが存続できなくなる。

そう言って、発端となった西鉄という球団だけが泥を被り、あとは各球団の話し合いによって、その力関係で軽い処分で済んだり、処分されなかったり……つまり黒い霧事件というのはただの西鉄潰しだったという声が今となっては聞かれる。小さな八百長は日常茶飯事に行われていた。当時は悪いことという道徳観念が薄く、それは仕方がなかったのだと。

警察官として恥ずかしく思うのは、そういった考え、すなわち「八百長が悪ではない」との認識が、現在も警視庁内にあることだ。

プロ野球など所詮は興行だろ。そんなつまらん事件を追いかけているぐらいなら、麻薬や拳銃といった大がかりな犯罪に目を向けるべきではないのか――。

半澤の顔を見るたびに、呆れ顔でこう言ってくる幹部が多くいる。

米国から戻ってくるや、半澤は警部補以下の異動を担当する警務部人事二課、そして警部以上を担当する同人事一課と、いわば組織の中枢と呼ばれる部署に勤務してきた。半澤の刑事部時代の上司も半澤がそこで出世していくことを願っていた。いずれは刑事部長を狙う上司にしてみたら、腹心の半澤を人事に置くことで、敵対する派閥に対して締め付けを行うことができる。そんな魂胆が働いたのだ。

そのためには半澤が人事部内で係長、課長と出世していく必要があったが、半澤が昇任試験を一切受けないので、半ば見捨てるも同然に、昨年、半澤の希望を受け入れた。

配属された部署は防犯部保安課。保安は主に麻薬を取り締まるのが任務だ。

半澤としては元の刑事部捜査四課、つまりマル暴が希望だったのだが、一般的な暴力団事案ではなく、暴力団の資金源になっている不法な賭博行為を取り締まりたいと訴えると、「だったら保安のＰＴ（プロジェクトチーム）でやれ」と言われた。競馬法違反、いわゆる暴力団が開くノミ屋の摘発が保安の主管だったからだ。

ただし異動の条件として、上司はせめて警部になれ、と命じた。金をかけて海外まで修業に出した部下が、警部補のままでは見栄えが悪い、というのがその言い分だった。

階級が警部になると、役職も係長と管理職になる。一刑事ではなく、現場から離れることになるのだが、それでも念願の仕事に専念させてもらえるのなら、と半澤は折れた。

久々に受ける試験だったが、一発で合格した。

その結果、誕生したのが野球賭博撲滅を目指した半澤班である。部下も四人ついた。決して多くはないが、所轄と組めば十分補える。

当時、あれだけ新聞やテレビを騒がせたにもかかわらず、今でも——高校野球シーズンはとくに——野球賭博に関わった容疑者が検挙される。ただ、多くの事件は動く金額も数十万程度で、逮捕者も暴力団員か賭博常習者ばかり。新聞が地方版で、それもベタ記事で報じるぐらいの話題にしかならないのが残念だが……。

半澤班がこの一年余り、警視庁管内で検挙した件数は十二、逮捕者は三十人を超えた。中には、半澤たちの取り調べに対し、現在も八百長に関わっている選手がいると実名を挙げる者もいた。

だがそういう連中が名前を挙げるのは、準レギュラーか敗戦処理投手。敗戦処理では、試合をぶち壊すどころか先発投手の漏洩すら正確にはできない。先発投手とリリーフ投手では調整方法からしてまったく異なる。

だから半澤は、そのクラスの選手が挙がっても、捜査員の胸の内に留《とど》めるだけで、調書からはすべて除くように指示した。

狙うのはマスコミも放っておけない大物選手——浪岡龍一だけ。それまでは息を潜めて、地道なネタ集めを続けていくつもりだ。

黒い霧事件では、警視庁も動いたのだが、野球賭博が関西で盛んだったということを理由に、「今後は兵庫県警に委《ゆだ》ね、これ以上、選手を直接追及することは控えるように」というお達しが出た。理由は、プロ野球のオーナー連中がこれ以上のイメージダウンは避けたいと、政治家に泣きつき、その政治家が警察官僚に圧力をかけてきたからだと言われている。

だが一方ではこういう説もある。

野球賭博にはピラミッド型の組織が形成されていて、上から「大胴元」「中胴元」「小胴元」それから「株主」、さらに実際に顧客から金を集める「代理店」が存在する。

組織暴力団が介入するのは「小胴元」以上で、組の総本部が「中胴元」、さらにその上がいて、政治家や右翼の大物という「大胴元」に金が流れている、というのだ。

最盛期には一日で二十億円もの金が動いていた。一割の手数料を抜くだけでも相当な額が裏社会の懐を潤わせる。強欲な大物連中がそういった甘い蜜《みつ》を見逃すはずがない。

そういう背後の力を感じたからこそ、現場の連中は落胆したのだ。刑事たちの不平不満は、当時、人事二課に配属されていた半澤の元にも届いた。

「ただいま、戻りました」

部下である酒井《さかい》という刑事が戻ってきた。

京浜蒲田《かまた》駅付近のスナックで開帳していた男が捕まり、彼はこの三日間、蒲田署に詰めて、取り調べに参加してきた。

「で、どやった」

「すんなりゲロしてますけど、でも物足りない内容ですわ」

捕まったところで、構成員でなければ絶対に組との関わりを認めない。口を割ればどういう目に遭うか分かっているからだが、それ以上に賭博罪は常習者でなければ罰金刑でしかなく、書類送検で済む。開帳といっても、地下カジノや賭場ではなく、単に客から金を集めて、配当金を払うだけでは、たいした罪には問われないと、連中も甘く見ている。

「遠回しにNの名前を振ってみたりしたんですけどね。もちろん他の人気選手に交ぜてですけど。あいつら、一般論という訊き方をすると、意外とペラペラ喋るんで」

酒井が説明を続ける。浪岡に辿り着く前に、上から圧力をかけられてはかなわないと、浪岡という名前は身内だけの保秘事項とし、あえてNという符丁で呼んでいる。

「それでどうだった」

「いやぁ、具体的には……出ても小物ばかりで、一軍にいないヤツもいますから、信憑性はゼロですわ」

「そうか」

「蒲田署に新聞記者がいたんでヒヤヒヤしましたが、幸い感づかれずに済みました」

「そうか。極力、気いつけてくれよ」

半澤班の動きが知れ渡っては、再び大騒動になって潰される可能性もある。だがそれでも週刊タイムスという雑誌の四之宮という記者とだけは情報交換している。彼が浪岡の元チームメイトだったという話には半澤も驚かされた。しかも彼は甲子園期間中、浪岡が親戚のおじさんだと言った男と、隠れるようにして密談していたのを目撃していた。その事実を浪岡に伝えたことで、野球部を追い出されることになったのだが、半澤は、四之宮が目撃した男が、あの湊の町で会った中年男と同一人物だと思った。あの男は足が不自由だった。四之宮が見た男も足の動きがぎこちなかったそうだ。

「しかし警部、本当にNは絡んでいるんですかね」

「おまえも、ワシが最初の捜査会議で説明した時、そう思います、と同意してたやないか」

酒井も大学で野球部に所属していたため、野球に詳しい。

「確かにNのピッチングを見て、なんでこんなところで打たれるんだと不思議に思ったのは一度や二度ではなかったですからね」

「強い相手は完璧に抑え込むのに、弱いのにはよう打たれるからな」

「だいたいスターズの連敗をストップさせるのもエースのNなら、連勝を止めるのも大抵はNです。チームの流れと逆の結果を出すんですから、ヤクザもんにはこれ以上、頼もしい人間はいないでしょう」

野球賭博というのは勝つか負けるかの二つしか選択肢はない。

確率は五割。しかも胴元はハンデという架空の点数を加えることで、確率をできるだけ均等化しているにもかかわらず、客は「きょうは○○が百パーセント勝つ」と決め込んで大金を投入する。結局、儲かるのはテラ銭を貰える胴元だけ。客は勝ったり負けたりを繰り返しながら、そのうちパンクする。

ハンデというのは組織でもそのシノギ全体を任された中堅の組、ピラミッド図で見るなら「中胴元」が切っている。

毎日行われる試合すべて。六試合行われるなら、その全試合にハンデがつけられている。

この捜査を始めて、半澤は気付いたことがある。

それは野球賭博が全国各地で行われているにもかかわらず、各試合ごとに切られているハンデはすべて同一だということだ。

これまで捜査員を札幌や大阪、福岡にまで派遣して、客として潜伏させたのだが、皆、それは同じだった。

野球賭博は全国を傘下に収める指定暴力団、正和会系が仕切っている。

浪岡龍一が出席して大問題に発展したのも、この正和会の会長の娘の結婚式だった。

正和会の中にもいがみ合っている組織はあるのだが、それでも同じハンデが使われているということは、ハンデの大小によって、組織内での客の奪い合いを避けようという掟《おきて》があるためだ。麻薬で諍《いさか》いが起きても野球賭博では規律を守るのは、このシノギで得る金がいかに莫大《ばくだい》で、組織を維持する中核を担っているかを証明している。

「しかしこれだけ調べてもNの名前が出てこないのは不思議ですよね」

酒井は嘆いた。

簡単ではないことは肝に銘じているはずだが、ダボハゼしか釣れないと、ベテランの域に入る酒井でさえ嫌になってくる。警察というのは成果至上主義の世界だ。成果が上がらない案件に対しては、いずれは捜査の縮小を強いられる。

「まぁ、酒井、焦るな。ヤツは必ずどこかで尻尾を出す」

「それは分かっているんですけどね。でもこの際、伊波を挙げるしかないんじゃないですかね」

酒井が名前を出したのは正和会系の中堅組織の一つ、五年前から関東に進出してきた石川組の若頭である。

伊波建夫。三十六歳。二十五歳の時に大阪に出て、建設現場で働くかたわら、野球賭博の代理店をしていた時に、石川に拾われた。だが元々は和歌山出身で、中学を出ると同時に浪岡の出身地である湊のちっぽけな暴力団組織に出入りしていた。

伊波は狡猾で頭の回転もいい。石川が勢力を拡大し、関東に進出できたのも伊波がいたからだと言われている。伊波が組織の野球賭博を任され、確実に利益を上げて本部に上納してきたからだと。

その一方で、それは数年前までの話で、伊波は最近、大きな下手を打って、資金繰りに慌てているという噂もある。

「だが石川組は、本隊の目が厳しくて、迂闊には手を出せん」

新参の石川組は、本家の正和会と対立している末吉連合傘下の地場ヤクザと縄張り争いを続けている。両者はまさに一触即発の状態で、本隊、つまり刑事部捜査四課がみっちりマークし、どちらかが仕掛ければすぐに摘発しようとチャンスを窺っている。

「そもそも伊波はNとは無関係なんですかね。もし伊波と関わりがあるとしたら、伊波が資金面で苦しむことはないでしょうからね」

「なんでや」

「だってやばくなったら、Nに頼んで助けてもらえばいいだけのことですよね。八百長仕掛けて、Nと逆のチームに金を集めればいいだけのことでしょう」

「でもうまく片方に金が集まるかな。たまたまNが負けると思っている人間が多い試合だったら、大やけどをするだけやで」

「だからチームが連勝している試合、あるいはNが連勝している試合で仕掛けてくるんじゃないですか」

「まあ、そうだわな」

「それに自分のところではやらなくても、第三者を使ってよその賭場で張らせたら、一千万、二千万はすぐに回収できるでしょう」

「それはあくまでも伊波の思い通りにNが動いたらの話やろ」

「伊波がNのキンタマを摑んでいるのなら、簡単ですよ。極道連中は、スポーツ選手だろうが芸能人だろうが政治家だろうが、弱みを握ったら骨までしゃぶる人種ですから」

「だけどいくら伊波の周辺をねじ込んでも、Nの名前が出てけえへんやないか。それはむしろ伊波の力をもってしても、Nは思い通りにならないということを示しているんやないか」

「警部は、Nは石川組とは関係ないと」

「いや、そうは言うてへん」

「じゃあ、どういうことですか」

「石川組とNはなんらかの関係はある。だから正和会の結婚式に出たんだ。だが石川組とNとの間に入った人間が、絶対にN本人を表に出さんようにしている」

「間に入った人間？　仲介者ということですか」

「ああ、それが伊波なのか、それともまだ他に誰かいるのかはワシには分からん」

半澤が言い切ると、酒井は「仲介者ですか……」と繰り返しながら、自分の席に戻った。

7

その日は十一月とは思えないくらい寒風が吹いていた。

半澤は、外に出た捜査員たちを不憫に思いながら、戻ってくるのを待った。

今年のプロ野球も全日程が終了した。

結局、浪岡龍一は一勝差で最多勝のタイトルを逃し、無冠に終わった。

十四勝六敗。ここまで六連勝で迎えた最終戦、多くの野球ファンが浪岡が勝って最多勝のタイトルを手にすると思っていた試合で、浪岡はやはり負けた。

半澤はその試合を、テレビの前に座って食い入るように見たが、怪しいと断言できるシーンはなかった。

一対二。失点はツーランホームランによる二点だけで、しかもその一球はそれまでまったく打者が手が出なかった縦に割れるカーブ、昔の人間がいう「ドロップ」だった。

一点差の惜敗。

一点差負けの多い投手でもあるが、年間を通じたら、浪岡龍一という投手は、一点差で勝つ試合も相当ある。間もなく百勝に到達するがそのうち半分を超える五十二勝が一点差勝ちでの勝利である。

　しかも勝ち負けにかかわらず、最後まで自分一人で投げ抜いた試合、つまり完投ゲームが突出して多いのもこの投手の特徴だ。

　それだけにもう少し味方打線の援護があれば、いや少しの運でもあれば、タイトルの一つや二つはとうに獲得していたことだろう。

　三人の捜査員が相次いで帰ってきた。

　皆、申し訳なさそうな顔をしていた。手ぶらなのだ。

　半澤は顔色を変えることなく「ごくろうさん」と部下たちを労《ねぎら》った。

　逆にその配慮が捜査員たちを余計に気まずくさせる。

　刑事というのは警察学校時代から、戦前の軍部の流れを引き継ぐ理不尽な教育を受けている。上の命令は絶対なのである。多少は無理難題を押し付け、発破《はっぱ》をかける方が彼らの性に合っている。マル暴刑事《デカ》ほどではないが、保安の連中にしたって、気質という点では自分たちが取り締まろうとする極道連中とよく似ている。

　だが四人目の酒井が戻ってきて、暗い雰囲気が一変した。

「警部。Nの親父が見つかりました」

「浪岡の親父やて？　植田一郎のことか」あまりの驚きに半澤は符丁で伝えることすら失念してしまった。浪岡に蒸発した父親がいることは分かっていた。父親なら何か知っているのではないかと一時期、捜したことがあった。関東に来ていることまでは分かったが、見つけ出すことはできなかった。

「はい、本人がそう名乗っているそうです」

「見つかったって、どこでだ」

半澤が勢い込んで訊き返す。

「千住《せんじゅ》署管内の交番です」

「交番？　浪岡の親父はなにをしでかしたんだ？」

「単なる酔っぱらいみたいです。どうやら酔っぱらって『オレは浪岡龍一の親父だ』と喚き散らしているそうです」

「それでどうしてこっちに連絡が入ったんだ」

「身元引き取りを願いたいのだが、浪岡龍一の連絡先が分からない。球団に電話するかどうか迷った末に、とりあえず本部に連絡を入れてきたのを私が小耳に挟みました」

「よし、それはでかした」

半澤は部屋の外に飛び出していく。

コートを羽織るのも忘れるほど気が昂《たか》ぶっていた。

交番で保護された植田一郎という男は完全に泥酔していた。

椅子から崩れ落ち、大の字に床に寝ころび、時折、思い出したように「お前《おんしゃ〜》」「おのれ《おのりゃ〜》」と警察官に向かって叫んでいた。手に余る大虎《おおとら》だが、歓楽街の交番では珍しいことではなく、二人の巡査が外套《がいとう》姿のまま双方から、「おっちゃん、大丈夫か」と面倒見よく介抱していた。一人は水を汲んだコップを持っていた。

男の顔は真っ赤に火照っていて、交番内の空気からして焼酎《しょうちゅう》臭かった。相当飲まなきゃ、ここまで匂わない。

男がふと半澤の顔を見た。

その瞬間、半澤は体が震えて止まらなかった。

右目の下にある大きなほくろが目に飛び込んできた。顔は土色で、皺だらけ……。

あの男だ。きっとそうだ。あの男に間違いない――。

あの日、湊のグラウンドの簡易便所の裏で、まだ小学六年生だった浪岡龍一の肩に手を置いて話していた男に間違いなかった。

まさか、あの男が父親だったとは……。

盲点だった――。

父親は龍一が小学四年の時に、借金取りに追われて家を出たことが、捜査の結果、分かっていた。

あの時は六年生だ。

ということは、離婚して、借金取りから逃れるように町を出て、二年で、再び湊の町に戻ってきたということになる。

だったらどうして家に戻らなかったのか。

その理由が半澤には分かった。残された家族が、父が戻ってくることを許さなかったのだ。

籍を抜いたからといって、催促がやむわけではない。父の蒸発後、連日連夜、強面の男たちが家に押しかけ、ガンガンとガラス戸を叩き、怒声を散らしたと聞いている。泥棒や、詐欺やと一家を中傷するビラもそこら中に貼《は》られた。近所から白い目で見られ、残された家族は相当に辛《つら》い思いをしたことだろう。半澤も同じ経験をしたからよく分かる。

コップを持っていた制服巡査が半澤に気付き、敬礼してきたので、半澤は「ごくろう」と労った。半澤は巡査からコップを受け取ると、寝そべった植田に近づくように、ゆっくりと膝《ひざ》を折った。

植田一郎は鼠色《ねずみいろ》のマントのようなコートを着ていた。

うっすらと目を開けて、半澤の顔を見た。

薄気味悪く笑いかけてくる。半澤を覚えているかのようだ。

だが覚えているはずはない。この男はあの日、半澤とはほとんど目を合わせていなかった。

「大丈夫かいな」

体を屈めて、できる限り優しい口調で声をかけた。「水でも飲んだら、どうや」

「申し訳ないな。旦那《だんな》」

植田一郎は目を細め、手を伸ばそうとしたが、途中でやめた。面倒くさくなったのだろう。再び目を瞑《つぶ》る。よく見ると目の下に黄疸《おうだん》の症状が出ていた。若い時からメチャクチャな生活をしてきたのだ。肝臓だって傷んでいる。死期が刻一刻と迫っているようにも見えた。

半澤は和歌山の言葉を思い出した。湊署の連中が浜の人間しか使わないと言っていた言葉だ。

「どうやら、ころもし飲んだようやな」

確か「えらい」「すごい」という意味だったと記憶している。

植田が再び、目を開けた。

「なんや、旦那、ええ言葉を使いよるな」

さっきの上辺《うわべ》だけの笑みとは違って、目の奥から微笑んでいた。懐かしい響きに少しは酔いが覚めたようだ。

「旦那も和歌山かい？」訊かれたので半澤は「そうや」と嘘をつく。

「アンタ、さっきからスターズの浪岡龍一の父親だと名乗っていたらしいな。それは本当のことかいな」

「そりゃそうよ。ワシが親やのうて、誰が親やと言うんや。そういうこと言うてるヤツがおるんやったら、ここに連れてこい〜ってなもんよ」

男はまるで新喜劇のように上機嫌だった。

巡査の話では免許や保険証などこの男を植田一郎と証明するものは何一つ身に着けていなかった。父親だという証拠はない。だが半澤は間違いないと思った。鼻梁《びりょう》に向かって鋭く抉《えぐ》り込んだ眉毛は息子とよく似ていた。

そもそも父親だからこそ、あの時、湊のグラウンドで浪岡龍一は指示に従ったのだ。女房や娘は拒絶したが、息子にはできなかった。幼年時に叱られた心の傷が残っていたのか。

そういう意味ではグラウンドで偶然息子を見つけたこの男が、無理やり息子を呼んで言うことを聞かせたという推理も立つ。

「そうや、アンタのことどこかで見たことあるな、とさっきから考えていたんやけど、湊の町で会《お》うたことがあるな。もう十三年、いや十四年も前の話やけど」

「そうか」

植田は目を開いて半澤の顔を確認するが、思い出せないようだ。

「まぁ、ずいぶん昔の話やからな。アンタが思い出せんのも無理はない。あん時、アンタは少年野球のグラウンドで、子供の野球を見とったな」

「ああ、それやったらしょっちゅう行ってたがな」

「さよか。そういえば他にもぎょうさん大人がおったわ。だけどワシがアンタを覚えているのは、アンタが子供の野球に金を賭けよったからやで」

賭けという言葉に反応するかと思ったが、植田は「せやっけな」と答えただけで、相変わらず目は泳いだままだった。

「それをワシに目撃されて、アンタ、ワシから注意されたんや。ホンマに覚えてへんか」

植田は黙り込んだ。目を瞑って開ける。

「思い出したか？」

「ああ」

生返事だと思った。適当に返しただけだろうが、植田は「まさかこんなところで会うとは思わんかったわ」と続けた。

「ホンマやな」

「せやかて旦那、よう、ワシのこと覚えてたな」

「もちろんや。なにせあんな体験、滅多にないからな」

「あんな体験ってなんやねん」

「親が息子に、わざと負けろと命じたことや」

かましたつもりだったが、植田は気にもせずに得意顔で言った。

「あの時のことかいな。ワシがアイツに初めてやらせた日やな」

どうやら特定できたようだ。「さよか」と半澤は聞き流す。

「あの日が筆おろしみたいなもんよ」

「筆おろしか。アンタ、面白《おもろ》いこと言うな」

内心、腹立たしく思いながらも、調子を合わせた。

これならすべてを吐くかもしれない。きっとこの男が当時、湊の小さな組にいた伊波と知り合い、その後は伊波との仲介役になっているのだ。息子に指示を出したことさえ認めさせれば、一気に絡まった糸が解《ほど》ける。

「しかし、アンタ、龍一クンが小学生の時に離婚しているから、一緒に住んだのさえ、そんなに長くないやろ」

「ああ、十年ほどやな。下の娘はまだ三つか四つやったからな。まだ人形《でこさん》のようやった」

「それにしては息子さん、あの時、ようアンタの言うことを聞いたな。小学校六年いうたら反抗期やろ」

「当たり前よ」

植田は勢いよく胸を叩いた。

「あの子に野球教えてやったんはワシやがな」

「そうか、アンタか」

「せやから、食うもん切り詰めて、野球道具を買《こ》うてやったんもワシや。あの子がどうしても欲しい、欲しいと駄々捏ねたさかいな」

「さよか」

「ちょうど足ケガして、船乗れんようになった頃やったからな」

「そりゃ大変な時期やな」

「漁師が船に乗れんかったら終わりや。ろくな仕事はない。それでもワシが出ていってからは、嫁一人で子供二人育てたわけやからな。そっちの方が大変やったやろな」

「ああ、ワシも母親一人で育てられたから、その気持ちはよう分かる」

「なんや。旦那の親父さんも逃げたんかいな」

植田は嬉しそうに言った。どうしようもない逸《はぐ》れ者同士、身近に感じたのだろう。

「逃げたも同然やな。うちの親父は最後は死んじまったけどな。自殺や。拳銃で自分の頭を撃った」

背後で酒井が「えっ」と声をあげるのが聞こえた。

植田の反応は「それはお気の毒や」だけだった。

「で、龍一クンは離れ離れになっても、お父さんへの感謝の気持ちは忘れてなかったってことやな」

「さぁ、それは分からんけど……ほいでもたぶん忘れてへんやろな」半信半疑な言い方ながら、植田は嬉しそうな顔をした。

「それで、今でもお父さんの頼みだと言う通りに八百長してくれるわけだ」

「ああ」

植田はあっさり認めた。半澤は、よっしゃと心の中で叫んだ。

だが植田はすぐに目を見開き、「八百長？　なに可笑《すい》しなこと言うてんねん」と否定した。

半澤は悔しさを嚙み殺しながら、「アンタ、さっき、ワシが八百長させたのを見たと言うたら、『あれが筆おろしやった』と認めたやないか」

「言うたかな？」

「ああ、言うたで」

「ほいたら、それは間違いよ」

「間違いだと」後ろの酒井が声をあげる。

強い口調だったが、植田は「間違いやなかったら、言葉のあやや」声を震わせながら言う。言うと同時に黄ばんだ前歯を見せて笑った。

「けど、わざと負けさせたことには変わらへんやないか」半澤は逸《はや》る気持ちを抑えながら訊く。

「負けさせた？　面白《おもろ》いこと言うな」

「そうかいな」

「せやで。あの試合かて、龍一は負けなかったんやないか。ワシはそう記憶しとるけどな」

植田は目を大きく開けると、不敵に笑った。

半澤も必死に記憶を巻き戻す。

確かに点は取られたが、浪岡は逆転は許さなかった。最後はショートフライを自分で捕ると合図して、飛球をグローブに収めた。

頭で整理していくうちにこの男の言いたいことが分かってきた。

負けさせてはいない。

だが点を取られるようには命じているのだ――。

野球にはハンデがある。そのハンデを利用しているのだ。スターズが「一・一」以上、あるいは「一半」以上のハンデを背負った場合、一点差で勝ったところで、賭博上では負けになる。

「ハンデやろ？　アンタ、ハンデを使って、息子に八百長をやらしてるんやろ」

それまでとは明らかに異なる口調で半澤は尋問したのだが、植田は「ほやさけ、八百長やない、言うとるやろ。アンタもしつこいな」としれっと言い張った。

「それが八百長なんだ！」

たまりかねた酒井が前に出てきて、植田が着ている鼠色のマントの胸倉を摑んだ。

場の空気を変えるほどの酒井の怒鳴り声に、植田が身を竦めてもおかしくなかったが、

「なんな、この兄《にい》やん」と顎をしゃくって、半澤に助けを求めた。

「おい、酒井、やめとけ」

「でも警部」

手で制すると、酒井は渋々、手を離した。植田はまるで汚いものに触れられたかのように、胸元を払った。

「旦那は、ロードショーは好きかいな？」

植田はいきなり話を変えた。

「映画か？　ああ、最近はあまり見てへんが、嫌いではない」

「ワシもまだ船に乗って景気がよかった頃、ようロードショー見に行ったたわ。裕《ゆう》ちゃんに憧れてな」

「ああ、そうか」半澤は生返事をする。なにを言いたいのかさっぱり理解できない。

「ほいけど、裕次郎やろが寅《とら》さんやろが、全部がおもしゃいわけではない。さぁ、どやろか。二本立てで、一本でもおもしゃかったらええぐらいやないか？　大抵一本は外れや。時には二本ともくだらんこともある」

「ああ、そうかもしれんな」適当に相槌《あいづち》を打つ。

「まぁ、どれ見ても全部ええと言われとるのは黒澤映画ぐらいかな。ほいでもワシには難しすぎて、なにがなんだか、さっぱり解《わか》らんかった」

植田は引きつるように笑った。

「女《おなご》もせやで。飛田《とびた》やら吉原《よしわら》やら堀之内《ほりのうち》やら、よう行ったわ」

「アンタ、こっちも好きなんか」小指を立てて尋ねる。

「女が嫌いな男なんかおるかいな。せやかて、当たりは少ないわな。大抵が地雷よ」

「アンタ、なにを言いたいんや」

後ろから痺れを切らした酒井が詰問するが、植田はまぁ黙って最後まで聞けと言わんばかりに、無言のまま大きな掌を開いた。

「……ワシはな。野球かて、同じや、思ってる」

植田はいきなり話を戻した。

「どういうことや」

「高い銭払《ぜにはろ》て、野球見に行ったところで、八対〇や十対〇なんか見させられたらかなわんで」

「そうかな。贔屓《ひいき》のチームが勝ったら、それはそれで嬉しいんやないか」

半澤は反論したが、植田は「そんな単純なもんやないやろ」と一蹴した。

「ワシは倅《せがれ》には、つねに見ている人間が感動する試合をせい、って教えてきたんよ」

「そういう適当なこと言うな」さすがに閉口して半澤は言い返した。「アンタの言うてることは筋がまったく通らん」

だが植田は「そうかいな」とさらっと言ってのけて、先を続けた。

「倅にはな、一点差で勝てるピッチャーになれ、と口煩《くちうるさ》く言うてきたんよ」

「一点差で勝てるやのうて、一点差になるようわざと点を取られろってことやろ？　それって負けろと言うてんのと似たようなもんやないか」

「いや、違《ちゃ》う。負けろとは教えてへん」

睨みつけてきたまま植田が言い切った。半澤も睨み返す。だが植田が充血した目をさらに開いて、視線をぶつけてきた。

「ワシはずっと思ってきたんよ。野球選手ちゅうのはな、ただ野球がうまいだけではスターになれへん。速い球投げるヤツはおる。遠くまでかっ飛ばせるバッターもようけおる。でもそんな連中、だれが何度も見に来るかいな。なんも楽しないやろが。それより大事なのは、その選手が役者かどうかということよ。役者、すなわちそれこそスターやな」

「ここっちゅうところで打つバッター。ピッチャーなら抑える選手のことか？」

半澤が訊くが、植田は意図的に間をあけて「それだけじゃ、まだまだやな」と笑った。

「まだまだってどういう意味や」

「要はどれだけ観衆をハラハラドキドキさせることができるかってことよ」

「ハラハラドキドキやて？」

「それこそ真の役者やろうが。せやからワシらかて夢中になれるんよ。分かるか？　野球場ちゅうんはな、一等上等な劇場なんよ」

植田は決めゼリフを吐くように言い切った。

劇場だと。ふざけるな。

そう言い返したい思いをぐっと呑み込み、半澤は冷静に続けた。

「アンタの言いたいことはよう分かった。ただ役者やろが、野球はスポーツや。賭けに加担して金を貰っているんは感心できんな」

「金貰《もろ》てるって？　旦那さん、もう少しましなことを言うてくれよ」

「そうかな。アンタがその筋から金を受け取って、息子に分け前を支払う。そうやって親子ともども共生してきたんやろ」

「倅がそんな金受け取るか。オレに小遣いくれても、オレが金を渡したことは一度もないわ」

「いい加減なこと言うな」酒井が怒鳴った。「だったら貴様、自分の息子を脅してるんだろ。脅して八百長させとるんだろ」

「アホ抜かせ」

「だったらどういうことだ」

「おまえらみたいな屁みたいな連中に説明しても分かるか」

「なんだと。もういっぺん、抜かせ」

酒井はついに制御が利かなくなり、再び植田の胸倉を摑む。

「おい、なにが役者だ。なにが劇場だ。警察を舐めやがって」

酒井が腕に力を入れると、マントごと植田の体が持ち上がった。

「おい、やめろ。酒井」

「いや、許せません。この男、引っ張りましょう」

「やめろ、放したれ」

強い口調で命じると、酒井は手を離した。巡査が出てきて、植田の体を受け止めた。

「もうええ、帰ろう」

半澤は立ち上がった。

「いいんですか」酒井が確認するが、半澤は「ああ」と答えて交番から出る。

「どうせあの足じゃ遠くには行けん。いつでもしょっぴける」

「まぁ、そうですけど」

「酔いが覚めてからでいいから、明日、巡査にどこの飯場か聞かせとけ」

「分かりました」

「寝床もどうせこのあたりだろうが、念のために確認しとけよ」

「はい」

仲介役を見つけた。父親の植田一郎だった。

その父親が息子の八百長を認めた――。

敗退行為ではないが、父親が命じて、一点差勝ちの試合を作らせていたのだ。

並みの投手なら、たとえ指示を出しても言われた通りに試合を作ることはできない。

楽勝だった試合を、無理やり一点差まで追いつかせたせいで、相手に勢いを与えたり、後ろで守る野手が動揺してミスしたりして、そのまま逆転されたこともあるだろう。事実、甲子園の決勝が最たる例だ。図抜けた運動能力、卓越した投球術を持つ浪岡でさえ、完璧には試合をコントロールすることはできない。

それでも浪岡は父親の言う通り、一点差で勝つようにゲームを作ってきた。

できれば植田一郎を連行し、徹底的に取り調べたかった。

そうすれば長年の鬱積《うっせき》した謎が解明できるような気がした。ろくでもない親父のせいでねじ曲がったまま育ってしまった、浪岡龍一の核に近づける……。

黄疸の出た顔色から判断しても、植田はいつ迎えが来てもおかしくない。一刻の猶予もなかった。

だが、今、植田一郎を連行し、取り調べで吐かせたところで、この日の話の流れでは、浪岡本人にまで捜査を及ぼすには不十分だった。

動機、つまり浪岡が父親の言うことを聞く理由が見当たらないのだ——。

植田一郎という男は博打で借金を作り、家族を残して湊から逃げていった最低の父親だ。

なんとか、借金を返して戻ってきたとはいえ、残された妻子が味わった苦しみまでが消えるわけではなく、だから妻子は、町に戻ってきた植田を受け入れなかった。

浮浪が身についた植田自身も、それでいいと適当な生活を続けた。もちろん妻子を支援したことなど一度もないのだろう。金を稼いでもすぐに博打に使ってしまう。そんな父親に浪岡龍一はどうして従うのか……。

半澤は自分の父の顔を思い浮かべた。

父親は中国から復員してくるや神戸の小さな貿易会社に勤務した。毎日同じ時間に出て、同じ時間に帰ってくる、絵に描いたような勤め人だった。それが母が、母方の親戚が経営していた料理屋を、当時流行りだった珈琲ショップに改修して引き継ぐことになり、家計が楽になったことで気が緩んだのだろう。

仕事で知り合った荷役連中に誘われて、博打に手を出した。戦争と仕事に若かりし日のすべてを費やし、娯楽に興じることなど知らずに、一直線に生きてきた人間だ。遊び方さえ知らず、瞬く間に借金を重ねていった。家も土地も持っていかれた。

それでもまだ救いがあったのは、父は母の店だけは担保にしなかった。気の弱い父は言い出せなかったのだ。言えない代わりに、すべてが嫌になった。そしてヤクザ者から逃げるように絶命を決意した。

父は家族が留守の合間に、自宅の居間で短銃で頭を撃った。銃は父が戦地から持ち帰ったもの。いつかそういう時が来ることが分かっていたように、借金のかたにせずに、手元に残しておいたものだった。

遺体を発見したのは中学校から戻ってきた半澤だった。

部屋には血と脳みそが飛び散っていた。刑事になって、いくつもの殺害現場を踏んだが、あのグロテスクさを超えるものはない。父親の遺体にもかかわらず、半澤は泣き出すより先に嘔吐《おうと》した。

父はどうして自宅で自決したのか。きっと残った家族に自分を忘れさせたくなかったのだ。身勝手だと思った。女々《めめ》しいとさえ思った。

それでもいい思い出はある。楽しかったこともある。だから父を唆《そそのか》し、死に追い込んだヤクザ者を恨み続け、連中を世の中から撲滅したいと、刑事への道を志したのだ。

だがそれは単なる世間一般で言われる正義であり、復讐《ふくしゅう》とは微妙に意味が異なる。

だいいち、いくら強引に記憶を手繰《たぐ》り寄せたところで、自分には植田一郎が自慢げに見せつけた父子《おやこ》の絆《きずな》さえ、浮かび上がってこなかった。

第六章　浪岡龍一　二十七歳

1

リビングのソファーに座って、秀子は掛け時計を見た。

すでに十五分過ぎている。

あと五分経っても紀一郎が戻ってこなかったら、出ていって追い返そうと思っていた。

紀一郎と外食して、家まで送ってもらったら、門の前に週刊タイムスの記者が立っていた。

兄が名古屋に遠征に行っているのは分かっているはず。それでも来たということは兄以外の者に用があって取材に来たのだ。

自分たちの交際について報じるつもりなのだと勘が働いた。紀一郎は兄が暴力団関係者と直接の関係はないと証言した人間だ。だがそれが浪岡の妹と交際しているとなると、信憑性はまったくなくなる。大変なところを見られてしまったと秀子は動揺してしまった。

だがシノミヤと名乗ったその記者は「私は浅野さんに話を訊きたい」と言った。

紀一郎が秀子の顔を見ると、「妹さんまで巻き込むつもりはないから安心してほしい」と付け加えた。

「じゃあ、秀子さん、中に入っていて」

紀一郎は丁寧な呼び方で、秀子だけ家の中に戻るように促した。それでも心配だったが、目で大丈夫、と合図を送られた気がしたので、門を開けた。

ドアのノブが回る音がしたので、秀子は急いで玄関に回った。

「大丈夫やった？」走りながら声をかける。

紀一郎は秀子の顔を見ると、「大丈夫だよ」と無理やり目尻に皺を作ったが、げっそりと疲れているのは歩き方からも窺い知れた。

「なに訊かれたん？」

「なにってくだらんことや」スリッパを履いて中に入る。

「お茶淹《い》れるね」と言って台所に戻った。

リビングに入ってから紀一郎はなにも喋らなかった。相当に嫌なことを訊かれたのだろう。やっぱり自分との交際のことだと思った。週刊誌のことだから、兄が紀一郎に助けてもらった代わりに妹を渡した、とか勘繰った訊き方をされたのでは。

実際、それは秀子がずっと心配していたことでもある。だから一度、兄の前で漏らしたことがある。「私が紀一郎さんと付き合《お》うてるのをマスコミの人が知ったら、変なこと書くんじゃないかしら」と。

遠回しな言い方をしたのだが、兄は分かったようだ。変なことってどういう意味だとは質してこなかった。ただ「好き合《お》うて付き合ってるんや。周りがなんて言おうが関係あらへん」といつもの兄らしいことを言った。

「紀一郎さん、ちゃんと話して」

お茶を目の前に置くと、秀子は紀一郎に向かって問い質した。

「話してって、ほんまにしょうもないことやから」

「しょうもないことでもいいから。あの記者になに訊かれたん？　どんなことだろうと私に関係ないことはないと思うの。だからちゃんと話して」もう一度繰り返した。そして目をじっと見つめて「お願いします」とひと言ずつ、言葉を噛み締めるようにして訴えた。

紀一郎はしばらく考え込んでいたが、ポケットから煙草を取り出して「吸っていいかな」と聞いた。秀子の前では一度も吸ったことはなかったが、愛煙家であることは知っている。

「あっ、灰皿ね」

秀子は台所のどこかに空き缶でもないかと探しに行こうとしたが、紀一郎は「大丈夫だよ。これがあるから」とポケットから金属製の携帯灰皿を出した。営業の合間に吸うために持ち歩いているのだろう。生真面目な紀一郎らしい。

煙を深く吐くと、まだ半分以上残っているにもかかわらず、紀一郎は煙草を灰皿で揉み消した。そして煙を吐き出してから、ゆっくりと言葉を吐く。

「これを聞いても気を悪くせんでほしい」

「分かってる」秀子はわざとらしいくらい大きく頷いた。どうせろくでもないことなのだ。だが彼らがなにを知りたがっているのか、自分だって知っておきたい。

「あの記者も湊の出身らしい」

「湊の？」

「高校の同級生や言うてた」

そう言われて秀子は「あっ」と声を出した。同級生どころか野球部にいた気がする。シノミヤと聞いて、「篠宮」とまったく違う漢字を思い浮かべてしまったが、「四之宮」ならチームにいた。確か途中までキャプテンをやっていた選手だ。

「なんや。デコちゃん、知っとったんか」

「名前だけ。それより続けて」

「ああ、彼はオレに『本当に浪岡龍一がヤクザ連中と付き合っていないと、あなたは信じられますか』と訊いてきた」

ボソボソと聞き取りにくい言い方だった。妹の前では言いづらかったのだろう。だが秀子は、なんて答えたのか聞きたいにもかかわらず、言葉が出てこなかった。もしかしたら紀一郎が自分が望まない答えをしたかもしれないという考えが頭を過ったからだ。

だがそれは思い過ごしだった。

「もちろんオレは、龍一がそんなことするわけない、と答えたよ」

胸がすいた。感情が顔に出てしまう。

「そうしたらあの記者は納得したの？」

紀一郎は首を左右に振る。「全然、納得せん。それより『あなたは浪岡に利用されているだけだ。あなたはそんなことも分からないんですか』としつこく何度もそう言ってきた。頭に来るくらい、何度も同じことを言いよった」

秀子はまた暗い気持ちになる。それで時間がかかったのだ。きっと記者は紀一郎を兄から引き離そうとしている。唯一の友達だというのに。

「でもオレは『龍一のことを信用している。龍一はオレの恩人やから』と言って、龍一がオレを助けてくれた話をしたんや」

「助けてくれたって、中学のこと？」

中学時代に紀一郎が不良に絡まれた時に兄が助けたという話は、前に紀一郎から聞いたことがある。だが「中学の時もそやけど、それだけやない」と紀一郎は言った。

「オレは高校、大学と大阪に出てたから、龍一とはずっと会《お》うてへんかったんは、知っとるよね」

訊かれたので首肯した。二人が再会したのは兄がプロに入って五年目、紀一郎が銀行員になってからだと聞いている。

「入行早々に親父が逮捕されて、オレは将来が真っ暗になったんや。情けない話だけど、銀行というのは少しでも身辺におかしなことがあると、それだけで出世の妨げになる。オレはこんなに一生懸命勉強して、ええ大学行って、一流と呼ばれる銀行に入ったのに、これでもうおしまいやないか、って自暴自棄になったんや。そんな時に龍一が支店に訪ねてきてくれてな」

「お兄ちゃんが？」

「年賀状のやりとりしかしとらんかったから、そりゃビックリした」

「兄はどうして紀一郎さんに会いに行ったの」

「そんなの簡単や。励ましてくれにや」

「励ましに？」

「その時、龍一にはこう言われた。親から逃げているうちは親を恨むこともできん、って。なんか自分が甘ちゃんのような気がして、考えさせられたわ」

紀一郎は当時を思い出すように目を輝かして話してくれたが、秀子はなにも返せなかった。

親から逃げているうちは親を恨むこともできん――。

紀一郎が帰ってから三時間以上が経つが、彼から聞いた兄の言葉は、秀子の胸に矢のように突き刺さったままだ。

寝室に入り、壁面のスイッチを押すと豆電球が灯《とも》った。部屋を真っ暗にするのは好まない。

白いヨーロッパ調のベッドがうっすらと浮かび上がった。

最初の頃は軟らかすぎて、よく眠れなかった。部屋が広すぎるのも秀子を不安にさせた。狭い部屋で家族三人で並んで寝ていた頃の方が安眠できていた気がする。

しかし、兄はどうしてそんなことを紀一郎に言ったのだろうか。

まるで父親から逃げているから、自分たちは恨むこともできないと言っているようだ。だが我が家において逃げているのは父親の方だ。しかも兄だけにはこっそりと連絡をして、金をせびっている。

兄も父のことを恨んでいるに決まっている。もし兄が世間で言われているような悪いことをしているのだとしたら、それは間違いなく父が裏で糸を引いているからだ。あの男さえいなければ、自分たちはもっと幸せになっていた――。

そしてもう一つ、秀子の頭から離れないのが、あの四之宮という記者が、兄に利用されているると紀一郎を諭したことだ。

そんなことはあるはずないと思う半面、秀子の頭のどこかで同じ疑念が芽生えたままでいるのは事実だった。

兄は父への送金を紀一郎に頼んでいた。

それが発覚した時、紀一郎にこれまで何回、送金したことがあるのか尋ねたのだが、彼は少し迷って「二回」と答えた。すぐに嘘だと分かった。知り合ってから毎年、もう何十回もそうしていたに違いない。

兄は自分の名前でお金を送っていることがバレると世間に良からぬ噂を招くと危惧していた。それで紀一郎を使った。その証拠に、送り主は兄の字で、「浅野紀一郎」と書かれていた。

あの時、紀一郎にこう質した。

「兄はいつも、紀一郎さんになんて言って頼んでいたの」

「知り合いやて……どうしても都合つけてやらんと可哀想やからって」

「可哀想……可哀想なんて、よう言うわ」

声を震わせながら復唱してしまった。怒りが湧き上がっていたのは、そばにいた紀一郎にも伝わったはずだ。

「紀一郎さんはそう言われて不思議に思わなかったの」

責めるような言い方をした。

「それは少しは……」

銀行員なのだ。知人にこれだけ頻繁に金を貸すのは常識を逸していると思ったはずだ。

「でも、どうして龍一はお父さんにお金を送っているんだ」

逆に紀一郎が質問してきたが、すぐに答えが出てこなかった。そして出てきたのがこの疑念だった。

「……分からない。でもきっと兄は父に脅されているんだと思う」

「脅されているって、どうして？」

「父は私が三歳で、兄が十歳の時、あっちこっちに借金をして、勝手に離婚届を残して出ていったの。そのことは兄から聞いているわよね」

「うん」

「その借金は父がギャンブルで作ったものなんだけど、兄はそのことをずっと負い目に思っているのよ」

「どうして龍一が負い目に思うんや」

「それは母が問い詰めた時、父は『龍一に新品のグローブ買《こ》うてやりたかったんや』って答えたからなの」

「それが龍一に聞こえてしまった？」

「聞こえるもなにも、うちはひと間《ま》しかなかったから」

紀一郎は黙った。きっとうちがどんな家だったのか知っているのだろう。

「兄は、当時、ずっと新しいグローブが欲しいって父にねだっていたの。小学校に入る前、まだ野球を始めたばかりの頃に、父がどこかから貰い受けてきたお下がりのグローブを、それこそ継ぎ接ぎだらけにして使《つこ》うてたから」

「そうなんや……」紀一郎は納得しかけたが、だが秀子がすぐに遮った。

「でもその話はすべて嘘だったの」

「嘘？」

「作り話よ。父は兄に新しいグローブを買ってあげるためにギャンブルに手を出したんじゃない。そんなの嘘っぱちで、ただ賭けごとが好きで、当たったお金でお酒飲んで騒いでいただけ。母が言っていたもの。『あの人は船を下りてから一回も家にお金を入れなかった』って」

「その話は龍一も知っているんだろ？」

「もちろん、母は何度も言ったわ。『あんたが責任を感じることはない』って。だいいち母の話では、父の言い方だって、冗談交じりで、本気とは言えなかったらしいから。でも兄には通じなかった。兄は頑固だし、人の言うことはなかなか聞かないから……それに頭で分かっていたとしても、実際にその言葉があまりに強烈すぎて、割り切れないんだと思う。だってその後、すぐに父は出ていったわけだし……」

「じゃあ、龍一はずっとそのことで心を痛めているのか？」

「私は兄はもう父のことは忘れたと思っていた。でもこうして父に言われるままにお金を渡しているということは、いまだに父の呪縛《じゅばく》から解き放たれていないということよ」

「呪縛って？」

「呪縛じゃなければ、洗脳みたいなものよ」

「そんな」

紀一郎はそれ以上はなにも言わなかった。

秀子はベッドに体を横たえ、手を伸ばして肌掛けで覆った。

仰向けに寝ると、白い天井に蛍光灯の笠《かさ》の影ができ、それが人の顔に見えた。

誰かがこっちを見ている――秀子はぞっとして体を震わせた。

人影は兄に見えた。

ただ普段、兄が見せるような表情とは異なる、思いつめたような顔をしていた。

じっと目を凝らしていると、父の植田一郎にも見えた。

父が出ていった時は三歳だった。顔については曖昧な記憶さえなく、なんとなくこんな感じではないか、という感覚しかない。それでもこれが父の顔じゃないかと思えた。

いつもならこんな時は目を瞑って幻影が消えるのを待つのだが、この日に限っては目を見開いて、できる限り力を込めて睨みつけた。

あなたは誰なの？

あなたは兄になにをさせているの？

秀子は影に向かって問いかけた。

笠が揺れたわけでもないのに、影が揺れて二重になった。

秀子が大学から戻ってくると母が夕食の支度をしていた。

「お母さん、私がやるのに」

ここ数日、また体の調子が思わしくないだけに、秀子は急いでエプロンをかけた。

「大丈夫よ。それよりあなた、きょうはアルバイトはお休みなの？」

秀子はこの春から映画配給会社で翻訳のアルバイトを始めた。さすがに外国映画は著名な字幕翻訳家が行うのだが、宣伝や広告のチラシを作るのにも語学力が必要だ。秀子は卒業しても、そのまま働きたいと思っていた。

「そう、休み。でも宿題として頼まれちゃった。この本」

鞄の中から洋書を取り出して見せた。

「こんな、厚い本、よう読めるね」

「ハリウッドで映画化されそうだという噂が流れていて、社長が興味を持っているのよ。でも実際に映画を見てからでは、大手の配給会社に持っていかれちゃうから、原作が面白いなら、今のうちに唾をつけておかないと、という考えみたい」

「へぇ、その面白いかどうかをあんたが判断するなんて、立派な仕事やねぇ」

「そう、責任重大よ」

そう言ったが、実際はまったくはかどっていない。先週、週刊タイムスの記者が家に来たお陰で、それから勉強にもアルバイトにも集中できなくなった。そのことは結局、兄にも言っていない。紀一郎と相談した結果、心配するだけだから黙っておこうということに決めた。

せっかくなにもかもうまく回り始めているのだ。

紀一郎は兄のために犠牲になるのであれば、それで構わないと思ってくれている。妹として彼の気持ちは頼もしく思う。だったら彼に恩を返すのは、自分の役目だ。

電話が鳴ったので、秀子が出ようとした。

だが母が「私が出るわ」と手で制し、電話台に向かった。母の横顔が険しいものに変わっていた。

家には相変わらず無言電話がかかってくる。それを秀子も母も、龍一に未練を持っている女性の仕業だと決め付けている。

母は秀子に嫌な思いをさせたくないと気を遣ってくれている。兄が相手方に恨みを持たれるようなことをしたのなら、それは母親の責任だと痛感しているのだ。

「もしもし」

母が警戒しながら声を発した。

「は、はい」

返事をしたということは無言電話ではないようだ。少しホッとした。だが母の声が大きくなって、安心感も吹っ飛ぶ。

「はい、そ、そうですが……えっ、危篤ですって?」

危篤?

誰が?

兄が事故に遭ったのだと思った。電話する母のそばまで駆け寄り、漏れてくる声を拾おうとした。

「分かりました。で、そちらの病院の住所を教えていただけますか」

話しながら、母は手で制し、大丈夫だから、と合図した。ということは兄ではないということか。

「はい、わざわざ、ご連絡いただき、ありがとうございました」

母は受話器を置いた。

「どうしたの？　お母さん」

「……お父さんよ」母は大きく息を吸ってから答えた。「お父さんが倒れて救急車で運ばれたって、病院から電話があったの」

「どうして病院はうちの番号を知ってたの？」

「お父さんのポケットにうちの電話番号が書かれた紙が入ってたっていうの」

秀子は「あっ」と声をあげた。

「もしかしてお父さんだったということなの？」

「お父さんって？」

「だからうちにかかってきた無言電話よ。あれってお父さんがお兄ちゃんにかけてきた電話だったんやないの？」

「まさか……」

「そうよ。お兄ちゃんに用があったのよ。だから私たちが出たら切られたのよ」

急《せ》き込んで秀子が言うと、母は黙ってしまった。母もそうだと感じていたのだ。

あの電話が父だったとは……だったらなんのために、父はかけてきたのか？　お金を無心するため。それとももっと悪いことを頼むため……今、それを考えている時間はない。

「大変、それならすぐにお兄ちゃんに知らせなきゃ」

母はすぐには反応しなかったが、しばらく思案してから、「そやね」と同意した。

2

四之宮登が隠れ家となっているアパートの扉を開けると、畳の上に胡坐を掻《か》いていた二人が、同時にこちらに目を向けた。

四之宮が「おい、どうだ」と呼ぶと、背を向けていたライゾーが立ち上がって、こちらに歩いてくる。

ライゾーは台所を通過し、四之宮が立つ玄関の三和土《たたき》まで来た。

奥の部屋の窓際にこちらを向いて座っている男に聞こえないようにライゾーは「大丈夫だ。昨日の話と食い違いはない」と小声で囁いた。記事にするだけの確認作業は終えた、という意味だ。

男は棚瀬二郎というチンピラだ。

正和会石川組の構成員だが、つい最近破門になった。

直属の兄貴分である伊波建夫という男が、組の金を持ち逃げしたことが原因だった。

石川組の主なシノギは野球賭博である。

だが伊波はその野球賭博で大きな穴を開け、それを埋めようとあらゆる手を尽くしたのだが、裏目、裏目に出て、穴は大きくなる一方だった。このままでは責任を取らされると危機を感じた伊波は、組の金庫から金を奪って逃げるという暴挙に出たという。

伊波は一番の手下である棚瀬にさえ行方を告げなかった。

だが組の連中は棚瀬なら知っていると睨んだ。

口を割らせようと棚瀬を拘束した。棚瀬は散々甚振《いたぶ》られた後、隙をついて組を逃げ出したのだが、遠くに逃げるには資金がない。そこで電車の網棚にあった週刊タイムスを拾って、裏表紙に書かれた電話番号に「浪岡についていて面白いネタがあるから買わないか」と連絡してきたのだ。棚瀬は、タイムスが浪岡龍一の黒い疑惑を追及する記事を掲載したことを記憶していた。

昨夜、この、四之宮たちが「四谷」と呼ぶ隠れ家に連れてきた際、四之宮はライゾーとともに徹底的に、浪岡に関わる野球賭博についてのカラクリを聞き出した。

棚瀬の話は、作り話ではないと断ずることができるほど具体的だった。

「普通、八百長というのはこっちが仕掛けるものだが、浪岡の場合は違う。向こうから連絡が来るんや」

「浪岡が直接かけてくるのか」

「さすがにそんな無茶はせん。仲介役がいる」

「仲介役？　誰だ」

「そいつはオレには分からない。仲介者は組に兄貴が不在だと、電話を切っちまうからな」

「兄貴っていうのは、金を持ち逃げした伊波のことだな」

「そうや。まさかオレを置いて逃げるとは思わんかったわ。おまえとは死ぬまで一緒やと言うてたのに……」

「かけ直すことはできないのか」

「それは無理だ。向こうは公衆電話だったからな。だから浪岡が投げそうな試合の日は、兄貴は外出せずに、組でじっと待っていた。まるで恋人からの電話を待つようにな」

「その電話は毎試合、浪岡が投げる試合のたびにかかってくるのか」

「いや、そうやない。あっても、年に二、三度やな」

「二、三度？　たった、それだけか」

「そんなもんやな」

「どうしてだ」

「どうしてって？」

「アンタらかて、毎試合やってくれた方が金になるだろう」

「オレらは所詮は胴元やからな。そんなにしょっちゅうおかしなことが起きたら、客も逃げてしまうがな。むしろ欲しいのは八百長より、先発ピッチャーが誰かの情報や。ハンデにも影響するからな」

「浪岡は先発は教えてくれへんのか」

「あの男にそんなケチなことは頼まん」

「頼まんというより、伊波が頼んでも教えてもらえないんだろ？」

「そうかもしれへんな」

「で、どんな試合の時、その仲介者というのは連絡してくるんだ」

「どんな時？」

「あるだろうよ。優勝の決まる試合だとか、相手がどこどこ戦だとか」

四之宮が問い詰めたが、棚瀬は「さぁ、これといった特徴はない。いつも突然やったみたいやし」と首を傾げた。「ただし、電話をかけてくる時は必ず条件がつけられたらしいけどな」

「条件ってなんや」

「それは兄貴は教えてくれんかったから分からん。ただ、なんでいつもそうなんや、と電話越しに怒鳴ってたんを聞いたことがある」

「その条件を呑まんことには、八百長はしなかったということか」

「そういうことやろな。兄貴はよく、『いけ好かん男や』とその間に入った男のことを愚痴っとったからな」

「それでも連絡を寄越すのは伊波にだけなんだろ？　どうして伊波だけが信頼されているんだ」

「兄貴の故郷《くに》は浪岡の育った町のすぐ近くや。兄貴は中学を出て、その浪岡の住む町に出て、そこにあった小さな組に出入りしていた。でも結局、その組が解散したので、今度は大阪に出て、今の組長に拾ってもらったんや」

「なんていう名前の組だ？」四之宮が訊き返すと、棚瀬は「確か、谷中《やなか》いうたかな。よう覚えとらんけど」と答えた。

「谷中か」四之宮は書き留めた。そんな名前の暴力団事務所があったのを思い出した。

「二人が知り合うたのは浪岡が中学の時や。兄貴がいたその谷中組の組長の子供が同級生におったんやて。それでその子が浪岡を締めたろうと思ったら、逆に叩きのめされてな。それで組員やった兄貴に『浪岡を半殺しにしてくれ』と泣きついたそうや。兄貴もそのつもりやったけど、浪岡の前まで行って、気が変わったらしい。兄貴はその組長の子を説教したというんや。バックの力を借りて戦っているようじゃ、ホンマもんの極道にはなれんぞと」

「浪岡はその時の恩義を感じていたということか」

「いや、そんな友情みたいな話やないやろな」

「だとしたらどういうことだ」

「これはオレの勘だけど、兄貴は見くびられたんやと思う。まだ中坊だった浪岡に。で、浪岡は兄貴を都合よく使うたんやないか」

「じゃあ、その仲介役も極道ってことだな」

「いや、違う。たぶん堅気の人間や」

「堅気の人間？　誰だ？」

「オレはその仲介役は浪岡の親父やないかと思っている」

「親父やて？」小学生の時に蒸発したと聞いていただけに、意外な気がした。「どうしてそう思うんだ？」

「何回か兄貴が仲介者のことを誤って、『親父』と喋ったことがあった。一瞬、石川のオヤジのことを言うてるのかと混乱したからな。それによう兄貴が言うとった。浪岡に『頑張れ』と説教たれられるんは、アイツの親しかおらんって」

頑張れと説教した？　四之宮の記憶の隅から、センバツ決勝の前日のシーンが浮かんできた。

あの男は「まぁ、頑張れよ」と言って浪岡の肩を叩いていた。

ただし、親としての優しさも思いやりの欠片《かけら》も言葉に籠っていなかったが。

あの時、浪岡が親戚だと言った男が父親だったというのか。だとしたらやはり、決勝戦は八百長だったのだ。浪岡は父親の命令に従ったのだ。

そこで「ちょっと待ってくれ」とライゾーが口を挟んだ。「伊波と浪岡の関係も分かった。親父が仲介していたのも納得した。だがどうしても解せないのは、浪岡を握っておきながら、伊波はどうして穴を埋められなかったんだ？」

「穴を埋められなかった？」

「伊波の顔を立てて結婚式にまで出てくれる関係なんだろ？　困った伊波のために、それまで年に二、三試合だった八百長の仕込みを増やしてくれてもよさそうなもんだろう」

ライゾーの指摘はもっともだ。見くびられていようが、浪岡と伊波は一蓮托生《いちれんたくしょう》の関係なのだ。手を差し伸べてやってもおかしくない。

「ああ、実際、兄貴もそれを期待していたよ」棚瀬は言う。「だがそれは兄貴の誤解だった。兄貴は同郷ということで、浪岡のことを兄弟分のように思っていたが、向こうはその気はまったくなかった。兄貴が困っていようがいまいが今までのペースは変わらない。それどころか、今年に入ってからは梨《なし》の礫《つぶて》やった」

「なら父親を捜せばよかったじゃないか。アンタたちのネットワークを使えば、浪岡の父親を捜すことなど容易いだろう。捜し出して力ずくで脅せばよかったじゃないか」

「まさか」

「どうしてだよ」

「浪岡には正和会がバックについているんやで」

「本部の会長のことか」聞き質すと、棚瀬は「そや」と頷く。浪岡はそこまで計算して、結婚式に出席したというのか。

「兄貴がよう悔やんでたわ。『あれがワシの人生の岐路だった。あの一件がなければ、なんぼでも浪岡龍一を自由に使いまわせた』って」

確かに本家の会長を後ろ盾にすることで、浪岡は伊波の駒《こま》ではなくなってしまった。ぞんざいに扱えば、伊波の身が危なくなる。浪岡という男は、機転が利くどころではない。彼の行動はすべて計算し尽くされたものだ。

取材は徹夜で、この日の朝方まで続いた。

その後、四之宮はライゾーを見張り役として残し、社に戻って、編集長に記事掲載を直《じか》談判《だんぱん》してきたのだ。

タイトルは「浪岡龍一　昵懇《じっこん》の暴力団組員の失踪《しっそう》とその原因――」。

あくまでもテーマの中心は伊波建夫の持ち逃げなのだが、その原因が野球賭博による損失であり、しかも伊波と浪岡は同郷で、浪岡が中学時代から関係があって、それが縁で正和会会長の娘の結婚式に出席した……巻頭から何ページも割いても足りないほどのネタの量だった。

四之宮が会社に戻っている間に、棚瀬がいい加減なことを言っていなかったか、もう一度、ライゾーが同じ質問をして確認を取った。「昨日の話と食い違いはない」とライゾーは言った。昨日の内容で記事にして問題ないということだ。

中から棚瀬二郎が「おい、何コソコソ話しているんや」と訊いてきた。

「ところで、持ってきてくれたんやろな」

四之宮は「ああ」と声を出して、鞄の中から帯封された束を一つ取り出し、棚瀬が座る近くまで歩いて、前にポトリと落とした。

「百万？　約束の額の半分にも満たへんやんか」

棚瀬が色をなした。

昨日、ここに来た時に前金として二十万渡しているから、これで百二十万。だが約束した謝礼の五百万には遠く及ばない。

「会社を出た時はすでに銀行は閉店していたからな。社内でかき集められるのはそれで精一杯だ」

実際はまだ編集長の机の中にはいくらか金が眠っていたが、来週号で扱う記事はこれだけではない。記者の急な出張費など、軍資金を残しておく必要がある。

「悪いが残りは、銀行が開く明々後日《しあさって》の月曜日まで待ってくれ」

「明々後日やと。それまでにこっちの身が危なくなるわ」

「大丈夫だ。ここより安全な場所は他にないからな」

「ホンマか」

「ああ、嘘はつかない。編集部内でもオレたち二人しかこのアジトは知らねえんだからな」

二人と言ったが、本当はもう一人、さっきページと金の件を直談判してきたばかりの編集長が知っている。それでも直属のデスクの畠山には棚瀬二郎を捕まえたことすら、現時点では伝えていない。

このアパートは先月、政治家の汚職事件で、四之宮たちが元秘書を匿《かくま》った際に使ったものだ。ただし、社内での情報漏れを防ぐため、上野の入谷《いりや》にあるにもかかわらず、あえて「四谷」と呼んでいる。

「で、四之宮。今度こそ記事にするんだろうな」

ライゾーが整った顔を強張らせて訊いてきた。佐伯徳三郎の一件をまだ忘れていないのだ。

だが今回のネタはあの時とは異なる。

あの時は佐伯徳三郎の勘や推測を、無理やり浪岡を連想させるように書く、いわば小細工のようにして書き上げる記事でしかなかった。

だが今回は違う。

少なくとも浪岡と暴力団の交際が正確に解明できたのだ。点線でしかなかった関係図が、太い実線に変わった。

「もちろんだ。書くつもりで編集長にトップを空けてもらった」

「それはよかった。念のためにきょうのテープを渡しておく」

ライゾーがカセットテープを渡した。

編集部の小型テレコは誰かが持ち出していたので、月賦で買ったばかりの四之宮のラジカセを使って録音した。両サイドにスピーカーがついているステレオタイプのものだ。スピーカーが二つついていて性能はいいのだが、重量もあって、ここまで持ってくるのには苦労した。

「ちゃんと録《と》れているだろうな」

「ああ、途中で一度、録音を止めて、聞き直したから大丈夫だ」

慎重派のライゾーは昨夜もそうやって確認していた。

「だったら安心だ」

「おう、ハデに書けよ」

「分かってるって。消化不良では終わらせない」

「高校時代、同じ釜《かま》の飯を食ったからって容赦するんじゃねえぞ」

「ああ、オレは二度とおまえの協力を無駄にはしない。だから安心しろ」

「よし、分かった。すべておまえに任せる」

ライゾーの顔がいつもの色男に戻った。

3

テープに録音された棚瀬の証言をまとめ、精魂を込めて原稿を書き上げると、四之宮は思いを巡らせた。

終わったらすぐに隠れ家に戻るとライゾーに約束していたが、その前にどうしても確認しておきたいことが浮かんだ。

そのためにはライゾーに断りを入れなくてはならないが、その手段がない。

ポケベルを鳴らせば、社に連絡する決めごとになっている。

だが「四谷」と呼ぶ入谷のアパートには電話を引いていない。前回の元秘書を匿った際にも、編集長に催促したのだが、そうこうしているうちに、元秘書にも逮捕状が執行され、隠れ家を使う必要性がなくなった。電話の件もうやむやになってしまった。

ライゾーが連絡を寄越すには、一度、表に出て、アパートの斜め向かいにある公衆電話からかけないといけない。そうすることは棚瀬二郎を部屋に一人残すことになり、結果的にライゾーを惑わすだけだ。

仕方ない。ライゾーには悪いが、無断で交代時間を遅らせてもらうことにした。

前のデスク席を見ると、畠山が赤ペンを持って、四之宮が出した原稿を読み耽っていた。

読み終わると同時に、彼は赤ペンを机に置いた。

「おい、面白《おもしれ》えじゃねえか」

畠山は四之宮と相性が悪く、いつもなにかと因縁をつけてくるのだが、この日の内容には文句のつけようがなかったのだろう。

「よし、オレもトップで行くことに賛成だ」

「ありがとうございます」

「ゲラはどうする？」

「そちらでお願いします。ボクは追加取材がありますので」

「追加取材って、きょうは校了日だぞ。なにか持ってこられても入らねえぞ」

「それは分かってます」

そう言って、四之宮は上着を手に取って部屋を出た。

歩きながら何か忘れているような気がしてならなかった。

そうだ。原稿を書き終えたら一服しようと思っていたのだが、唯一の嗜好でさえ、取ってきたネタに夢中になって、失念していた。


四之宮が桜田門の正面、通りの逆側で待っていると、予想していた時間よりずいぶん早く、目当ての男が出てきた。

半澤正成――。浪岡を追い続ける防犯部保安課の警部だ。

左腕を見た。

セイコーの腕時計が午後六時を指していた。

半澤が通りに出て、車道の右側を見たので、四之宮は慌てて声を出した。

「半澤さん」

通りの向こうの男は一瞥したが、すぐに顔の向きを通りに戻した。

虎ノ門方面から走ってきた灰色のセダンがブレーキをかけて停まった。

ドアが開き、助手席に半澤が乗り込む。刑事の車なのだろう。

駆け足でセダンの前に出て、発車しないでくれと手で制して回り込んだ。

後部座席のドアレバーに指を差し込んだ。

幸い、ロックはされていなかった。

発車しないということは、乗って構わないと言っているのだ。そう勝手に判断し、四之宮は潜り込むように中に入った。

「どこに行かれるんですか」

四之宮が問いかけたが、半澤は黙っていた。運転する若い刑事がアクセルを踏んで車を発進させた。

答える代わりに半澤は「おい、ラジオつけてくれ」と発した。

「これでいいですか?」

刑事は走りながらチューニングした。

「ああ、それでええ」

スターズの野球中継だった。アナウンサーは「ピッチャー、浪岡、第一球を投げました。ストライク。得意の縦のカーブがコーナーいっぱいに決まりました」と実況している。

四之宮は合点がいった。

「球場ですか」

浪岡は最多勝を争った前年とは打って変わり、今年は開幕から三連敗するなど不振に苦しんでいた。それでも最近は勝ち星が先行し、ここまで六勝六敗と五分の成績を残している。まだ八月前半だから、シーズン終了まで二ヵ月ある。浪岡の力なら二桁の勝利は間違いないところだ。

「球場に行かれるんですね」

もう一度訊くと半澤はゆっくりと頷いた。

「なにかあったんですか」

一瞬、疑念が脳裏を掠めた。まさか逮捕——。そんなわけはない。だとしたら四之宮を同乗させないだろう。

「……親父が倒れた」

「親父って、浪岡が子供の時に別れた親父ですか？」

「そうだ。植田一郎だ。でもまったく会っていなかったわけではない」

「ヤクザ者との仲介者だったということですか」

「おっ、よく知ってるな」

半澤は感心した言い方をした。昨晩、棚瀬二郎からそうではないか、と聞かされたばかりだ。

「警察は親父の行方を摑んでいたんですか」

「ああ。ただし最近のことだがな」

「それで親父の状態は」

「危篤だ。医者の話だと夜半までもちそうにないそうだ」

「そんな……じゃあ、浪岡には……」と言いかけ、愚問だと思った。ヤツは今、球場にいて試合に出ている。父親が危篤だというのに、病院に行くのを拒否したということだ。

「今、父親の元には浪岡を除く家族が駆けつけている。

「なら警部も病院に行った方がいいのではないですか」

「それが面白い情報が入った」

「情報？」すぐにそれは内偵者からのものだと分かった。石川組の周辺に警察が内偵者を送り込んでいるのは予想できていた。

「きょうの試合、ハンデ発表の直前になって、急遽、『一半』に変わったというんや」

「一半？」

調べていた賭博用語を思い出す。

一点のハンデという意味だった。ただし「一・〇」と違うのは、「一・〇」は一点差勝ちでは チャラになるが、「一半」は一点差勝ちでも負けになる。

「植田一郎が伊波に連絡を入れた時、植田は必ずハンデを一半にするように指示した。『一点差で勝て』ちゅうのは、浪岡にとっては子供の時から何度も言われてきた親父の教えみたいなもんや」

「一点差で勝てなんて、そんなこと言う親がいますか」

「植田本人が言うたんやから間違いない。それにワシは目撃したからな。まだ小学六年生やったけど、浪岡は親父に言われた通りに一点差で勝ちよった」

「それでしたら警部は、浪岡のやってるのは敗退行為ではないから、八百長ではないと言うんですか」

「そうは言うとらん。敗退行為でなくとも、一点差で勝とうが、八百長は八百長や」

そこまで言われて四之宮は唸り声を出しそうになった。頭の中で二つの事実がつながったからだ。

一つは棚瀬が言っていた仲介者が連絡を寄越す時の条件。それはハンデを一半にしろとの指示だったのだ。

そしてもう一つは、浪岡の投げる試合はやたらと一点差の試合が多いということ。

一半──。

浪岡の八百長にそんなカラクリがあったとは思いもしなかった。

咄嗟に浮かんだのは甲子園の決勝だ。あの時だって、わざと負けようとしたわけではなかったということか。ただ一点差勝ちにしようとしただけだった……。

果たしてそんなことがありうるのか。浪岡に負ける意図はなかったかもしれないが、セーフティーリードだったのが詰め寄られたことで、バックを守る野手たちは動揺した。その結果、大事な場面で、二人の選手が一生の傷として残るミスをしでかした。

ハンデが一半に変更になったということは、仕組まれる可能性はある。だが肝心の伊波は逃走中のはずだし、今さっき半澤は、仲介者の親父は危篤中と言ったではないか。

「今回は、誰が連絡を寄越してきたのですか」

「まさか？」

質問しながら四之宮の脳裏に、一人の男が浮かび上がってきた。

「そのまさかだよ」

「本当ですか」

「確証はない。内偵者が直接、連絡を受けたわけではないからな。だが組織では浪岡が直接電話をかけてきたと思っている」

浪岡の父親は、戸籍上は家族と別れているが、実際は裏から浪岡を操っているのだと思い込んでいた。

だが父親が危篤の今、それを自分から連絡したということは、浪岡の行為は父親の意思とは関係がなかったということになる。

いや、そんなことはあるまい。四之宮は父親が浪岡に直接指示したシーンを目撃しているのだ。

ただしそれを解くのは先でも構わない。目の前で八百長試合が見られるのだ。一点差勝ちだろうが、八百長は八百長だ。

「つまり……きょう、浪岡はやるということですね」

「……」

「一点差で勝つか、それとも負けるか。いずれにしても二点差以上で浪岡が勝つことはない、ということですよね」

「…………」

「そういう意味ですよね」

四之宮は念を押したが、半澤は答えなかった。だから球場に向かっているのだ。自分の目で確かめるため。おまえも自分の目で確かめろ――半澤はそう言っているようだった。

球場に着くと、すでに試合は五回に入っていた。

タクシーに乗っていた時は、浪岡も、そして相手投手も抜群のピッチングを続け、〇対〇の息詰まる投手戦が続いていたが、タクシーを降りて、切符を買って客席に上がってくるまでの間に、均衡が破れたようだ。

スコアボードを見ると、スターズに「1」という数字が入っていた。

若い刑事が一番奥に、続いて半澤、四之宮の並びで席に着いた。腰を下ろすと、四之宮は左隣に座る中年男にどうやって点が入ったのか、と尋ねた。

中年男は「浪岡だよ、浪岡が自分のバットで先取点を奪ったんだよ」と話した。

「見事なホームランやった」

「ホームラン？」

「ああ。打者顔負けの当たりだった。浪岡はやはり天才だ」

その声が届いたのか、右隣から「できてしまったな」と渋い呟き声が聞こえてきた。半澤だ。一対〇。浪岡の望む形ができた、という意味だ。

「まだ五回です。分かりませんよ」

ちょうど浪岡がマウンドに上がっていくところで、周りの歓声に四之宮の声は消されそうだったが、なんとか半澤の耳まで届いたようだ。半澤から「そうかな」と半疑問の声が返ってくる。

「ええ、このままでは終わらないですよ。必ずなにか起きますって」

自分に言い聞かせるように言った。

要は点差が開いてから、浪岡がどうするかだ。

そもそも四之宮にはどう考えても、一半というのが信じられない。そんな器用に数字を操るようなことができるのか。試合はなにが起きるか分からない。九回二死から何点差もひっくり返されることもあるのだ。それを一点差で勝とうとするなんて。いくら浪岡の能力をもってしてもそこまで操作するのは無理だ。

「しかし、浪岡の父親というのは、いつからこっちに出ていたんですか」

「浪岡が高校を出る直前みたいだな」

「ということは、父親が東京のチームに入るように勧めたんですかね」

「ん？」

「関西に居を構えていたのでは、極道にどっぷり浸かっていたでしょうから」

「親父がそこまで気を回したというのか？」

「いえ、そんなことはありませんね」

自分で言って、すぐに撤回した。

仮に大阪の球団に入っても、浪岡は簡単に裏社会に引きずり込まれることはなかっただろう。ヤツには鉄の意志がある。父親の命令なのか、それとも本人の希望であって、父親は一介の連絡係だったのかは分からないが、それでも浪岡は裏社会とは絶妙な距離感を保ち、連中を自分のそばには近づけなかった。

「父親はこっちでなにをやっていたんですか」

「……肉体労働だ」

「肉体労働？」

「ああ、飯場をうろちょろして、日雇い仕事で日銭を稼いでは、仲間内でチンチロリンに興じたり、競輪や競艇に出かけたり……博才があったという話はあまり聞かなかったな。ただ、一つ同情するなら、片足が不自由な植田には、割のいい仕事が見つからず、あったとしても他の者より少ない手当しか支払われていなかった」

「その不足分を、博打で仲間から取り返したかったんですかね」

「それは、どうかな。なんぼも借金背負ったんやろから、自分が下手糞なんは分かっていたやろ。それでもやめられんのが博打や」

「まさに麻薬みたいなもんですな」

「中毒性という意味ではええ勝負やな。冷静な思考の能力なんて飛んでしまっているやろからな。極端なことを言えば、やってる連中は勝ち負けなんかどうでもええ。続けていることで心の安定が保てる。金は遊ぶためのただの紙切れでしかなく、だから博打で増えた金は、結局、博打で使い切ってしまう」

「憐れですね」

「そんなヤツでも唯一、自慢があったらしいけどな」

「なんですか？」

「息子や」

「浪岡、ですか？」

「そや。植田は仲間内で一升瓶を回しながら、よう息子の自慢話をしていたらしい。ただし決して浪岡龍一とは言わず、『倅は東京でサラリーマンしとる』『バリバリのエリートや』と語っていたそうや。住処《すみか》もなく、簡易旅館を転々としている孤独な身やったにもかかわらず、息子のことを『親思いの優しい子なんや』と話していたらしい」

「しかし、浪岡が父親を家に呼ばなかったということは、父親を拒否していたということですよね」

四之宮が尋ねると、半澤は「さぁ、それは当事者に訊かんと分からん」と首を振った。

父親にとっても自慢の息子だった——。そう聞くと、改めて浪岡が浅野紀一郎に言った言葉が気になった。

「警部、浅野紀一郎ってご存じですよね」

「マル暴の結婚式に出てくれと頼んだ、と名乗り出た銀行員やろ」

「警部は本当に浅野が頼んだと思っているんですか？」

「まさか」半澤は否定した。「マル暴が一銀行員にそんな大事なことを頼むわけあらへん。あいつらの面子《メンツ》に関わることや」

さすが警察だと感心した。浪岡がどう筋書きを作ろうが、御上《おかみ》にはお見通しだった。

「浪岡って、浅野の父親が汚職で逮捕された時、『親から逃げているうちは親を恨むこともできん』と言って慰めたらしいですよ」

四之宮は浅野本人から聞いた話をした。浅野は今でも実家に送金して、公職選挙法違反で逮捕されたことで、滅茶苦茶になった実家の家計を助けている。

半澤がなにも反応しないので、四之宮は考えていることを述べた。

「でも浅野にそんなことを言いながら、自分は親父を恨むこともできてないってことですよね」

「そうかな」

「そうですよ。せっかく親父が死んでくれるというのに、まだ八百長にこだわるんですから」

「それは浪岡に訊かんと分からん」

すかね」

「もしかして、八百長を続けることが、親父に対する恨みを晴らす、唯一の手段だからで

「それも分からん」

「でも警部はこう思っているんでしょ？　浪岡はこれまでの父親の縛りから逃れるために、最後にひと試合、一半を組もうとしていると。そうすることでヤツが父親との関係にケリをつけようとしていると……」

「どうやろな」

「でもあんな機械みたいな人間が、しがらみを断ち切るのにそんなことまでしますかね」

「機械のような人間？」

「まるで感情がないロボットみたいな男ですよ、浪岡龍一は」

かつて、捕手の大和田に話したことと同じ感想を口にした。大和田は「面白いこと言うな」と少し興味を示してくれたが、半澤はまったく違った。

「機械のように見えるかもしれんが、実際は違う」

「そうですかね」

「ああ、機械は罪は犯さん。浪岡が八百長に加担しているとすれば、それはヤツが人間やからや。だからこそ、ワシはヤツの心の目を見たいんや」

「心の目？」

「ああ、その目を見つめて、ワシは問いかけたい。おまえは本当に悪党なのか、とな」

四之宮はなにも答えなかった。答えられなかったという方が正確だった。心の目――。自分が追いかけてきたものが、くっきりとその輪郭を現したような気がした。

ヤツにも自分と同じ赤い血が通っている。

その血が脛や足首から流れているのを高校時代に目撃した。ヤツの皮膚が裂け、粘膜が剝き出しになった傷口は今でも瞼に焼き付いたままだ。

心だってある。父親との秘密を知ってしまった自分を追い出そうとしたことは、ヤツが生身の人間であると証明しているようなものだ。

だがその心、半澤が言う心の目が見えないから、ムキになって、浪岡潰しに執念を燃やしてしまう。決して高校時代の恨みを晴らすためではない。

六回、浪岡はいきなり連打を浴び、無死一、二塁のピンチを作る。ただし、打った打者を褒めるべきであり、いずれも甘い球ではなかった。

ラジオでアナウンサーが絶賛していたのは本当だった。ピンチを背負うが、浪岡は後続を抑えて、得点を与えなかった。

とくにスリーアウト目、遊ゴロに取ったカーブは見事だった。一度浮き上がってから、急にブレーキがかかったように外角低めに向かって沈んでいき、打者はバランスを崩しながら、引っ掛けるのが精いっぱいだった。

今年から、浪岡が投げる日だけ、捕手が大和田から若手に変わった。開幕三連敗した後に浪岡が、捕手を代えてほしいと三島監督に願い出たという噂が専らだが、実際のところ、浪岡も大和田も三島監督も、その点に関してはコメントしていないので謎のままだ。しかし、佐伯徳三郎の言葉を借りるなら、大和田が浪岡への疑念を消せなくなり、ついに二人の信頼関係が崩壊したということだろう。

「しかし、警部はどうしてここまで浪岡に執念を燃やすのですか」

ベンチに引き揚げていく浪岡に目を遣《や》りながら、四之宮は質問した。

悪い人間を捕まえたいと願うのは刑事の本能のようなもの。だがこの男はエリート路線を歩み、将来を約束されていたにもかかわらず、それを捨てて、一人の男に固執している。

半澤は「別に浪岡一人に執念を燃やしているわけではない」と返した。

「そうですかね」

「オレは極道が許せん。ヤツらの資金源になっているものを断ち切ろうとしているだけだ」

「でもそれなら他にもあるじゃないですか」

競馬のノミ屋、地下カジノ……いや、利ざやという意味では、今の時代は覚醒剤《かくせいざい》の方が上だろうし、社会に与える影響も大きい。

「ああ、なんぼでもある。だが野球賭博が怖いんは、まるで善良な市民のような顔をしていることや」

「真面目に生活している人間までを引きずり込むってことですか」

「そや。野球というスポーツは日本人の文化や。今や、相撲を抜いて国技みたいなもんや。どこぞの会社でも自宅でもみんな、知らん奴がおらんくらい、共通の関心事や。極道連中というのはそういうところに忍び寄ってくる」

「客は知らず知らずのうちに巻き込まれてしまうと？」

「気付いた時はもう手遅れや」

「でしょうね」

「昔、ワシがアンタに、日本では野球賭博が文化として根付いていると話したのを覚えとるか」

「ええ、もちろんです」

「その時、野球賭博がどうして怖いか、と話したんは？」

「他のギャンブルと違って、現金がなくても参加できるということですよね。それこそ電話一本あれば参加できる、と」

「そやな。それに加えて野球賭博には競馬や競輪といった公営競技と絶対的に異なる点がある」

「絶対的に異なる点？」

「それは野球賭博が丁半博打という点や」

「丁半博打。つまり勝つか負けるか二分の一という意味だ。野球賭博はつねに胴元と対戦する。勝つか負けるか――。

「丁半博打だとなにが問題なのですか？」

「二分の一ということは、負けた分だけ賭ければ、取り返すことができるやろ。仮に一千万負けていても、一千万円賭けて、次の勝負に勝てば、すべてを取り戻せる。もちろん一割のテラ銭は取られるが、博打《ばくうち》はそんなことは考えへん。土地や家を担保に入れてでも、会社の金に手を出してでも失った分を取り返そうと血眼《ちまなこ》になるんや。その時はもう冷静な判断力など失ってしまっとる」

「そうですね」

「勝てば取り返すことができる。そやけど、負ければ家屋敷を失ってしまうんや。家族を捨てて逃げる、あるいは命を捨てなければならないほど追い詰められる。だが、仮に客が勝ったところで、胴元の懐は痛まん。ヤツらはきちんとハンデを切って、掛け金がどっちかに偏らんよう、あらかじめ準備している。客はいつかは破産して、極道連中だけが潤うシステムになっとる」

その通りだ。もちろん、中には伊波のように、欲に目が眩《くら》んで大口を受け付けたことにより、結果として胴元が大ケガする場合もあるが、そういう話は稀《まれ》だ。棚瀬二郎の証言ではないが、伊波にしても、浪岡という手玉が自分の懐にあると錯覚しなければ、もう少し慎重に勝負を選んだはずだ。

伊波が石川組の資金を持ち逃げしたとの情報は、当然、半澤の耳に入っているだろう。だとしたら伊波の逃走先を掴んでいるのか、それを確認したくて、四之宮は警視庁まで行ったのだが、今はそんなことはどうでもよくなった。

浪岡は七回も先頭打者をヒットで出した。

六回のピンチとは異なり、気持ちが入っていないように見えた。ベンチも六回のピッチングで、しばらく浪岡で大丈夫だと踏んでいる。こういう時が逆に危険なのだ。

続く打者に送りバントのサインが出た。

少し強めのゴロが投前に転がる。

捕手は一塁を指した。

だが猛然とダッシュしてきた浪岡は、その指示を無視して、二塁に送球した。

四之宮は「やった」と心の中で叫んだ。

佐伯徳三郎が言っていたパターンだ。八百長を仕組む投手は、咄嗟の判断で悪送球をしようとする。エラーがつけば、自責点に加算されないからだ。

だが四之宮の期待に反して、素手でボールを掴んだ浪岡は振り向きざま、矢のような送球を二塁に投げた。ベースカバーに入った遊撃手がいっぱいに体を伸ばし、そのボールをグローブに収める。

アウト——。

塁審の手が上がる。その瞬間は「オォー」という歓喜の声が沸き上がり、耳が痛くなるほどの拍手喝采《かっさい》となった。

浪岡にしかできない俊敏な身のこなしだった。きっと観客の大多数が浪岡のプレーに身震いしたに違いない。

続く打者はシュートを詰まらせ、投ゴロに打ち取る。もちろん、浪岡は悪送球などせず、ベースカバーに入った遊撃手が捕って投げやすいよう胸元へお手本のような送球をし、併殺を決めた。気持ちが入っていないように見えたのは間違いだった。見事な集中力でピンチを切り抜けた。

八回、浪岡は三者凡退に打ち取る。

引き揚げていく浪岡に向かって、四之宮は「おい、打線がなんとかしろよ」とやるせない思いをぶつけた。

せめて打線が一点でも追加してくれないと、一対〇の完封では一半を仕組んだのかどうかさえ、判断がつかない。

相手の先発投手にはすでに代打が送られていて、ブルペンでは勝ち試合には出てこない若い投手が、準備をしていた。

「スターズ打線が追加点を取ってくれないですかね」

だが横に座る半澤は「厳しいだろうな」と否定的だった。

「そうですかね」

「ああ、浪岡が味方打線に『一点で十分や』『余計なことはするな』と体現している。エースにこういう態度に出られると、打線は余計なことをしてリズムを崩したくないと思うもんだ」

半澤はこのまま終わると読んでいた。一半のゲームができている。これが浪岡の狙い通りの試合なのだと。

だが四之宮はそう思わなかった。

一点差というのは取ってつけた言い訳のようなもので、やはり本音は敗退行為を行っていたとの疑念は拭い切れなかった。このまま一対〇で進んだとしても、浪岡が故意に試合を崩してくる、そんな予感はあった。

半澤が予想した通り、スターズの最後の攻撃はあっけないほど簡単に終わった。三者凡退――。

浪岡はゆっくりと最終回のマウンドに向かう。オレンジのカクテル光線が、まるでスポットライトのように浪岡だけを照らしているように見えた。

九回、浪岡は簡単に二死を取った。先頭打者は詰まった内野フライ。続く打者に対しては、キレのいいストレートが、外角いっぱいに構える捕手のミットに収まった。

このまま一対〇で終わるのか。あと一人で完封勝利だ。

だが続く打者にツーナッシングと追い込みながら、内角を狙った球が抜け、打者の肩に当たった。

死球で二死から走者を出す。

打者より投手にとって痛い場面だが、ツーアウト、ツーナッシングというカウントだっただけに、浪岡が故意にぶつけたような気もしないではなかった。

やはり、そうだ。ヤツは勝とうなどしていない、負けるつもりだと直感した。またぞろ悪い虫が騒ぎ始めたのだ。

そうや、浪岡。やれ。オレの目の前で見せてくれ——。

四之宮は心の中で叫び声をあげた。

自分の目の前で、疑いようのないほどの八百長の事実を見せつけてほしい、犯罪を煽《あお》るようで不謹慎かもしれないが、そう願った。

次打者はリーグ屈指のスラッガーと言われる山本だった。

とくに浪岡に対して相性がいいわけではないが、過去にいい場面でタイムリーを打っているし、逆転サヨナラホームランも放っている。

浪岡は初球、ドロップで入った。

緩く縦に落ちる、縦のカーブとも言われる浪岡の得意球だ。

四之宮の目には蠅《はえ》が止まるような、スピードを抜いた球に見えた。人を食った球だったが、それでも山本はグリップを動かすことなく見逃した。球審は「ストライ〜ク！」と声高《こわだか》にコールした。

「いいドロップですね。さすがの山本も手が出ない」

そう言ったが、心の中では違うことを思っていた。

ドロップはほぼ真ん中に落ちてきた。

それでも山本が手を出さなかったのは、ドロップなど頭になかったからだ。

初球のドロップは手を出しづらい——佐伯徳三郎の言う通りだ。

ボール、ファウル、ボールと続き、カウントは2—2になった。

途中、一球もドロップは投げていない。

ここだ、と思った。

佐伯徳三郎が言っていたもっとも危険なドロップが投じられる瞬間だ。

打者の山本の頭には一球目のドロップの軌道が飛行機雲のように残っていて、ストレートを狙っていたとしても、記憶の中の軌道に合わせ、ボールが通過していく地点に無意識にバットが出るよう、思考が組まれている——。

「次、ドロップならやられますよ」

四之宮は顔を前に向けたまま囁いた。

半澤もじっとマウンド上の浪岡を睨んでいた。たぶん、同じことを予感しているのではないか。

浪岡はゆっくり振り被って、勝負球を投じた。

ドロップだ――。

指を捻るのを、スロービデオのように捉えることができた。

その通り、指から離れたボールがゆるやかな弧を描き、ベース上、ほぼ真ん中に落ちていく。山本はゆっくりとバットを引いていく。

よし、打たれる。

本能的に目を瞑りそうになったが、見逃してたまるかと目を見開いた。

山本は力いっぱいバットを振った。しかしドロップの落ち際を捉えることができず、ボールは捕手のミットに収まった。

三振だった。

「どうして」

無意識に声を出していた。

ドロップが来た。

一球目と同じドロップが……。

佐伯徳三郎が言った通りだったのに……。

すべての打者がヒットにできるわけではないことぐらい承知していた。だがリーグ屈指の強打者だ。このケースで当て嵌まらないのであれば、佐伯の説は理に適《かな》っているとは言えない。

だが答えはすぐに分かった。

隣の半澤がこう答えたからだ。

「コースも高さもタイミングも、すべてが一球目のドロップとは違っていた。違っていたのではない。わざと違う軌道で投げたんや」

四之宮は答えられなかった。同じように見えたが、よく振り返れば微妙に違っていた気がする。

「浪岡はきょうは最初から一対〇で勝つつもりだった。本当の野球ファンは打撃戦より、一対〇の投手戦こそ野球の醍醐味《だいごみ》だと言うからな」

「醍醐味？」

四之宮は復唱する。一半が野球の醍醐味だと言いたいのか。

「一半がカラクリだったということですか」

「……ああ、親父への鎮魂歌や」

鎮魂歌――。

鳥肌が立った。ぞっとして、抱えるように両方の二の腕を擦りつけた。

しがらみを断ち切るために仕組んだのではなかったのか。むしろ父親が望む試合を作り上げて、送り出そうとしていると、この警部は言いたいのか。

そんなはずはない。四之宮は絶対に違うと思った。

あの男がそんな美しいストーリーを描けるはずはない。

本音は、ヤツの本音は、死んでくれてありがとう……。父親のせいで誤った道を歩まされたのだ。だからこそ、やっと、死んだ。死んでくれてありがとう、と喜んでいる——。

ヒーローインタビューが始まった。

ファンは誰一人帰ろうとせずに、投打の主役に立ち上がって歓声を送っていた。

浪岡もスタンドに向けて手を振った。わざとらしい、と思った。

もしかしたらこの後、父の病気の話を持ち出し、泣き出す気ではないか。

それくらいの臭い芝居も打てる。そうすることで自分に向けられている逆風を覆すことができると分かっている。

一対〇という最高のゲーム。だがたまたま味方打線が一点しか取れなかっただけで、五点も六点も奪っていれば、浪岡は試合が荒れ模様になるようぶち壊しただろう。

しかし、ここでもまた四之宮の予想は見事なまでに外れた。

インタビューの答えは、普段と代わり映えのない淡々としたもので、父親の「ち」の字も発しない。涙一つない。声を詰まらせることもなかった。

「行くか？」

半澤がグラウンドを見つめたまま、座席を立った。

奥に座る若い刑事が「そうしましょうか」と返す。

四之宮も「行きましょう」誰に言うでもなく呟く。

結局、なにも見えなかった。父親との関係も、半澤が言うようなヤツの心の目も……何も見えなかった――。

立ち上がった。すでに半澤は出口に向かっている。

追いかけなければ、と急いだが、これまでの徒労が体にのしかかってきたように、足が動かない。

なんのために記者になってまで、浪岡を追いかけてきたのか。目指す果てまでが見えなくなってしまった。

4

暴力団組員の伊波建夫の失踪と浪岡龍一との関係を暴いた週刊タイムスは、即日完売する凄まじい売れ行きだった。

四之宮とライゾーには局長賞が出た。もっとも売れ行きはとどまるところを知らず、浪岡龍一の父親の死を取り上げた翌週の第二弾も、記録的な部数を売り上げた。

浪岡龍一の実父が死亡
父への怨念《おんねん》と黒い糸

記事には浪岡の父が借金を理由に、浪岡が小学四年の時に家を出ていったこと。その後、浪岡だけが母や妹に隠れてこっそり会っていたこと。にもかかわらず、彼は試合とチームを優先し、通夜にも葬式にも参列しなかったこと……そして父が浪岡と暴力団関係者の間を取り持っていたこと。

死屍《しし》に鞭打《むちう》つようで、何度か筆が緩みそうになったが、これが自分に課せられた使命なのだと言い聞かせて、取材した事実をひたすら書き綴《つづ》った。浪岡の一連の黒い噂に、父親の存在が欠かせなかったことは、文面から十分、伝えることができたのではないか。

週刊タイムスがスターズに与えたイメージダウンは大きかった。

再び各メディアの浪岡報道に号砲が打たれ、これまで報道を控えていたスポーツ新聞までが、これ以上黙っていてはマスコミの一員としての沽券《こけん》に関わると、連日一面で取り上げ始めた。

中には「浪岡龍一がトレード候補にのぼっている」といった内容や、管理責任を問われている三島監督が「今季限りで勇退」といった話題にまで飛び火し、スターズのフロントは疑惑の火消しにてんやわんやだった。

増刷した第二弾も完売したという報告を受けると、四之宮はライゾーから「久々に飲みに行かねえか」と誘われた。

そういえばここ数週間、仕事に追われ、休みどころか、仕事帰りに一杯飲んだこともなかった。

細かい仕事を嫌な顔一つせずに引き受けてくれたライゾーには、いつか一杯奢らなくてはと思っていた。それだけに、四之宮は「いいね」と即答したのだが、少し逡巡し、「やっぱり明日でもいいか」と言い直した。

「どうした？」

「いや、ちょっとな」

「おい、まさか第三弾を用意しているのか？」

「いや、そんなんじゃねえ。ただ確認したいことがあるだけだ」

「そっか、それなら明日にするか」

ライゾーはなにを確認したいのかも訊かずにあっさり引き下がった。

ここ二週間に書いた記事は、四之宮自身も納得できるものだった。

とくに第二弾となった父・植田一郎の死を報じたスクープは、死亡してから週刊タイムスの発行まで、丸一週間の時間を要したにもかかわらず、どこにも漏れずによく残っていてくれたと思う。

そのスクープ記事では、四之宮は再び、上層部とぶつかった。

父親が死亡した日に浪岡が一対〇の完封勝利を飾ったことを知った畠山デスクは当初、お涙頂戴の感動記事がふさわしいと提案した。

「読者は家族の死というネタに弱いんだ。そっちの方が絶対に売れる」

いつもは四之宮の味方をしてくれる編集長までが、「こういう時は捻らずにストレートがいい」とデスクの意見に賛成した。

だが四之宮は同調しなかった。

「そんな記事はどこの雑誌でも書けます」

ずっと刃《やいば》を向けてきた相手に対し、相手が弱っているからといって、情けをくれるのは、むしろ卑怯だと感じた。浪岡だって望んでいない。一度抹殺したと思い込んでいる男から同情を貰うなんて、プライドの高いあの男が許すはずはないと思った。

だから四之宮は引き下がらなかった。デスクや編集長も引かず、必死に説得してきたのだが、それでも四之宮は首を縦に振らない。結果的には四之宮が取ってきたネタということで、意見が通った。

記事には高校時代、春のセンバツ大会に出場中の浪岡の元に、父親が金を無心に来て、浪岡が二千円を渡した、という四之宮が実際に目撃した事実も追記した。

その部分に目を通した畠山は「いくらなんでもこれはひどすぎるんじゃねえか」と修正しようとした。しかし四之宮が「そこだけは直さないでください。直すのであれば一から書き直します」と声を張り上げて訴えた。

ヤツがどんなに屁理屈を捏ねて、否定しようが、この一件だけは絶対に言い逃れのできない事実だ。

父親の死亡後、ライゾーと二人で足が棒になるほど飯場周辺の飲み屋を歩き回って、仲間と楽しそうに騒ぐ植田一郎の写真を手に入れた。皺だらけで、目の下にほくろがあって、偶然にも写真の植田はあの時と同じで、深緑色のハンチング帽を被っていた。

ただでさえ老《ふ》け顔だったのが、さらに老いて見えたが、センバツの決勝の前日、四之宮が旅館の脇で目撃した男と同一人物なのは間違いなかった。

小さなエピソードに過ぎないが、浪岡に対し、この記事を書いているのが四之宮だと分からせ、そして自分だって不退転の覚悟でこの記事に臨んでいることを知らしめるには、絶対に必要だった。

そう思うとどうしても、自分がまだ実行していない詰めの行動に出なければいけないと気が逸った。

それは浪岡と会って、疑問をぶつけることだ。

おまえ、八百長しているんだろ。甲子園の決勝戦も、一半のハンデが出ていたんだろ、と。


一半——。

半澤が話していた浪岡の八百長疑惑のからくりだ。

浪岡に直接会って問い質す。これまで何度か、そうすべきだと考え、実行に移そうとした。本人に当たることは取材の鉄則だ。

しかし、それはヤツに余計に警戒心を与えるだけだと、直接取材する際は、ライゾーや後輩記者に任せた。

「おまえが浪岡に会えば、オレたちがやってきた仕事が、おまえが野球部から追い出された、ただの意趣返しになっちまう……」

高校時代の因縁を知っているライゾーも同じ意見だった。

だがその事情が通用するのも昨日までだ。

浪岡が八百長に関与していることは分かった。一半のハンデにして一点差で勝つというやり方も知った。

だがヤツの心の目を、この目でしっかり見るまでは、この取材が完遂したとは言えない。

他の編集部員が引き払っても、四之宮は部屋に残った。

みんな、示し合わせたように出ていって、編集部内は音一つしない。部屋の半分は電気も消されてしまった。

寂しさに耐え切れず、テレビをつけた。

するとスターズのユニホームが映った。そうだ、きょうは浪岡が先発する日だった。

残念ながらマウンド上にはスターズの若い中継ぎ投手が上がっていて、浪岡はすでにマウンドを降りていた。三対九とスターズは大量リードを許していた。

前回も一対八で敗れ、浪岡は四回でKOされている。

あの気迫漲《みなぎ》る一対〇の完封劇が嘘だったかのように、その後は腑甲斐《ふがい》ない投球を続けている。

それは父親が亡くなったことが原因なのか、それとも週刊タイムスの記事が影響しているのかは四之宮には判断がつかなかった。

試合が終了するのを確認してから社を出た。

向こうは風呂に入って、着替えてから球場を出る。まだ家に着くにはたっぷり時間があったので、タクシーではなく電車で行くことにした。

国電でも行けるのだが、地下鉄を使うことにした。その方が遠回りしなくて済む。赤坂見附で銀座線に乗り換えた。浪岡の豪邸はこの路線の途中にあった。

古い車両が、カーブのたびにキーキーとブレーキ音を鳴らした。前へ後ろへと揺れる中、目の前のサラリーマンが手に持つ夕刊紙の見出しが目に飛び込んできた。

スターズ正捕手・大和田降格の真相
大和田は浪岡の八百長に気付いていた——

紙面にはそう書かれていた。

その推理は四之宮の頭にもあったが、その記事を書いた記者の誇らしげな顔より、大和田が頭から湯気を上げて怒っている様が浮かんできた。

それが事実であったとしても、大和田という男は、スタメンを外されたことに愚痴一つ、零さないだろう。自分の力不足だと受け入れる。

ましてマスコミに話すなんて考えられない。つまり記事は記者、もしくはチーム関係者の推論によって書かれたことになる。大和田はチームメイトを庇《かば》うことはあっても、売ることは絶対にしない。

四之宮は空いている席に座って、ガラス窓に後頭部をそっと当てる。ちょうど番《つがい》のある場所だった。髪の毛が隙間に引っ張られそうな気がしたので動かした。頭を置き直し、目を閉じたその時、反対車線を電車が通過し、ガラスに預けていた頭がドンと弾かれた。

改札口を出てから徒歩で五分もかからない場所に浪岡の家はあった。

ここに来るのは浅野紀一郎を取材した日以来、二度目だ。

高級住宅街と呼ばれる東京の超一等地。近所には大きな門構えの邸宅が並んでいたが、浪岡家も遜色《そんしょく》ないほど、瀟洒《しょうしゃ》な洋館だった。

ただ周りの邸宅と大きく異なるのは、浪岡の家は通り側に窓が一つもないことだった。門に灯りはなく、しかも塀も高い。隣家との境界あたりは柵《さく》になっていて、その隙間から中が覗けないこともないのだが、玄関付近の灯りも極端に少なくて、中がどうなっているのかこの時間ではよく分からなかった。

昼間見ればまったく印象も変わるのだろうが、闇に包まれた中で見ると、牢《ろう》のように見えた。

夜空を見上げる。星一つ出ていなかった。

好天の時でさえ、東京と和歌山の星の数は雲泥の差だ。星が降り落ちてくるようなきらびやかさは、こっちに出てきてからは一度たりとも味わったことがない。

ましてこの日の空は、闇を覆うように、厚い灰色の雲が出ていて、今にも雨が降り出しそうな予感がした。

　雨具は持ってこなかった。周囲に雨避《あまよ》けする場所は見当たらない。唯一、門から二十メートル離れた場所に大きな銀杏《いちょう》の木があったが、そこで雨宿りしていたら、浪岡がこちらに気付くことなくガレージの中に入ってしまう。

　ヤツが試合後に飲みにでも出かければ、何時間も待ち惚《ぼう》けすることになるのだろう。戻ってくるのが先か、雨が落ちるのが先か。あまりにもひどい雨でずぶ濡《ぬ》れになるようなら諦めて出直すしかないと覚悟していたのだが、三十分もしないうちに浪岡の愛車であるセドリックが低いエンジン音を鳴らして四之宮の方に向かってきた。

　セドリックはガレージの前で停止した。スモークガラスなので中は見えないが、真っ黒なガラスの向こうから、自分を睨んでいるのは感じとれた。

　降りてきて、扉を開けるものだと思っていたのだが、自動的に開き、車はガレージの中に進んでいった。

　四之宮は前に進んだ。扉が閉まれば、浪岡と接触することはできない。

　だがガレージの扉が動く気配はなかった。

　アイドリングをすることなくエンジンが切られる。

　車のドアが開いた。高校時代、短い期間だとはいえ、四之宮が親友だと心を許した男がゆっくりと車内から出てきた。

浪岡は黒のサングラスをかけ、黒の徳利《とつくり》のセーターを着ていた。スラックスも黒っぽい色、靴だけが白の革靴だった。

　こちらに体を向ける。

　すでにガレージのレール付近まで歩み寄っていた四之宮は、浪岡と対峙《たいじ》した。こうやって向き合うのは高三の春以来だから、十年ぶりになる。

「久しぶりやな」

　先に口を開いたのは浪岡の方だった。

　だがその言い方には懐かしさもなければ驚きもなかった。

「オレがなぜここにいるのかも訊かんのやな」

　四之宮は言った。

「おまえやろ。週刊タイムスの記事を書いたのは？」

「よく分かったな」

「ああ、あの話が書いてあったからな」

　センバツの期間中、浪岡が父親とこっそり会い、小遣い銭を渡した——そのことを指しているのだ。それを目撃されただけで、おまえはオレを校長や監督に売った。そう言いたかったが、言葉は呑み込んだ。

「名前を覚えてくれていただけでも、ありがたいな」

嫌みを言ったつもりだったが、浪岡は「忘れるもんかいな」と答えた。黒いサングラス越しだったが、浪岡の目が緩み、それもまた嫌みだということが分かった。

「で、天下のタイムスの記者さんが、オレに何の用や」

「きょうはおまえに訊きたいことがあって来た」

「訊きたいこと？」

浪岡は眉を水平に上げた。だがその眉はすぐに逆ハの字に戻り、「どうせろくでもないことなんやろ」と吐き捨てるように言うと、サングラスを取った。

その目に気圧《けお》されそうになるのを必死に堪え、相手を慄かせるほどの威圧感を目にこめて、四之宮は言った。

「おまえ、本当に八百長やっているんだろ？　父親の言うままに、言われた通りに試合を作っていたんだろ？」

「プロ野球選手に向かって八百長とはえらい言いがかりやな」

「おまえが八百長をやった試合は必ず、一半のハンデが切られていた。つまり一点差で勝てば、おまえに賭けた人間は負けになる。それをおまえは利用してきた。あの甲子園のセンバツの決勝だってそうだった。前の日、旅館に来た親父にそうするように命じられたんだ。その結果、湊商は勝てる試合を落とした。おまえが一点差にするように無理やり試合を壊したからだ。最後の最後でエラーした神山は、まさしくその犠牲者や。おまえの自分勝手な企みのせいで、アイツは野球をやめざるをえなくなった。そうやろ、違うか？」

浪岡はなにも答えなかった。今さら、四之宮が神山の肩を持つことを指摘してくること
もなかった。表情一つ変えず、ただ口角を微《かす》かに上げた。

「やっていないと言ったところで、どうせおまえは信用せんのやろ」

「ホンマにやってないとオレの目を見て言えるのか」

さっきより目に力を入れて問いかける。強い視線が跳ね返ってきた。

「ああ、やってへん」

「嘘だ」すぐに指摘した。「ごまかすな」

「嘘もごまかしもない。八百長どころか、わざと点を取られたこともない」

「いい加減なことを言わんでくれ」

怒鳴った。声が上ずって、自分の声が泣き声のように聞こえた。

「おまえ、なんか勘違いしてへんか」

「勘違い？」

「ああ、おまえは正義感から行動してるつもりかもしれんけど、おまえのやっているの
は、ただの功名心を満足させることでしかない」

「おまえがどう思おうと勝手だが、オレは真実を追求するためにここまでやってきた」

「そうかな」浪岡は嫌らしく笑った。「だとしたらずいぶん、大層やな」

「だいたいおまえは浅野紀一郎かて利用しているんやろ。友達みたいな顔して、実際は適当に使い走りさせているだけや」

「そんなことはない」

あまりにキッパリ否定されたので、四之宮は言うつもりもなかったセリフを口にした。

「だったらオレとあの浅野紀一郎の違いはなんなんや」

「違い？　どういう意味や」

「中学、高校の違いはあるが、浅野は大事にして、高校時代の友人であるオレはチームから追い出して……」

言えばきっと卑屈な気分になると思っていた。実際、胸がむかついてくる。

「違い、ね」浪岡は考えを巡らせているようだった。追い出したことは否定しない。

「紀一郎はオレのことを信じてくれていた。だがおまえは友達の振りしとっただけで、他の連中と同じやったんやないか。心の中ではオレのことを信用していなかった」

「そんなことはない。当時のオレはおまえのことを疑ったりはしていなかった」

「そうかな。オレにはそう思えんかったけどな」

四之宮は言い返すことはできなかった。確かに不審の念を抱いたことはあったが、ほんの瞬間でしかない。それ以上に尊敬していた。なのにこの男はわずかな疑問を持つことすら許してくれないのか。

だがそれはただの屁理屈だと思った。やはりこの男はオレに親父との密会を目撃されたから、追い出そうとした。それほどまでに、父親との異常な関係は、絶対に封印しておきたい事柄だったのだ。

「そうか。だがおまえは浅野紀一郎を妹とくっつけようとしている。浅野紀一郎が浪岡家の一員にならない限り、おまえは彼を信用できないんじゃないか」

そういう感性はなにもこの男に限ったことではない。裸一貫で田舎から出てきて莫大な富を得た男は、昔から屋敷を建て、郷里から家族を呼び寄せると決まっている。そして部下と姉妹をくっつけて、血縁関係を築き上げていく。

ただし今の時代、そういうのはやくざとか政治家とか共産国家の独裁者とか、つねに外部からの攻撃や裏切りに怯えている小心者が採る思考だ。

浪岡の顔が歪んだ。二人が付き合っていることを話したからだ。きっと浅野も秀子も、自分が会いに行ったことを浪岡に伝えていないのだ。

顔はこちらに向けたまま、さっきまでの威嚇する目つきが少し緩んだ。

「おまえがこれ以上、うちの家族を傷つけるような記事を書かないというのなら、オレはおまえにビッグニュースをやってもいい」

「ビッグニュース？」

「ああ、そうや。世の中の人間が腰を抜かすようなビッグニュースや」

四之宮は興味を抱いた。違う言い方で八百長を認めるのかもしれない、と思った。

「どうや。おまえにとっても悪くない交換条件やと思うけどな」

「悪くないかどうかは、ニュースの内容による」

受けるといったつもりではなかったが、浪岡は不敵に笑って口を開いた。

「オレは今年限りで引退する」

「引退？」

自分の耳を疑った。引退？　確かに今年はまだ七勝しか挙げていないが、それでも入団二年目から続けている二桁勝利の可能性は残っている。なんといっても去年は最多勝争いをした男なのだ。浪岡がエースだと認める声はチーム内に強く残っている。

「適当なこと言うな」

「せっかくの厚意にえらい言いようやな」

「適当じゃなかったら、デタラメだ」こっちが同意もしていないのに話し出したのは、嘘だからに決まっている。

「デタラメなんかやない」

「せやったら一筆書けるか」

思いつくままに言った。誓約書があれば、週刊タイムスで報じた後に撤回されても、これが証拠だと言い張れる。口から出まかせなら、浪岡はそこまで応じないだろう。

しかし浪岡は「ええよ」とあっさり受諾した。

「その代わり、おまえもこれ以上、うちの家族を苦しめるような記事は書かん、と約束してもらうで」

「苦しめる記事ってどういうことや」

「だからオレが八百長しているとかいう憶測記事や。暴力団と関わっているとか、親父のこととか、家族のこととか、そういうこと含めて全部や」

早口で畳み掛けてくる。

「わかった」四之宮は了解した。

「ちょっと待っててくれ」

浪岡は踵《きびす》を返して家の中に入っていった。

門の外で十分ほど待たされた。浪岡は家の中から出てきた。黒ずくめの格好はそのままだったが、今度はつっかけ姿だった。

浪岡は二枚の紙と黒くて丸いケースを持っていた。朱肉入れだ。

「オレの言葉が嘘やないことを証明するために書いてきた。その代わり、おまえにも署名捺印《なついん》してもらうで」

紙には浪岡を甲、四之宮を乙として、まるで筆で書いたような丁寧な字でこう書かれていた。

甲は今シーズン限りで日本プロ野球から引退する。

乙は金輪際、浪岡龍一とその家族、及び故植田一郎についてすべての取材、執筆を行わないことを約束する。


最後に日付が書いてあった。今シーズンと曖昧だったが、日付がある限り、言い逃れはできない。

四之宮が最後まで読み終えたのを目の動きで確認できたのだろう。浪岡はポケットからペンを出すと、片足を地面につき、立てた膝に下敷きを当てて署名した。モンブランの太い万年筆だった。書き終えると朱肉入れを開け、人差し指をギュッと押し込む。そのまま二枚の紙に拇印《ぼいん》を押した。甲子園での試合中、彼のストッキングに滲み出ていた血の色のように見えた。

「次はおまえや」

そう言って紙と万年筆、朱肉を渡してきた。四之宮は街灯を頼りに署名をした。

蓋が開けっ放しの朱肉入れを渡されたので、人差し指をついた。

「だがオレは書かなくても、週刊タイムスまで抑えることは無理だぞ」

捺印する寸前、もしかして浪岡がとんだ誤解をしているのではないかと思い、確認した。

　四之宮は所詮、週刊タイムスが契約するライターでしかない。自分一人を言いなりにさせたことで、雑誌まで手中に収めたと勘違いされては困る。

「ああ、そんなの分かっている」

　浪岡は目線を四之宮の指に向けたまま、口だけ動かした。

「おまえ以外の人間が関わるのは仕方がない。そこまでおまえに権限があるとは思ってへん」

「オレが別の名前で書くこともある。あるいは取材して、他の人間に記事を書かせることもできる。週刊誌というのはアンカーマン制といって、複数のスタッフが取材したネタを一人がまとめることになっている」

　説明したが、浪岡は分かっているのか、それともどうでもいいことなのか、まったく関心を示さなかった。

「おまえはそんな狡《こす》い人間ちゃうやろ」

　信用もしていないくせに、そう言った。いや四之宮のことを持ち上げているわけではない。ただ、早く押せとせっついているのだ。

　そのまま指を突いた。ペラペラの便箋《びんせん》に四之宮の小さくて形の悪い指紋が載った。横の浪岡の方がしっかりした指で、円形の渦状紋《かじょうもん》だった。四之宮の指紋は左から右に紋が流れる蹄状紋《ていじょう》で、浪岡のそれと比べたら不細工だった。

捺印を終えると、浪岡がその紙を取ろうとした。

その瞬間、四之宮は奪い返し、破り捨てた。

「なにするねん」

「やっぱり、ダメだ」

「なんでや」

「確かにおまえの引退はうちにとってはビッグニュースや。だがな浪岡、オレはおまえの思い通りにはならん」

「別にオレはおまえを思い通りに操ろうなんて思ってない」

「いや、おまえはそういう人間だ。おまえは誰でも自分の思い通りに動かそうとする。それはおまえの親父がおまえを操っていたのと同じではないのか」

「親父が？　オレは別に親父に操られたつもりはないけどな」

「そうかな」

「そうや」

「だとしたら父親との関係とおまえの歪んだ性格は別物なのかもしれない。いずれにしてもおまえの頭の中には一つの価値判断しかない。自分の思い通りになるか、ならないか、それだけだ」

「まるで人間やないみたいな言い方やな」

「そやな。人間やない。だが最初はそう思ってたけど、最近はその考えを改めた。人間やからこそ、さっきだってわざわざ誓約書を作ったんだろう」

「おまえが一筆書けるかと言うてきたんやで」

「ああそうや。オレはおまえを信用してない。だがおまえかてオレのことが信用できないんや。おまえは他人を絶対に信用しない、他人《ひと》のことを疑ってばっかりの寂しい人間や」

「寂しい人間か？　そりゃまた、えらい言われようやな」

屈辱を浴びたにもかかわらず、浪岡は薄ら笑いを浮かべたままで、堪えていなかった。

「四之宮、オレはむしろ、おまえの方が寂しい人間やと思うけどな」

週刊誌を長くやっていると何度か同じことを言われたことがある。「アンタらには情がないのか」「人を苛めて楽しいか」そうした過去に浴びた非難より、浪岡のそれは四之宮の心の奥深くに突き刺さった。

「オレの方がか……まぁ、そうかもしれんな」

認めるような言い方をした。得意になって理屈を重ねてくるかと思ったが、浪岡は話を戻した。

「じゃあ、引退もなしや」

そう言って地面に落ちている四之宮によって破られた紙を拾った。丁寧に細かい紙片まで拾い上げると再び門の中に入っていく。

ペッタン、ペッタンとつっかけの音だけが、四之宮を嘲笑うかのように、生暖かく湿った夜気に反響した。

5

風が吹いてきたようだ。雨戸が鳴り始めた。

秀子は耳を澄まして雨がまだ降り始めていないかを確認した。

「紀一郎さん、大丈夫かしら」

ソファーで新聞を読む兄に向かって尋ねた。

兄はついさっき試合から帰ってきた。一度うちの中に入ってくるやすぐに外に出て、外でなにかあったのか、再び戻ってきた時、顔は真っ赤だった。

これから紀一郎が来ることになっている。明日は試合がない日なので、泊まりに来い、と兄が呼び寄せたのだ。なにも夜遅く呼ぶことはないと思うのだが。

父・植田一郎の危篤の知らせを聞いてから葬式が終わるまでの間、身を粉《こ》にして働いてくれたのは、父とはまったく関係のない紀一郎だった。

兄がチームを離れないと言ったためだが、その兄に代わって病院の手続きから葬式の手配まで、ほとんどを彼が執り行ってくれた。

秀子たちが病院に到着した時、あの男はすでに亡くなっていた。

母は身元の確認を求められた時以外は、父の遺体に目を向けようともしなかった。

秀子は葬儀場で棺おけの小窓越しに一度だけ顔を見た。

肝硬変を患っていて、顔はドス黒く変色していたが、死に顔は穏やかに映った。あまりに幸せそうで、憎々しいほどだった。

母は葬儀が終わるまでずっと泣いていた。あの男が死んで悲しんでいるのではない。あの男の妻になったことを悔いていたのだ。借金を背負って苦しんだこと。それでも自分の知らないところで兄だけに連絡を取っていたこと。そして世間で言われているように、兄が暴力団と関係があって、不正を働いているとしたら、それはこんな男と結婚した自分に非がある、と責任を背負い込んでいるのだ。その胸中は秀子の心にも痛いほど伝わってきた。

父の知人が来たわけではない。送り出したのは家族二人と紀一郎の三人。兄は焼き場にも現れなかった。

「今朝の天気予報は、夜に大雨になるなんて、ひと言も言ってなかったのに……」

秀子はテレビの天気予報に文句を言った。いつの間にか傘マークがついている。

兄の耳には届かないのか、相変わらず無関心だ。

「ねぇ、お兄ちゃん。電話して紀一郎さんにきょうはええ、って言ってくれん?」

「もう銀行出てしまったやろ」

「でももしかしたらまだいるかもしれんし。嵐の中、夜道を歩いてたら危ないわ」

「その時はタクシーで帰ってくるやろ」

「雨が降ってるからタクシー乗り場は行列よ」

「そん時は電話してくるやろ」

兄はつっけんどんに言った。

紀一郎は雨が降ったからって迎えに来てほしいと頼んでくるタイプではない。タクシーだってもったいないと使わない。きっとズブ濡れになりながら走ってくる。秀子が電話すればいいのだが、紀一郎は秀子が来なくていいと伝えても言うことを聞かないだろう。

こういう時、兄は紀一郎に冷たい。本当に利用しているんじゃないかと思ってしまう。

「ねぇ、お兄ちゃん」

秀子は呼びかけた。

兄は「ああ」と生返事をしただけで、新聞から目を離さないので、少し声を大きくして、「ねえ、お兄ちゃん、聞いて」とこちらを向かせた。

「なんや」

ようやくこちらを見た。

「お兄ちゃん、昔、紀一郎さんに『親から逃げているうちは親を恨むこともできん』と言うたんでしょ？　あれはどういう意味で言ったん？」

いつか訊いてみたいとずっと思っていた。

「そんなん言うたかな」

「惚けないで」

強い口調で言うと、兄は「そう言えば言うたな」とわざとらしく思い出した振りをした。

「別に深い意味はない。あの時は紀一郎が自棄《やけ》になって、せっかく摑んだエリート人生を棒に振りそうやったから、親のせいで台無しにするなという意味でそう言うただけや」

いかにも理に適った説明だったが、本音は違うような気がした。

「それってうちのお父ちゃんに対しても同じってこと？」

「うちのお父ちゃん？　それはまったく関係あらへん」

肩透かしを食らうほど完全に否定されてしまった。そう言われてしまうと秀子の方も何も言い返せない。だとしたらやっぱり兄は父から逃げようとしたのに、それにもかかわらず脅されていたということだ。

「そんなことより、おまえらまだ結婚せえへんのか？」

「なによ、いきなり。結婚って私、まだ二十歳《はたち》になったばかりよ。そんなん早いわよ」

からかわれたのかと思ったが、そうではなかった。

「全然早ないやろ。昔やったらもう二、三人、赤ん坊産んでいてもおかしない年齢や」

「お兄ちゃん、いつの時代の話してんのよ」

「なぁ、デコ。オレは真面目に話してるんやで。オレは早くおまえの子供を見たいんや」

「子供って、それやったらお兄ちゃんの結婚が先でしょうが」

兄と結婚したい女性はいくらでもいる。妻になって子供を産みたい女性だっているのではないか。

だが兄は「オレのことはええんや」と流した。相変わらず自分の話になると、すぐにはぐらかして殻の中に入る。

全然変わらないな、と思いながら、「分かりました。ちゃんと考えてますから、でもまだ学生なんだから、そんなにせっつかないでください」と言った。紀一郎からはプロポーズもされていないのに、こんなことを言うのはヘンな気がしたが、秀子自身は、将来一緒になりたいと思っている。

「なぁ、デコ」兄が問いかけてきたので、「なぁに」と返事をした。

「おまえ、もしタイムマシンがあったらいつに行きたい」

「もう、真面目な顔をしてヘンなこと訊かんといてよ」

「なんや。真剣に訊いているんやで」

「だって……そんなん現実的にありえへんやん」

「作られるかもしれんやろ」兄は言い返したが、顔は緩んでいて、とても本気で言っているとは思えない。

「そやね。それやったら未来に行きたいわ」

「未来って、どれぐらい未来や」

「十年ぐらい先かな」

「十年、そんな程度でええんか」

「うん、アメリカは日本より十年先に進んでいるって言ってるでしょ？　だったら十年後の日本がどうなっているのか知りたいもの」

「それやったら今、アメリカに行けばええやないか」

「そう言われてしまえば元も子もないけど」

「けど、アメリカは十年程度やないで。日本より五十年は先に行ってる」

「五十年？」

「日本が五十年遅れていて、さらにそこから五十年ぐらい遅れている国もある」

「へぇ、すごいね」

「そうかな、それって、すごいことかな」

「だってすごいやない。五十年も違うんでしょ」

「いいや、時期がずれているだけで、どこの国も遅かれ早かれ同じことをやっているということやろ」

「全然分からん。お兄ちゃん、もっと分かりやすう言うてよ」

「ええことも悪いことも繰り返しているだけで、やっていることはさして変わりない。ただ少し早かった、遅かったというだけや」

「でもその時期が重要なんじゃない。だって五十年も違うんでしょ？」何を言いたいのか分からなかった。「だったらお兄ちゃんはいつに行きたいの」

「オレか？」

「うん、何年先？」

「オレはな……オレは昔に戻りたいな」

「昔に戻る？」秀子は素《す》っ頓狂《とんきょう》な声をあげてしまった。兄からは絶対に想像できない答えだった。秀子だって同じだ。あんな時代に戻るなんて……思い出したくもない。

「なんや、絶対に嫌やちゅう言い方やな」

「当たり前やないの。お兄ちゃんかて心の中ではそんなことは思っていないでしょ？」絶対に「そうだ」と答えると確信していた。

「なぁ、デコ」

再び名前を呼ばれる。

た。

「希望と失望というのはひと番《つがい》みたいなもんやで」

「なによ、いきなり」

「未来には希望もあるけど、失望もいっぱいあるということや」

「そんなこと分かっているわよ」

ムキになったが、なんとなく兄がどうしてそんなことを言いたいのか分かった気がした。

兄は過去に戻って、失望を清算したいのだ。そうしないといつまで経っても希望を持てないと。私たちの過去には失望の方が大きすぎた。目の前を大きな壁で遮られ、なにも見えなくて、足元を確認することだけで精一杯で、未来に希望など持てなかった。その壁を越えること、つまり怒ることが兄のエネルギーになった。

父が死んでしまい、兄はどこに怒りをぶつけていいのか、戸惑っている——。

「もう、お兄ちゃん、しんみりしたことばかり言わんといてよ。お兄ちゃんの人生なんて希望ばかりやない。来年こそはタイトルを獲ってほしいって、ファンの人はみんな思っているやろし」

励ますつもりで、少し声を弾ませた。

だが兄はしばらく沈黙し、そしておもむろに口を開いた。

「いや、来年はもう野球はやっとらん」

「やっとらんって、どういう意味？」

「だから、野球は今年いっぱいでやめる」

「やめるって引退するってこと？」

兄はゆっくりと頷く。

秀子は兄の間近まで歩み寄った。きっと兄はマスコミに叩かれることに疲れたのだ。だからタイムマシンなんて言い出したのだ。気がついたら兄の両手を強く握っていた。

「どうしてよ。そんな。マスコミの誹謗《ひぼう》中傷なんかに負けないでよ。なにを書かれたっていいじゃない。だからお兄ちゃん。やめるなんて言わないでよ」

手を握りしめて激しく振る。目から涙が溢《あふ》れてきた。

「お願い、お願いだから、そんなこと言わないで」

「なんや、負けるやなんて、オレが負けるわけないやろ」

「それならどうして野球をやめなければいけないの」

指で涙を拭って訊き返す。

「やめるけど、それはアイツらのせいではない。お兄ちゃんの意思や。お兄ちゃんはカリフォルニアに行こうと思っている」

「カリフォルニア？」

声になったかどうかも分からなかった。確かにカリフォルニアといった。

「もちろん一人やない。母ちゃんとデコも一緒や」

「えっ、私たちも連れていってくれるの？」

「当たり前やないか」兄は目を細めて、無理やり皺を作った。「この家を売って、その金でビバリーヒルズの家を買おうや。この家よりもっとデッカイ、それこそ映画俳優が住んでいるような豪邸や」

あまりに素敵な話に現実感がなかった。自分がそんな場所に住むなんて……映画配給会社でアルバイトしているので、ビバリーヒルズがどんな場所なのか想像がついた。暖かくて緑が多くて、邸宅がいっぱい建っていて、お洒落なお店が軒を連ねている……。

「……そやけど、そしたら紀一郎さんはどうするの？」

矛盾していると思った。結婚して早く子供産め、と言いながら、紀一郎は置いていくつもりなのか。

「紀一郎も来るに決まっているやろ。あいつはもう銀行に愛想を尽かしている。アメリカで仕事して、一旗揚げる気でいるんや」

すでに二人で相談しているなんて。そんなこと紀一郎はひと言も話してくれなかった。兄に口止めされていたのだろう。

「ただ紀一郎はすぐには銀行辞められんから、来るのは来年の春になってからや。できればおまえらにはその時には夫婦になっていてほしいとお兄ちゃんは思ってる」

「そんな……春じゃもうすぐじゃない」

また話が戻った。だがアメリカでみんなで生活できるなら、籠を入れてもいいと思った。

「でもお兄ちゃんはホンマにええの？　野球やめて後悔せえへんの」

「ああ、それについては考えがある」

「考え？」

「ああ。一年経ったら、大リーグに挑戦しようかと思っている」

「大リーグ？」

またしても途方もない話が出てきた。

「そんなん可能なん？」

「現行のルールでは無理やろな。引退した選手もずっとそのチームに所有権が残る」

「だったらどうやって」

「一年経って、お兄ちゃんが大リーグに行きたいと言い出した時に、球団がどう思てるかや。ただでさえ、相次ぐ騒動で、球団はオレのことを煙たがっている。このままなら、今年のオフにもトレードに出されるかもしれん」

「トレードだなんて」

だとしたら酷すぎる。ずっとチームに貢献してきたのに、厄介者のように追い出すなんて。だが兄はむしろそれは歓迎なのだと言った。

「実際、今年のシーズンにしたって、裏でフロントがコソコソと画策しとったからな。トレードに出そうとしてたぐらいやから、一年もブランクがあったら、所有権があるとかウダウダ言わへん可能性も出てくる。スターズはプライドが高い球団やから、最初はなんだかんだとイチャモン付けてくるやろけど、最終的にはオレの希望を受け入れる」

「でも大丈夫なの？」

「大丈夫ってなにがや」

「だから一年もブランクがあって、お兄ちゃんの体は大丈夫なのっていう意味よ。衰えたりしないのかなって」

「アホやな」龍一は秀子の肩に手を当てた。「その間もちゃんとトレーニングはする」

「でも試合では投げないんでしょ？」

「投げないけど、実際に手術して一年ぐらいブランクがあいた選手はいくらでもおる。今年は肘の調子がずっとおかしかったんや。少し休ませたほうがもっと長く野球ができる」

「そやったらいいけど」

「それがベストの方法や。マスコミとか嫌な連中から逃れて、伸び伸びと好きなことができるからな」

兄は心底、嬉しそうに見えた。希望に満ちていた。

マスコミとか嫌な連中？　嫌な連中というのは暴力団の人間だと勝手に推量した。だとしたら兄が決心したのは、父の死が影響している。

父が死んだことで、それまでのしがらみから逃れられるのだ。暴力団の連中がどんな秘密を握って、兄を脅迫していようが、アメリカまではついて来られない。

だったら絶対に行かなくてはいけない。このプランだけは絶対に成し遂げなくてはいけない。

「わかった。私も行く」

秀子は兄の首に手を巻きつけて抱きついた。恋人同士がするような抱擁だ。

「なんやねん。デコ、重たいやんか」

「すごいやない。ビバリーヒルズに住めるなんて。そういうのは私には絶対にありえへんと思てた」

「なに大げさなこと言うてるんや」

「大げさなんかやないって。本当に夢みたいな話よ」

「だから重いって、デコ」

兄にそう言われ、秀子はさらに兄の首の後ろまで手を伸ばし、深く両手を結んだ。

唇が兄の頰に触れた。頰というより、耳に近い部分だったが、秀子にとっては紀一郎ともしたことがない初めての経験。それでも気にすることなく、さらにきつく抱きついた。

離さないでついていく――。

声にはしなかったが、兄のカサカサした耳たぶに向かって、心の中で強くそう誓った。

6

半澤が取調室のドアを開けると、白い眉の男がこちらに目を向けた。正和会石川組の組長、石川富夫《とみお》だ。

机に座っていた四課の取調官がこちらを向き、チッと舌打ちをして、立ち上がった。すれ違いざまに半澤の耳元で「三十分だけだぞ」と囁いて部屋を出ていった。階級は警部補だから警部の半澤より下なのだが、年は四十八で四歳は年上だ。それ以前に、この刑事畑一筋の叩き上げ刑事は、大学出で、途中に海外や警務といった事務畑に逸れた半澤のようなタイプを、見下している嫌いがあった。

部屋には若い刑事が残った。出ていった警部補の子飼いだ。確か佐藤という名前の巡査部長だった。

「防犯部保安課の半澤です」

半澤は石川に名乗った。

突然の取調官の交代に、石川は戸惑ったようだが「保安がなんの用だ。うちは薬はご法《はっ》度《と》だ。関係ねえ」と吠《ほ》えた。

なにがご法度だ。デタラメ言いやがって。半澤は腹の中で笑う。今回たまたま捜索しても出なかっただけの話であって、組が扱っているのは分かっている。薬は出なかったが、ピストル、実包、刀剣は押収された。それだけでも十分、実刑に持っていくことはできる。

伊波が石川組の金を持ち逃げしたことは、すぐに対立する末吉連合傘下の地場ヤクザにも漏れ伝わった。

末吉の連中はここが勝機とばかりに、石川組の息がかかったキャバレーやトルコ風呂で嫌がらせを始めた。

石川は慌てた。ただでさえ腹心に裏切られ面子が丸潰れだったのだ。冷静な判断などできなかったのだろう。末吉への殴り込みの準備をしていた時、マークしていた四課の連中に踏み込まれた。ほぼ同時に四課は、刃物を持って池袋の盛り場をうろついていた棚瀬二郎も拘束した。今、石川の子分でシャバにいるのは、裏切った伊波建夫だけだ。

「石川さん、あなたもなかなか大変ですな」

半澤は声を落としてそう囁き、席に着いた。

「シノギに穴は開けられるわ、その仕事を任せていた一の子分だった伊波に、金を持ち逃げされるわ、挙げ句の果てには一斉摘発ですわ。本部も相当お冠《かんむり》らしいですよ」

　半澤が言うと、石川が奥歯を嚙み締める音が聞こえてきた。本人も相当、堪えている。

　本部とは当然、関西の正和会の総本山のことだ。今回の一件で石川には見切りをつけた、との噂も流れ始めている。なによりも棚瀬二郎が、正和会と野球賭博の関連を雑誌に売《うたっ》たことが、本部の逆鱗《げきりん》に触れたのだ。

「四課の取り調べはきついですからね。あなたももう若《わこ》ないし、相当きついんやないですか」

　同情するような言い方に安心したのか、石川は「まったくや」と返事をした。

「私も昔、四課にいたんでよう分かります」

「そうかいな」

「あのまま四課にいたら、私が一番、心優しい刑事になったんやないですかね。そういう意味では、今、あなたはひと息つける瞬間かもしれん」

「それやったらいいけどな」

「ええ」

「なら、アンタからも言うてくれよ。今回の件、いくらなんでもおかしいやろ。どうしてうちだけガサ入れするんや。最初にちょっかい出してきたんは末吉の方やで。うちをやるんなら、向こうもやるんが筋ちゅうもんやろ」

「喧嘩両成敗ってことですか？」

「そもそもうちはまだ何もしてへん」

「でも準備しとったんでしょ」

「見せかけだけや。やるつもりはなかった」これまでの聴取でも一貫してそう主張してきたのだろう。顔色を変えることなく言ってのけた。

半澤は両手を机の上について、目線を下からゆっくり上げていった。石川と目が合ったところで続きを発した。

「石川さん、さっき、私が一番、心優しい刑事やと言うたやないですか。でも私にはもう一つ、自慢できるもんがあるんですよ」

「なんだよ」

「たぶん、警視庁の刑事の中で私が一番、あなたら極道のことが嫌いやと思います」

言われ慣れているセリフなのかもしれない。石川はとくに顔色を変えることなく、フンと鼻で笑った。

「だったら保安なんかにおらんと、マル暴に異動願を出した方がええんやないのか」体を半身《はんみ》にずらして悪態をつく。

「そうですね。でもそんなことしても、あなたたち世の中からおらんようにならんでしょう。あなたを捕まえたところで、次から次へとゴキブリのように湧いてくる」

「なんやと」

石川は気色《けしき》ばんだが、半澤は気にせずに続けた。

「だからあなたらより、あなたら害虫の栄養分を取ってしまおうと考えるようになったんです」

「おい」

石川は声をあげて立ち上がった。ずっと聞き耳を立てていた後ろの佐藤という捜査員も立って、石川を席に着かせようとする。

半澤はその佐藤を手で制して、「一分だけトイレに行ってくれへんか」と頼んだ。

「えっ」

佐藤が怪訝な顔をしたのは見なくても分かった。「で、でも」と反論するので、半澤は「トイレに行け」と繰り返した。

「で、でも」

「大丈夫や。おまえたち四課には迷惑かけん」

「でもそんなことしたら……」

「一分だけだ。一分で帰ってくればいい」

「一分と言われても」

「いいから行け」

半澤は怒鳴った。その勢いに押されて、佐藤は不承不承出ていった。

佐藤が出ていくと同時に、半澤は立ち上がり、三つ揃いの背広を脱いで、チョッキ姿になった。

「あなた、うちの四課連中が今、どんな企みをしているか知ってますかね」

「な、なんや」

「あなただけ釈放しようかと考えてるんですよ」

「ワシだけ？」

「一人で出るということは、身ぐるみ剝《は》がされて外に出されるのと同じですからね。そしたら必ず末吉の連中があなたを刺しに来よるでしょう。すると警察は、今度は堂々と末吉の事務所にもガサ入れできます」

「そんなええ加減なこと言うな」

「いや、ええ加減ではありませんよ。警察ちゅうのはつねに計算しとるんです。どうやったら市民の皆さんが平和に暮らせるか。だからたいして問題がないとみたら、ヤクザもトルコもストリップも見て見ぬ振りをしてます。そやけどね、このまま放置してたら、絶対に誰かがケガすると思ったら、一気に叩きのめすんです。あなたんとこと末吉は、もはや抜き差しならない関係です。どうすれば両方、撲滅することができるか。その一番の手は、あなたを今、シャバに戻すことでしょう」

そういう話が出ているのは事実だ。そうすれば一網打尽にして、ゴキブリどもを一掃できると。常識的には大物だけ野放しにすることなど、ありえなかったが、それでも半澤はまるで決まったかのように、言い放った。石川が怖気づいているのは顔色が失せていることから十分、認識できた。

「そういう意味ではあなた、警察にいるうちが一番安全ですよ。起訴されて、少し臭い飯食って、子分が何人か先にシャバに戻ってから出た方がいい。まさかあなたが首を取ろうと捜し回っていた、お尋ね者の伊波建夫が、助けてくれることもないでしょうしな」

石川は唸った。反論したいが声が出ないのだ。だから半澤は「なんなら私があなたを助けてあげてもええですけどね」と切り出した。

「助ける？」

「そうですよ。私が責任を持ってあなたがここに居《お》れるように話をつけてあげますよ」

「そんなこと、アンタにできるのか」

「できますとも。ただし、そのためにはここで私があげるテーマについて話す必要がありますけどね」

「テーマやて？」

「そうです、まっ、話し合いの議題ですな」

「その議題ちゅうんはいったいなんなんや」

「私らが欲しいんは、組と浪岡龍一の関係だけです」

「浪岡やと」

「どうせ組織にあなたの安住の地はないでしょう。正和会かて、野球賭博との関わりが表に出た以上、もう浪岡を利用する気はないでしょうしね。だったら少しぐらい吐いても構わんでしょう。浪岡が伊波とどう関わっていたのか。それがアンタの命と引き換えになるんやったら安いもんやろ」

半澤が睨みを利かせると、石川の喉《のど》が微かに動いた。

7

「おい、四之宮。締め切り時間が迫っているんだぞ」

テレビの間近に立って、画面に映る浪岡龍一の引退会見を見ていた四之宮登に、遠くの席から畠山デスクが大声で呼びかけた。

「ちょっと待ってください。デスク、今、質疑応答が始まるところですから」

顔を向けることなく、そう答えた。

それでも畠山は納得せず、「オレたちは新聞じゃねえんだから、そんなのはどうでもいいだろうが」と文句をつけた。

ここ数週間、四之宮は、会社に居場所がないほど畠山から攻撃を受けていた。

石川組のチンピラである棚瀬二郎の証言と浪岡の父・植田一郎の死を連続スクープし、二週連続して売上部数の記録を作った手柄など、遠い昔のことのように吹っ飛んでしまった。

他誌に、続けざまにスクープされたのがその理由だ。

まずは先週、週刊時報が「浪岡龍一、突然引退」と報じた。四之宮自身が浪岡から聞いた話だった。

浪岡の家で、本人の口から聞かされた時、四之宮は、虚言だと判断した。根拠はない。ただ、記者としての勘が警戒を発したのだ。

だが帰り際にはヤツは本気でそうするつもりだと考えを改めた。最後は撤回するとはぐらかされたが、誓約書を残そうとしたぐらいなのだ。いい加減な気持ちでは口に出せない。そして、電撃的に発表するのなら、公式戦が終了するこの日だとも想像がついた。

週刊時報の発売より先に書くこともできた。実際、畠山に何度か伝えようと思ったのだが、喉元《のどもと》まで出しかけて躊躇った。

書面での交換を拒否した段階で、聞いたという事実まで立ち消えになる。そのネタに関しては、自分には書く権利がないのだと。

浪岡が交換条件を持ち出してきたことは、ライゾーだけに話した。

ライゾーは目を丸くさせ、「どうして受けなかったんだ」と訊き返した。「確かに取材対象者と記者が書面で交換条件を交わすなんて、万が一表沙汰になったら、おまえの記者としてのモラルが問われたかもしれん。だがそんな誓約書を交わしてリスキーなのは、おまえ以上に浪岡の方だ。おまえは浪岡龍一に対し、一生、キンタマを握れたんだぞ」

ライゾーはそう言ったが、すぐに四之宮の胸中を察した。

「ああ。そうか。おまえだってそれが分かっていて、破棄したんだな」

「…………」

「確かにそうだ。アイツと手を結んじまったら、おまえのこれまでの人生が無駄になっちまう……」

そして肩を叩いて慰めてくれた。

「オレたちだって野球選手と同じだ。勝つこともあれば、負けることもあるさ」

四之宮のショックはそれだけでは済まなかった。週刊時報に続き、今週、週刊タイムスと同日発売の週刊トップが、浪岡の引退理由と、引退後の壮大なプランを報じたのだ。

そこにはチームメイトの証言として「浪岡はシーズン中から肘の状態を気にしていて、『これ以上頑張っても百パーセントの力は出せない』と話していた」という浪岡らしから ぬ弱音が書かれていた。今後は、家族と一緒に日本を出て、米国カリフォルニア州ロサンゼルスへ移住する。「浪岡は『アメリカに行って生で大リーグを見たい。暖かい場所で静養することで、肘の状態がよくなれば、日本に戻ってきて、スターズの一員としてマウン

ド に立ちたい』と言っていた」と同じく匿名の選手が語っていた。

匿名の選手などいない。

浪岡が直接、週刊トップの記者に話したのだ。

週刊時報にしてもネタの出どころは同じ。浪岡自身がネタを提供したのだ。

結果的に週刊タイムスにダメージを与えるため。タイムスというより、四之宮自身にだ。

四之宮が手の内に入らなかったことに腹を立てている。

この際、完膚なきまでに打ちのめし、交換条件を断ったことを後悔させようとしている。

やる時は徹底してやる。

浪岡らしいやり方だ。高校時代となんら変わらない。

そんなに他人《ひと》が憎いのか？

四之宮は画面に映る男に問いかけた。

さっき、自分の口で今シーズン限りの引退を宣言した浪岡は、記者の問いかけにも淡々と答えていた。

「ええ、肘は去年の後半からずっと悪かったですね。医者にも診てもらったのですが、完治させるには手術するしかないと言われました」

「もちろん手術も考えましたが、ただそうしたところで完全に治る保証もありません」

「自分としては、プロ野球に入った時から、百パーセントの力が出せなくなった時はやめようと決めていましたので、悔いはまったくありません」

「週刊誌に書かれていたことですか？　事実無根のことばかりで、私自身より、家族が大変苦しめられたのは事実ですが、それと今回の決断とはまったく関係ありません」

用意していたであろうコメントをロボットのように述べる。味も素っ気もねえと舌打ちしながらも、四之宮は一言一句違《たが》わぬようにメモした。

「それでは次で最後の質問に」と断りを入れた司会者が指名した記者が、面白い質問をした。

「大リーグに移籍するということはありませんか」

会場から失笑が漏れた。ありえるはずがない、皆、そう思ったのだ。たぶん質問した記者は野球協約を知らない人間だ。選手の保有権は球団にあり、選手は自由契約にならない限りは、国内外問わず好きな球団に移籍することはできない。今回の浪岡のように、任意引退で野球をやめるということは、引退後も永遠に球団に保有権を持たれたままになる。

だが四之宮はまんざら絵に描いた餅《もち》ではないと読んでいた。

「それはありません。自分はスターズにここまで育ててもらったし、もしまたユニホームが着れるのなら、スターズ以外は考えられません」

よくまぁ、心にもないことをいけしゃあしゃあと言えるものだと感心してしまう。

父親が死んだことで、ヤクザ者との接点がなくなった。それはヤツにとって日本で野球をやらねばならない足枷《あしかせ》が消えたことを意味する。

スターズで引退を発表したということは、他の日本球団に移る気持ちはさらさらない。だが、ほとぼりが冷めたところで、大リーグに挑戦したいと訴えれば、スターズ幹部もムキになって止めはしないだろうと計算している。それでも協約を盾に阻止してきたら、裁判に訴えてでも戦おうとする。

「すいません、デスク。今のコメント入れて、すぐに出しますから」

四之宮は畠山に謝って、自分の席に向かった。

コメントを入れたところで、用意している原稿はたいして膨らみをもたない。この日の引退会見など、雑誌が発売される来週の月曜日には、もう腐り切っている話だ。

原稿を目にした畠山が、眉間に皺を寄せるのが想像できた。

きっと内容に満足できないだろう。相当に赤を入れ、彼の空想の域を出ない絵空事が書き込まれることになる。それも覚悟の上だ。

あくまでもこの原稿はダミー。

明日の校了日、四之宮はとっておきのスクープ記事に全文差し替えるつもりでいる。

警視庁防犯部保安課が明日、浪岡龍一を事情聴取する——。

ついさっき、その陣頭指揮を執る半澤正成警部が公衆電話で伝えてきた。

彼は「楠木」という偽名を使って、四之宮を呼び出した。その名前を聞いて、四之宮は電話の主は半澤だと分かった。半澤と同じ「正成」という名の鎌倉時代末期の武将……四之宮は電話に出た女性編集者に、編集部内の一番端の机にある内線電話に回してもらった。

半澤はくぐもった声で用件を伝えた。

浪岡の聴取という衝撃的な内容だったが、四之宮の反応を気にすることなく言いたいことを述べ、「来てもいいが邪魔はするな」と残し、一方的に電話を切った。

半澤たちが、正和会石川組の組長、石川富夫を逮捕したとの情報は耳に入っていた。彼らは四之宮たちが逃がした棚瀬二郎の身柄も確保している。

取材源秘匿の原則に従って半澤には棚瀬のことはひと言も話していないが、四之宮が書いた棚瀬の告白記事が、警視庁上層部の重たい腰を上げさせたのは間違いなかった。

8

朝方まで寝つけなかった。時計の針が朝六時を指したあたりまでは覚えがある。

それがいつの間にかまどろんでしまったようだ。

半澤正成はカーテンの隙間から射し込んできた光で目を覚ました。

窓際の黒いソファーの上で半身を起こすと、すでに酒井は起きていて、「コーヒーでも飲まれますか」と尋ねてきた。

半澤が「悪いな」と答えると、酒井は「おい、警部のも頼む」と大声をあげた。

どうやら他の連中もすでに起床済みのようだ。一番年下の刑事が魔法瓶に薬缶《やかん》のお湯を注いでいた。

浪岡龍一をこの日、ここ蒲田署に連行して、事情聴取する。蒲田署は正和会石川組がある場所だ。

半澤班にとって、長年の大願が成就する日がついに訪れた。みんな浮かれ気味だっただけに、昨夜の会議では、「ここからが勝負だぞ」と捜査員を戒めた。

捕まえた石川組組長・石川富夫の証言から、浪岡の亡父・植田一郎が連絡役だったことが判明した。

半澤が睨んでいた通り、浪岡が八百長に関わった試合には「一半」のハンデが切られていた。

実父である植田一郎は、息子に対し、「一点差で勝て」と教え込んだ。浪岡の勝ち試合に一点差勝ちが多いこと、また彼は無駄な失点が多く「手抜き」と評されるのはそのためだった。

しかし、そんな数字を計算しながらプレーしてヤツは楽しいのだろうか。常人なら、そんなギリギリの試合で胃を痛くするくらいなら、持てる力をすべて出し切り、大差で勝つ方がずっと楽だ。

だがそのことを死んだ植田一郎に訊けば「楽しいに決まっとるやないか」と言ったに違いない。なにせ試合をコントロールできるのだ。船に乗っていた頃によく見に行ったというロードショーに喩《たと》え、「役者だけやのうて、映画監督までできるんやで。楽しないはずがない」と答えたのではないか。

植田が伊波に連絡を入れたのは年に数回だけだった。

声を弾ませて応答する伊波に対し、植田は最後に必ず、「ゲームは生き物や。たまには打線が爆発するなりして、片八百長で終わる可能性もあるのだから無理はするな、と忠思い通りにならへんこともあるからな」と付け加えることも忘れなかったそうだ。

告していたのだ。そうは言っても植田が指定したゲームは十中八九、一半のハンデによって、浪岡の負けで収まった。植田も金を要求する以上、片八百長にならないように、相手の投手とスターズ打線の調子を見比べた上で試合を選び、連絡を寄越していたのだろう。

植田が受け取った報酬は十万程度と、組織にとってははした金といっていい金額だった。それでも植田は満足していた。自分が希望すれば、金などいつでも手に入ると思っていたのか。それ以上に、自分の電話一本でヤクザ連中をバタバタと慌てさせることが痛快だったのかもしれない。

「いよいよですね」

コーヒーを持ってきた酒井が言うので、半澤は「そうだな」と短く返した。

これだけの大物選手を取り調べるのは前代未聞のことだ。捜査員としては、十分ベテランの域に入る酒井でさえ緊張している。

問題は取調室に入れてからだ。

浪岡に事実を語らすことができるか。洗いざらい、吐かせることができるかどうか。

一筋縄ではいかない男であることは分かっている。ただし半澤には自信があった。

あの男と初めて会った十五年前、あの湊のグラウンドで父親が「筆おろし」だと言ったシーンを目撃し、そして夕方には、実家近くの空き地まで出かけた。

それからというもの、夏の甲子園の決勝も、プロ入りしてからも、あの男が投げた試合はしっかりと見て、目に焼き付けてきた。

少なくとも落としのプロと言われる取調官よりも、理路整然と疑惑を追及できる。必ずやどこかでボロが出るはずだ。

スターズという球団を離れ、プロ野球選手という看板をなくした今、政治家連中から捜査妨害が入ることもないだろう。逮捕となれば世間は大騒ぎとなり、ファンからの信頼を失った野球界は再び失墜するだろうが、自分の利益しか顧みない呑気《のんき》な連中のことだ。引退した選手ならどうでもいいとそっぽを向く。蜥蜴の尻尾切りで済むのなら、それで結構だと——。

浪岡は今日の午後の便で渡米することになっている。

公表はされていないが、すでに航空会社に問い合わせて確認している。同行するのは母、妹の二人。

今回の目的はあくまでも視察であって、一度戻ってきて、改めて引っ越しするものと思われる。ただし鼻が利く男だけに侮れない。自分に捜査の手が及んでいると感じたら、そのまま米国に居座る可能性も否めない。

石川をはじめとした組員連中の逮捕容疑は銃刀法違反であり、四課は捜索した際に出た資料から、賭博開帳図利《とり》罪、及び幇助《ほうじょ》で追送検する予定だが、その調書には半澤が聞き出した浪岡や浪岡の父・植田一郎の名は書き込まれていない。

最初は浪岡の聴取に及び腰だった上司も、今は「絶対に落とせ」と発破をかけてくる。

それは捜査会議で半澤がこの十五年間に目にしたすべてを話したからだ。

正和会から浪岡本人に金が渡った形跡は現時点ではない。だが父親に対しては石川が「渡した」と証言した。その父親に言われるままに、試合を作ったと浪岡が認めれば、八百長行為に加担したとして賭博罪、そして詐欺罪で立件できる。

会議に加わった管理職連中には、浪岡の育った境遇、つまり父親から無理やり間違った勝負観念を教育されたことなどから、浪岡の肩を持とうとする人間もいた。「アメリカに行かせてやりてえな」「向こうに行けば好きなことを思い切りやれるだろうよ」と……。

半澤だって、浪岡に同情したことはある。

浪岡が親の言いなりになれたのは彼にぬきんでた才能があったからだ。だから一半という八百長行為を実践してきた。もし彼が目いっぱいの力を出さなくては、戦っていけない選手であったなら、極道連中に手を貸すことなどできなかった。

その意味では、日本よりはるかにレベルが高い大リーグなら、彼が八百長に手を染めることは難しい。

それでも半澤は、あの男が真っ白な人間に成り代わることは不可能だと思っている。浪岡にとっての八百長は、金を稼ぐための手段ではない。悪癖のようなものであり、中毒である。このまま野放しにすれば、早晩どこかで悪い虫が疼《うず》き出す。そのためには過ちは過ちとして、きちんと償わせなければならない。

「いつでも出れますよ」

酒井が言った。他の捜査員はすでに背広を羽織り、出発できる準備が整っていた。

壁に掛けてある時計を見た。決めていた出発時刻にはまだ数分あるが、大がかりな捜査ではないので、通りの左右に散れば早く着いても近隣住民から怪しまれることはないだろう。むしろ早めに準備するに越したことはない。

「よし、行こか」

呟くと、酒井が「みんな出動だ」と威勢よく叫んだ。

もうおまえに逃げ場はない。

半澤はその言葉を心に染み込ませて、蒲田署を出た。


浪岡家の付近まで辿り着くと、事前の打ち合わせ通り、助手席に乗る半澤は車を浪岡家の前の通り十メートルほど右側に横付けした。運転するのは酒井。後部座席にはもう一人、蒲田署防犯課の刑事が乗っている。

家の向こう側には、ライトバンが止まっていて、そこにも半澤班の捜査員が三人乗っている。総勢六人。家族が取り乱す可能性があるが、これだけの人員がいればうまく整理しながら、浪岡を連れてこられる。

五分もしないうちに後ろに白いカローラが停まった。

週刊タイムスの車だ。

バックミラーにハンドルを握っている四之宮が映った。

助手席にはカメラマンが望遠レンズを構えて待機している。四之宮には気配を察せられないために黒塗りのハイヤーでは来るなよ、と伝えておいた。言いつけは守ったようだ。

三十分もしないうちに、ガレージから浪岡のセドリックがバックで出てきた。運転しているのは妹の秀子の恋人である浅野紀一郎だ。搭乗客名簿に名前がなかったから浅野は今回は留守番で、空港までの送迎係を任されているのだろう。

壁と柵のわずかな隙間から、玄関のドアが動くのが見えた。

浪岡秀子が出てきた。スーツケースを引っ張り出す。あの湊の空き地で見た幼女だ。続いて母親。そして浪岡の顔が見えた。

「行くぞ」

半澤は手にしたトランシーバーに向かって呟いた。

ガサガサと雑音がして、ライトバンの捜査員から「了解」と返ってくる。

静かにドアを開けた。

踏みしめるようにゆっくりと歩き出すと、後ろで靴音が鳴った。酒井ともう一人の捜査員が続く。その後ろから週刊タイムスの四之宮たちもついてきた。

大きな門が金属音を鳴らしてレールの上を動いていった。

半澤は上着の胸ポケットから令状を出した。

浪岡という言葉が腹の奥から湧き上がってくる。

だが声を出そうとした時、強い力に撥ね飛ばされた。

地面に倒れそうになったが、右足を突っ張ってバランスをとった。

「キャアー」秀子が叫び声をあげた。

顔を上げると男が浪岡に体当たりし、浪岡はそのまま尻から崩れていった。すぐに捜査員たちが集まって、男を浪岡から引き離した。

男はドスを持っていた。

ドスの刃は真っ赤に染まっていた。

浪岡は腹に手を当て倒れていた。暴漢だ。暴漢が浪岡を刺したのだ。

不覚だった。記者だと思って背後は気に留めなかった。

「浪岡、大丈夫か」

半澤は駆け寄って、浪岡の体を支えた。

浪岡は上半身だけ起こし、目を開けたまま、傷口を押さえている。指の隙間から真っ赤な血が噴き出てきた。

「おい、すぐに救急車だ」捜査員に指示を出す。

「はい」取り押さえていた捜査員の一人が返事をした。車に向かって靴音が遠ざかっていくのが聞こえた。

「この男、伊波です」

暴漢に手錠をかけた酒井が声をあげた。

「なんだと」

「伊波です。石川組の」

「おまえ、なんてことを」半澤は伊波に向かってどやしつけた。伊波は酒井ら捜査員に左右から拘束されながら、「おまえ一人で行かしてたまるか」と意味不明なことを言っている。「ワシと行くって約束したろ。約束したろ」

「大丈夫か、浪岡。しっかりしろ」

再び浪岡に向きを変え、声をかけた。

「お兄ちゃん」妹の秀子が、半澤を押しのけるように浪岡に抱きついた。

「龍一、龍一」

「どうして、どうして、お兄ちゃん」

母親と秀子が啜り泣く。

「おい、浪岡、しっかりしろ」

半澤はもう一度、声をかけた。

浪岡がこちらを見た。

「ワシや。ほら、あの和歌山のおまえんちの近くの空き地で、会《お》うたやろ」

「……ああ、あんたか、久しぶりやな」

覚えているはずなどないくせに、浪岡は声を振り絞ってそう言った。

「久しぶりや。よう覚えておいてくれたな」半澤も笑顔を作って合わせた。

「ああ、まさかこんなところで再会できるとは思わんかったわ」

おぼろげな記憶をめくりながら適当なことを言う。いつぞやの父・植田一郎とまったく同じセリフ。まるで古い友人を懐かしむように、眩しいほどの白い歯を見せる。

こんな時でもこの男は同じだ。本能的に心の中を隠そうとする。ただ同時に、この男はずっと半澤が追いかけてくるのを意識していたのではと感じた。最初に親に言われるがままにやった八百長で、その日のうちに警察官と名乗る人間に注意されたのだ。普通の子供なら怖くなって二度とやるまいと改心するが、この男は見破られたことでその後は細心の注意を払い、より巧みに、絶妙な技でもって周囲の目をごまかしてきた。

「そやな、ワシもそうや。また会えるとは思っとらんかった。十五年ぶりや」

「そんなになるかいな」

「ああ、そないになる」

「懐かしいわ、ホンマ、懐かしい……」浪岡は静かに同じ言葉を繰り返した。

「なぁ、浪岡よ。一つだけ教えてくれへんか」

「……なんや」

「おまえ、あの時、八百長なんかしとらんって言うたよな。十五年前、ワシがおまえの家のそばの空き地まで行って訊いた時や。そやけど、あれは嘘やな。おまえはあの湊のグラウンドで、親父に言われた通り、八百長しよったよな」

「こんな時になに言うてるの」

横で秀子が叫び声をあげた。半澤を退《ど》けようとする。すごい力だった。それでも半澤は浪岡の体から手を離さなかった。

「……オレはやっとらんで」浪岡は言った。「わざと負けることは、絶対にやっとらん」

死相が出ているにもかかわらず、あの時の野犬のような目つきそのままだった。

八百長と訊いたからだ。

一半の試合を仕組んだろうと訊くべきだった。問い質そうとしたところ、今度は浅野紀一郎に押し除けられる。

「もういいかげんにしてください」

半澤は手を離してしまった。

「龍一、もう少しの辛抱や。すぐに救急車が来るから」紀一郎が話しかける。

遠くからサイレンの音が聞こえてきた。

「龍一、しっかりしなさい」

「お兄ちゃん、みんなでアメリカ行くんでしょ。みんなを連れていってくれるんでしょ。だからだめ。だめよ」

「……せやな」浪岡は答えた。「みんなで行くんやったな」

「そうよ。ビバリーヒルズに住むって約束したやない」

「ああ、だんだんや」

「段々？　だんだんとどうするの」秀子が問いかける。

「……団欒《だんらん》や。家族団欒で過ごすんや」

「そうよ。みんなで過ごすんでしょ。家族四人で……だからしっかりして」

「そうやな。母ちゃんとデコと……」

「紀一郎さんも一緒でしょ？」

「……あ、ああ、紀一郎もや」

浪岡は無理やり目尻を下げる。

「……それとお父ちゃんもな」

「お父ちゃんって？」

秀子が声を裏返した。

「なに言うてるの。お兄ちゃんも一緒でしょ。お父ちゃんやない。お父ちゃんはもう死んだやない」

秀子が泣きながら抗議する。取り乱したように浪岡の体を揺すり始める。「しっかりしてよ。しっかりしてよ。お兄ちゃん」

「大丈夫や」

「大丈夫って」

「なぁ、デコ」

「なに」

「もうお父ちゃん、許したろや」

「許すって」

「みんなでアメリカで仲よう過ごそうや。家族団欒で……もうなにもかも昔のことは忘れて、なぁ、デコ」

「忘れてって」

「……お父ちゃんかて、オレらと一緒にいたいんや……」

「一緒って、お父ちゃんは死んだのよ」

「お父ちゃん、それで電話してきたんやで」

「もう、何言うてんのよ」

「……お父ちゃん、声だけでも聞きたいって……それで何度も電話してきたんやで」

「電話って、なんでこんな時に言うのよ、お兄ちゃん」

「もうええよ。龍一、頼むから、余計な話はするな。もう救急車が来るから」

浅野紀一郎に横から遮られた。

半澤はしゃがみ込んだ姿勢から立ち上がれないでいた。立てていた片膝《かたひざ》もいつの間にか地面に落ちている。

救急車が到着し、浪岡が担架で運ばれる。家族が救急車に乗り込んだ。酒井が「警部どうします」と訊くので、「おまえ、頼む」と答えた。酒井が乗り込み、救急車が離れていく。それでも半澤は両膝をついたまま、立ち上がれなかった。

「家族団欒ですか……」

背後から四之宮の声が聞こえた。

「アイツ、親から逃げてもなかった。恨んでもなかったということですね」

四之宮が言っているのは、浪岡が紀一郎に贈った言葉だとすぐに分かった。

「それどころか、アイツが親父と家族をつなげていたということですか。それで自分から親父に連絡していたんですか。親父の好きな試合するからと電話して。甲子園の決勝の時も親父を呼び寄せて、小遣いまで渡して、それで一半の試合をして……」

四之宮はそれ以上、なにも言わなかった。言葉が出ないのだ。顔を向けてきたので、半澤は「そうかもしれんな」とだけ返した。

ヤツに心の目はあった。だがその目はずっと父親を見ていた。それだけは間違いなかった。

頭に十五年前のあの空き地で、兄妹が追いかけっこをしているシーンが甦《よみがえ》ってきた。ランニングシャツを着た浪岡は、後ろを振り返りながら走り、妹に捕まえられそうで、でも絶対に捕まらないギリギリの間隔をあけて逃げていた。幼い妹は「待て〜待て〜」と言いながら、手を必死に伸ばして追いかける。二人はグルグルと同じ場所を回っていた。

グルグル、グルグル、グルグル、目が回るほど同じ場所を回っていた……。

脳裏に映し出された兄妹が、煙に巻かれるように消えていき、そこに男が浮かび上がるように遠くから歩いてきた。

自決した半澤の父だった。

父は笑っていた。

記憶にないほど穏やかな目をしていた。

父は急に半身になり、走り始めた。

半澤は手を伸ばして摑もうとした。

陰影すら描き出せない薄暗い空き地で、デジャブのように父子が追いかけっこをして遊んでいた。

解説

後藤正治（ノンフィクション作家）

プロ野球界を震撼させる「黒い霧事件」が明るみに出たのは一九六九（昭和四十四）年から七一（昭和四十六）年にかけてである。

西鉄ライオンズの投手、永易将之が野球賭博にかかわる大阪の暴力団とつながる人物から金銭を受け取り、故意に打たれる敗退行為（八百長）を行っていたことが判明、球団は解雇処分とした。事件の渦はさらに広がり、西鉄のエースだった池永正明ら五選手が永久追放（プロ野球のあらゆる職務につく資格を永久に喪失する）となり、他に、出場停止、謹慎、戒告などを受けた選手たちも出た。

処分が決定し、事件は一応幕引きされたのであるが、事実関係がすべて解明されたのか、他にも関与したものがいたのではないか……など、その後も波紋は消えずに残った。

永久追放者の一人に、東映フライヤーズの投手、森安敏明がいる。私はこの投手の短編ノンフィクションを書いたことがある（「幻の史上最速投手」／『不屈者』収録）。主題は八百長行為の解明ではなく、素晴らしく力のある球を投げた投手の実像を知りたいと思ったこと、事件によって流転した人生のその後をたどりたいと思ったのである。

江夏豊に、もっとも威力ある球を投げたピッチャーは誰かという問いをしたことがあるが、「安兵衛じゃないかな」という答えが返ってきた。二人は同世代、仲のいい間柄だった。

森安は、サイドハンドから、速く、重く、伸びのある真っ直ぐを投げた。打者にとってもっとも打ちづらい球質の球である。森安の球を受けた捕手、対戦した打者たちの証言もまた、江夏の話を裏づけていた。

岡山・関西《かんぜい》高校から東映に入団した森安のプロ在籍は四年三ヵ月という短いものである。通算成績は、五十八勝六十九敗。勝ち星よりも負け数が上回っている。

森安は欠点も持ち合わせた投手だった。いわゆる馬力で投げるタイプで、細かいコントロールはない。気風《きっぷ》のいい性格で、ええいいっちゃえ、という感じでどんどん投げ込んでくる。投手は打たれても最小失点で踏みとどまることが大切であるが、繊細さと粘りには欠けた。負け数が多かったのはこういう投法と性格にもかかわりがあったろう。

それにしても、余りにも短いプロ生活だった。球界を追われてのち、伝えられるニュースにろくなものはなかった。北海道・根室で漁師たちと乱闘して負傷といったニュースもあった。年月がたち、世間が森安の名前を忘れたころ、岡山の病院で病死という訃報が流れてきた。五十歳。この世との別れもまたはやいものだった。

取材の中で、その〝晩年〟、森安が打ち込んだものがあることを知った。少年野球である。当時、森安は岡山の運送会社に勤務していたが、土日はもとより、仕事のあいた時間はすべて少年野球の指導に注《そそ》ぎ込んだ。この〝森安教室〟の中から育った選手にロッテのサブロー（大村三郎）がいる。

「あんなに野球が好きだった人はいない。好きというより愛していた。そのことにおいてすごく純粋だったと思います」

サブローは少年時代の〝恩師〟への追想として、そんな言葉を口にした。

少年野球への尋常ではない打ち込みを、プロ野球界との残酷な別れと重ねて思いをはせることもできる。失われた日々を違う形で埋めようとしたのだというような。けれども次第に違うように思えてきた。歳月を経て、男はただ、無心で白球を追いかけた少年の日々に回帰していったのではなかろうか――。

敗退行為への関与については、森安は夕刊紙のインタビューに答えてこう語っている。

《永易さんから、ある投手に渡してくれと五十万円預かったのは確か。でも、その投手には渡せず、永易さんに返そうと思っているうちに、〝永易に八百長の疑いあり〟ってニュースがドンと出てしまった。そうなったらもう返すに返せんさ。で、オレはままよと使っ

ちゃったんだ。オレに関する事実はこれだけでね。八百長なんてやっとらんよ》（「日刊ゲンダイ」一九八七年一月二十八日付）

森安の歩みをたどった印象でいえば、この言の通りであったように思える。周辺の人々には「落ち目の球団にいたからやられたんだ。本当に処分されるべき選手は他にいるんだが、強い球団にいた選手たちは守ってもらったのさ」という言葉を残しているが、もはや真偽の解明は不可能であろう。事件の深層は、上質のフィクションとしてまとめられるしかないのでは、と思ったりしたものだった。

解説文としては横道にそれてしまったが、本書が単行本として刊行されたとき、手に取ったのはそんな気持が残っていたからである。本書はもちろん、黒い霧事件を扱ったものではないが、その背景にあったものに想像を誘われるものがある。野球界にまつわるさまざまな断面を知ることにおいても大いに刺激的な作品となっている。

主人公は人気球団スターズのエース、浪岡龍一。スピード、コントロール、野球頭脳、闘争心……を備え、野球の申し子のような選手である。人物像は、「ロボット」と評されるごとく、冷徹なほどにクールである。遠征に出てもチームメートと連れ立つことはなく、他者には容易に心を開かない。付き合いの範囲は、わずかに母と妹、幼馴染みの銀行員に限定されている。少年期、漁師だった父は怪我がもとで「漁師崩れ」となり、博打に入れあげ、失踪した。浪岡がかたくななまでに孤高の人となったのは、貧困と辛酸をなめた生い立ちともかかわりがあるのだろう。

エースと呼ばれる投手の多くは、わが道を行くという唯我独尊の人であるが、浪岡はそれ以上のものがあって、行動にも人物像にもある影がつきまとっている。

浪岡は少年期から評判高き選手であったが、少年野球のゲームではエリート刑事に、また高校時代の甲子園ではチームのキャプテンに、怪しげな男と接触し、謎めいたピッチングをしたことが目撃されている。

浪岡はプロ入りし、チームのエースとしてスター選手の階段を上っていくのであるが、週刊誌に「発覚——。浪岡龍一と大物暴力団会長との黒い交際——」という記事が載り、野球賭博にかかわる八百長疑惑が広がっていく。刑事が、また往時のチームメートでもあった週刊誌記者が執拗な調査を重ねていく。確証は得られないものの、徐々に疑念は深まる。浪岡はすでに少年野球や高校時代から不正行為にかかわっていたのではないか……。

世に、野球賭博は存在する。著者はスポーツ新聞の記者としてのキャリアをもった作家である。「ハンデ」「ハンデ師」「出し」「バック」「一半《いちはん》」「胴元」などの〝業界用語〟を駆使しつつ、野球賭博の仕組みを記しているが、これまでの豊富な取材蓄積に拠《よ》るものであろう。プロ野球と週刊誌の世界も生き生きと描かれている。そのことも興味深いが、それ以上に迫ってくるのは、人々を包む、宿命的な地縁の輪である。

浪岡はもとより、父・母・妹、浪岡を追う刑事、週刊誌記者、銀行員、ヤクザ……など主要人物はすべて、紀伊半島の海に近い町の出身者である。人々の織り成す物語の匂いはふと、中上健次の文学作品を想起させるものがある。

ストーリー展開は巧みで、謎は次第に明らかとなっていく。ただ、それぞれの思い込みは幾度も覆る。物語の終盤に入り、ようやく浪岡の不可解な行為とその意味がほぐされていくが、ことは単純ではない。八百長というべきなのか、ゲームをつくるというべきなのか、あるいはそもそも八百長とはなんなのか……。読者もまたグレーゾーンをたっぷり彷徨《さまよ》うこととなる。

浪岡への疑惑は固まるが、一点、動機がわからない。少なくても金銭目当てではない。では一体なんのために、あるいは誰のためにそのような行為を行ってきたのか……。最終ページにいたって、入り組んだ糸は解《ほど》け、ミステリーとしても鮮やかな仕立てとなっている。

読後、残るのは、黒い霧事件の背後にあった裏世界に確かに触れたという感触と、それにも増して、血族の縁《えにし》というものがもつ哀感である。浪岡の「親から逃げているうちは親を恨むこともできん」という言がキーワードともなっているが、その意味では、野球ミステリーというより文学的色彩の濃い小説である。

——二〇〇五年四月、永久追放にかかわる野球協約の改正を受け、根來泰周コミッショナーは、池永正明への処分を解除した。事件から実に三十五年ぶりのことだった。国民的スポーツを汚した罪は重いが、犯した罪とその報いを比較対置したとき、追放者たちに余りにも長い苦役を負わせ続けたと私は思う。なお、この措置は本人からの申請等が要件とされており、故人となった処分者には及んでいない。

けれども、故人の、また残された故人の家族のために名誉回復を求め続けている人物がいる。関西高で森安とバッテリーを組んだ岡崎重司朗である。バッテリーとは「絆」という語意を含むという。高校時代からいえば四十数年、さらに一方が故人となったいまも、二人の関係は続いている。森安の野球人生は恵まれたものではなかったが、バッテリーという名に値する一人の友人をもったことを付記しておきたく思う。